O MESTRE DE PETERSBURGO

J.M. COETZEE

O mestre de Petersburgo

Tradução
Luiz Roberto
Mendes Gonçalves

3ª *edição*

Grafia atualizada segundo o Acordo Ortográfico da Língua Portuguesa de 1990, que entrou em vigor no Brasil em 2009.

Título original
The Master of Petersburg

Capa
Thiago Lacaz

Preparação
Rosa Freire d'Aguiar

Revisão
Olga Cafalcchio
Otacílio Nunes

Dados Internacionais de Catalogação na Publicação (CIP)
(Câmara Brasileira do Livro, SP, Brasil)

Coetzee, J.M.
O mestre de Petersburgo / J.M. Coetzee ; tradução Luiz Roberto Mendes Gonçalves. — 3ª ed. — São Paulo : Companhia das Letras, 2023.

Título original: The Master of Petersburg.
ISBN 978-65-5921-363-4

1. Ficção sul-africana I. Título.

23-158318 CDD-823

Índice para catálogo sistemático:
1. Ficção : Literatura africana em inglês 823

Eliane de Freitas Leite – Bibliotecária – CRB 8/8415

EDITORA SCHWARCZ S.A.
Rua Bandeira Paulista, 702, cj. 32
04532-002 — São Paulo — SP
Telefone: (11) 3707-3500
www.companhiadasletras.com.br
www.blogdacompanhia.com.br
facebook.com/companhiadasletras
instagram.com/companhiadasletras
twitter.com/cialetras

Sumário

1. Petersburgo

Outubro de 1869. Um *droshky* passa lentamente por uma rua do bairro do Mercado da Palha em Petersburgo. Diante de um alto prédio de apartamentos, o cocheiro freia o cavalo.

O passageiro olha para o edifício com ar hesitante.

"Tem certeza de que é este o lugar?"

"Rua Svechnoi, 63, foi o que o senhor disse."

O passageiro desce. É um homem de meia-idade, de barba e encurvado, com testa larga e sobrancelhas grossas que lhe dão um ar de seriedade e concentração. Veste um terno escuro de corte um tanto antiquado.

"Espere-me", ordena ao cocheiro.

Por trás das fachadas descascadas e sujas, as velhas casas do Mercado da Palha guardam algo de sua elegância original, embora a maioria tenha se transformado em pensões para vendedores, estudantes e trabalhadores. Nos espaços entre elas, às vezes aproveitando suas paredes, foram construídos precários prédios de madeira, alguns com dois e até três andares, gaiolas cheias de quartos e cubículos onde vivem os mais pobres.

O número 63, uma das construções mais antigas, é flanqueado dos dois lados por casas desse tipo. Na verdade, uma teia de vigas e colunas atravessa sua fachada a meia altura, dando-lhe uma aparência enclausurada. Pássaros se aninharam nas frestas do reforço, e seus excrementos mancham toda a parede.

Um bando de crianças, que trepam pelas vigas para atirar pedras nas poças d'água da rua e depois saltam para recolhê-las, interrompe a brincadeira para inspecionar o estranho. Os três menores são meninos; o quarto, que parece ser o chefe, é uma menina de cabelos claros e marcantes olhos escuros.

"Boa tarde", diz o homem. "Algum de vocês sabe onde mora Anna Serguêievna Kolenkina?"

Os meninos não respondem, olhando para ele sem expressão. Mas a garota, depois de um momento, larga suas pedras. "Venha", diz ela.

O terceiro andar do número 63 é um labirinto de quartos interligados que dão para um patamar no fim da escada. Ele acompanha a menina por um corredor escuro e sinuoso, que cheira a repolho e carne cozida, passa por um banheiro aberto e chega a uma porta cinza, que ela abre.

Entram numa sala comprida e baixa, iluminada por uma única janela alta. A escuridão é realçada por um pesado brocado na parede maior. Uma mulher vestida de preto levanta-se e o fita. Tem seus trinta e cinco anos, e os mesmos olhos escuros e sobrancelhas delineadas da garota, mas seus cabelos são pretos.

"Desculpe-me por vir sem avisar", ele diz. "Meu nome é...", hesita. "Parece-me que meu filho se hospedou aqui."

De sua valise ele retira um objeto e desembrulha o lenço branco que o envolve. É o retrato de um menino, um daguerreótipo com moldura de prata. "Talvez o reconheça", ele diz, mas não entrega o retrato à mulher.

"É Pável Alexandrovitch, mamãe", murmura a menina.

"Sim, ele morou conosco", diz a mulher. "Sinto muito." Há um silêncio desconfortável. "Ele esteve hospedado aqui desde abril", ela conclui. "Seu quarto está como ele o deixou, com todos os seus pertences, a não ser algumas coisas que a polícia levou. Quer vê-lo?"

"Sim", o homem diz asperamente. "Se o aluguel estiver atrasado, é claro que me responsabilizo."

O quarto do filho, embora na verdade fosse um cubículo separado do resto do apartamento, tem entrada própria e uma janela dando para a rua. A cama está arrumada; além dela há uma cômoda, uma mesinha com um abajur e uma cadeira. Aos pés da cama há uma mala com as iniciais P. A. I. gravadas. Ele a reconhece: foi um presente seu a Pável.

Vai até a janela e olha para fora. Na rua, o *droshky* continua esperando. "Pode me fazer um favor?", pergunta à menina. "Dizer ao cocheiro que pode ir embora, e pagá-lo?"

A garota pega o dinheiro que ele lhe dá e sai.

"Eu gostaria de ficar sozinho um pouco, se não se importa", diz à mulher.

A primeira coisa que faz quando ela sai é erguer as cobertas da cama. Os lençóis estão limpos. Ele se ajoelha e encosta o nariz no travesseiro; mas sente apenas o cheiro de sabão e sol. Abre as gavetas. Foram esvaziadas.

Coloca a mala na cama. Por cima, cuidadosamente dobrado, está um terno de algodão branco. Ele encosta a cabeça no tecido. Lentamente, chega-lhe o cheiro de seu filho. Ele inspira fundo, várias vezes, e pensa: seu espírito está entrando em mim.

Puxa a cadeira para perto da janela e senta-se, olhando para fora. A tarde cai, escurecendo. A rua está vazia. O tempo passa; seus pensamentos não se movem. *Meditar*, ele pensa — é essa a palavra. Essa cabeça pesada, os olhos pesados: chumbo instalando-se na alma.

A mulher, Anna Serguêievna, e sua filha estão jantando, sentadas em lados opostos da mesa, com o abajur no meio. Fazem silêncio quando ele entra.

"Sabe quem sou eu?", ele diz.

Ela o olha fixamente, esperando.

"Quero dizer, sabe que não sou Isaev?"

"Sim, sabemos. Conhecemos a história de Pável."

"Não quero interromper sua refeição. Importa-se que eu deixe a mala por enquanto? Pagarei até o final do mês. Na verdade, posso pagar por novembro também. Gostaria de ficar com o quarto, se não estiver reservado."

Ele lhe entrega o dinheiro, vinte rublos.

"Não se importa se eu vier de vez em quando, à tarde? Há alguém em casa durante o dia?"

Ela hesita. Um olhar passa entre a mãe e a filha. Já está repensando, ele suspeita. Seria melhor se levasse a mala e nunca mais voltasse, assim a história do inquilino morto estaria acabada e o quarto, livre. Ela não quer aquele homem triste em sua casa, espalhando sombras ao seu redor. Mas é tarde demais, o dinheiro foi oferecido e aceito.

"Matryosha está em casa à tarde", ela diz calmamente. "Vou lhe dar uma chave. Posso lhe pedir para usar sua própria entrada? A porta entre o quarto alugado e este não tranca, mas normalmente não a usamos."

"Desculpe. Não havia percebido."

Durante uma hora, ele vaga pelas ruas familiares do Mercado da Palha. Depois volta pela ponte Kokushkin até a estalagem onde se hospedou de manhã cedo, com o nome de Isaev.

Não tem fome. Completamente vestido, ele se deita, cruza os braços e tenta dormir. Mas sua mente retorna ao número 63 e ao quarto do filho. As cortinas estão abertas. O luar cai sobre a cama. Ele está lá: parado junto à porta, mal respirando, concentra o olhar na cadeira do canto, esperando que a escuridão se adense, se transforme em outro tipo de escuridão, uma escuridão presente. Silenciosamente, forma com os lábios o nome de seu filho, três, quatro vezes.

Está tentando lançar um sortilégio. Mas sobre quem: sobre um fantasma ou sobre si mesmo? Ele pensa em Orfeu andando para trás passo a passo, murmurando o nome da mulher morta, invocando-a das entranhas do inferno; na esposa na mortalha, com os olhos cegos e mortos a segui-lo, as mãos pálidas estendidas à frente como uma sonâmbula. Sem flauta, sem lira, apenas uma palavra, repetindo uma só palavra. Quando a morte corta todos os laços, permanece o nome. Batismo: a união de uma alma com um nome, o nome que levará para a eternidade. Mal respirando, ele forma de novo as sílabas: *Pável*.

Sua cabeça começa a girar. "Preciso ir agora", ele murmura, ou pensa que murmura. "Voltarei."

Voltarei: a mesma promessa que fez quando levou o menino à escola pela primeira vez. *Não vou abandoná-lo*. E o abandonou.

Ele está adormecendo. Imagina-se despencando de uma alta cachoeira e caindo em um poço, e se abandona ao mergulho.

2. O cemitério

Eles se encontram na balsa. Quando ele vê as flores que Matryona carrega, fica aborrecido. São pequenas, brancas e modestas. Ele não sabe se Pável tem uma flor favorita, mas rosas, seja qual for seu preço em outubro, rosas vermelhas como sangue são o mínimo que ele merece.

"Pensei que poderíamos plantá-las", disse a mulher, lendo os pensamentos dele. "Trouxe uma pazinha. Trifólio: floresce tarde." Então ele vê: as raízes realmente estão envoltas num pano úmido.

Tomam a pequena balsa até a ilha Yelagin, aonde ele não ia há anos. Não contando as duas senhoras de preto, são os únicos passageiros. É um dia frio e enevoado. Ao se aproximarem, um cão cinzento e magro começa a saltar pelo ancoradouro, ganindo ansiosamente. O barqueiro lhe atira um ferro, e ele recua para uma distância segura. Ilha de cães, ele pensa: haverá matilhas vagando entre as árvores, esperando que os parentes enlutados vão embora para começar sua escavação?

Na cabana do porteiro é Anna Serguêievna, na qual ele ainda pensa como *a senhoria*, quem vai pedir informações enquanto ele espera do lado de fora. Depois caminham pelas alamedas dos mortos. Ele começa a chorar. *Por que agora?*, pensa, irritado consigo mesmo. Mas as lágrimas são bem-vindas a sua maneira, um suave véu de cegueira entre ele e o mundo.

"Aqui, mamãe!", Matryona chama.

Estão diante de um monte de terra entre vários montes com estacas em forma de cruz enfiadas neles, mostrando placas com números brancos. Ele tenta aproximar sua mente desse número, o *seu* número, mas assim que vê os setes e quatros pensa: "Nunca mais poderei apostar no sete".

Esse é o momento em que ele deveria despencar sobre o túmulo. Mas tudo é rápido demais, especialmente aquela cama de terra, estranha demais, ele não encontra nenhum sentimento em seu coração. Também desconfia da corrente de mãos indiferentes pelas quais devem ter passado os membros de seu filho, enquanto ele ainda estava em Dresden, ignorante como um carneiro. Do menino que ainda vive em sua memória ao nome no atestado de óbito, ao número na estaca, ele ainda não está preparado para aceitar o curso da fatalidade. *Provisório*, pensa. Não há números definitivos, são todos provisórios, de outro modo o jogo chegaria ao fim. Num instante a roda vai girar, os números começarão a se mover, e tudo ficará bem de novo.

O monte de terra tem o volume e a forma roliça de um corpo deitado. Na verdade é nada mais nada menos que a quantidade de terra deslocada por um caixão de madeira com um rapaz alto dentro dele. Há nisso algo insuportável de se pensar, e ele o rejeita. Ocupando o espaço do pensamento há lembranças dolorosas do que estava fazendo em Dresden durante todo o tempo em que, aqui em Petersburgo, o processo de guardar, numerar, encaixotar, transportar e enterrar seguia seu curso indiferente. Por que não houvera um sopro de pressentimento no ar de Dresden? Teriam de perecer as multidões antes que os céus tremessem?

Entre as imagens que surgem há uma dele mesmo no banheiro do apartamento na Lärchenstrasse, aparando a barba diante do espelho. As torneiras de latão reluzem na pia; o rosto no espelho, absorto na tarefa, é o rosto de um estranho do passado. Eu já era velho, ele pensa. A sentença fora pronunciada; e a carta com a sentença, endereçada a mim, estava a caminho, passando de mão em mão, só eu não sabia. A *alegria de sua vida acabou*: era isso que dizia a sentença.

A senhoria cava um pequeno buraco junto ao monte de terra. "Por favor", ele diz, gesticulando, e ela se afasta.

Desabotoando o sobretudo, desabotoando o paletó, ele se ajoelha, e depois estende-se desajeitadamente até se deitar por inteiro sobre o monte, com os braços esticados acima da cabeça. Chora sem se conter, o nariz escorre. Esfrega o rosto na terra úmida, enterra nela a face.

Quando se levanta, tem terra na barba, nos cabelos, nas sobrancelhas. A criança, em quem não prestara atenção, fita-o com olhos arregalados. Ele limpa o rosto, assoa o nariz, abotoa as roupas. Que performance judia!, pensa. Mas que ela veja! Veja que não sou feito de pedra! Veja que não há limites!

Algo lampeja de seus olhos na direção dela; a menina vira-se confusa e se abraça à mãe. De volta ao ninho! Jorra dele uma terrível hostilidade contra os vivos, principalmente contra as crianças vivas. Se naquele momento houvesse ali um bebê recém-nascido, ele o arrancaria dos braços da mãe e o atiraria contra uma rocha. Herodes, ele pensa. Agora compreendo Herodes! Que a geração seja extinta!

Dá as costas às duas e afasta-se. Logo deixa para trás o novo bairro do cemitério e vaga entre as velhas pedras, entre os mortos antigos.

Quando volta, o trifólio foi plantado.

"Quem vai cuidar disso?", pergunta ressentido.

Ela encolhe os ombros. A pergunta não é para que responda. Agora é a vez dele, que deveria dizer: virei todos os dias para cuidar, ou Deus tomará conta, ou ainda, ninguém vai cuidar dela, ela morrerá; que morra.

As florzinhas brancas agitam-se alegremente ao vento.

Ele agarra o braço da mulher. "Ele não está aqui, ele não morreu", diz, com a voz partida.

"Não, é claro que não morreu, Fiódor Mikhailovitch." Ela é prática, reconfortante. Mais que isso: naquele momento, é maternal não apenas com sua filha, mas também com Pável.

Suas mãos são pequenas, os dedos magros e infantis, mas sua figura é robusta. Absurdamente, ele gostaria de ter deitado a cabeça em seu seio e sentido aqueles dedos acariciar-lhe os cabelos.

A inocência das mãos, sempre renovada. Uma lembrança lhe ocorre: um toque de mão, íntimo, no escuro. Mas de quem é a mão? Mãos surgindo como animais, sem vergonha, sem memória, à luz do dia.

"Preciso anotar o número", ele diz, evitando os olhos dela.

"Já anotei."

De onde vem seu desejo? É agudo, abrasador: ele quer tomar essa mulher pelo braço, arrastá-la para trás da cabana do porteiro, levantar seu vestido, copular com ela.

Pensa nos participantes de um velório, atacando a comida e a bebida. Há nisso uma espécie de exultação, um insulto atirado na cara da morte: "Você não nos pegou!".

Voltam para o cais. O cachorro cinzento esgueira-se cauteloso até eles. Matryona quer afagá-lo, mas sua mãe a repreende. Há algo errado com o cão: uma feia ferida aberta percorre suas costas, desde a base do rabo. Ele gane baixinho o tempo todo, ou senta-se subitamente sobre os quadris e ataca a ferida com os dentes.

Voltarei amanhã, ele promete: virei só, e nós dois vamos conversar. Na ideia de voltar, atravessar o rio, encontrar o caminho até a cama de seu filho, ficar a sós com ele na neblina, existe a muda promessa de aventura.

3. Pável

Ele fica sentado no quarto do filho com o terno branco no colo, respirando suavemente, tentando se perder, tentando evocar um espírito que certamente ainda não abandonou as redondezas.

As horas passam. Do quarto ao lado, através da divisória, vêm as vozes abafadas da mulher e da criança, e os sons de uma mesa sendo posta. Ele coloca o terno de lado e bate na porta. As vozes se calam abruptamente. Ele entra. "Vou embora", diz.

"Como vê, estamos nos preparando para jantar. Será bem-vindo se nos fizer companhia."

O alimento que ela oferece é simples: sopa e batatas com sal e manteiga.

"Como foi que meu filho se hospedou com vocês?", ele pergunta com cautela. Ainda toma cuidado para chamá-lo de *meu filho*. Se pronunciar o nome, começará a tremer.

Ela hesita, e ele compreende o motivo. Ela poderia dizer: "Era um rapaz simpático; nós o aceitamos". Mas o *era* constituía o problema, a pedra no caminho. Até que houvesse uma forma de contornar a palavra em toda a sua aspereza, ela não a diria na frente dele.

"Um antigo inquilino o recomendou", disse, afinal. E foi tudo.

Ela lhe parece seca, seca como asa de borboleta. Como se entre sua pele e o espartilho, entre sua pele e as meias pretas que sem dúvida usa, houvesse uma película de fina cinza branca, de modo que suas roupas, se fossem soltas dos ombros, deslizariam para o chão sem ruído.

Gostaria de vê-la nua, aquela mulher na última floração da juventude.

Não era o que se chamaria de uma mulher fina; mas quem já ouvira o russo falado de modo tão belo? Sua língua parecia um pássaro flauteando na boca: penas suaves, um voo suave.

Na filha nada encontra da suave secura da mãe. Pelo contrário, há nela algo líquido, algo da jovem corça, confiante porém nervosa, que estica o pescoço para farejar a mão do estranho, pronta para fugir num salto. Como poderia a mulher morena ter gerado aquela loura criança? Mas os sinais identificadores estavam todos ali: os dedos pequenos, quase disformes; os olhos escuros, lustrosos como os dos santos bizantinos; a fina linha esculpida das sobrancelhas; até o jeito taciturno.

Estranho como numa criança um traço pode assumir sua forma perfeita, enquanto nos pais parece uma cópia!

A garota ergue os olhos por um instante, encontra os dele a explorá-la e vira-se, confusa. Um impulso irado desperta nele. Quer agarrar-lhe o braço e sacudi-la. Olhe para mim, menina!, ele quer dizer: Olhe para mim e aprenda!.

Sua faca cai ao chão. Agradecido, ele a apanha. É como se sua pele tivesse sido arrancada do rosto, como se, contra sua vontade, ele impusesse continuamente às duas uma horrível máscara ensanguentada.

A mulher volta a falar. "Matryona e Pável Alexandrovitch eram bons amigos", diz, com firmeza e cuidado. E para a criança: "Ele lhe deu aulas, não foi?".

"Ele me ensinou francês e alemão, principalmente francês."

Matryona: não é o nome adequado para ela. Um nome de velha, o nome de uma velhinha com um rosto de ameixa.

"Eu gostaria de lhe dar alguma coisa dele", diz o homem. "Como lembrança."

Mais uma vez a criança levanta os olhos, inspecionando-o como um cão examina um estranho, mal escutando o que ele diz. O que está acontecendo? E vem a resposta: ela não pode me imaginar como o pai de Pável. Está tentando ver Pável em mim e não consegue. E ele vai além: para ela, Pável ainda não morreu. Em algum lugar dentro dela, continua vivo, respirando o cálido e doce sopro da juventude. Ao passo que esse meu negror, essa barba, essa ossatura devem ser tão repugnantes quanto a própria morte, a ceifeira. A morte, com seus quadris ossudos e seus dentes enormes, e o chocalho de seus tornozelos quando anda.

Ele não tem vontade de falar no filho. De escutar falarem dele, sim, muito, mas não de falar. Pela aritmética, era o décimo dia desde a morte de Pável. A cada dia que passa, as lembranças dele que ainda podem pairar como folhas de outono no ar caem na lama ou são apanhadas pelo vento e carregadas pelo céu ofuscante. Mas só ele quer reunir e conservar essas lembranças. Todos os outros concordam com a sequência de morte, luto e esquecimento. Se não esquecermos, dizem, o mundo logo se transformará numa enorme biblioteca. Mas a própria ideia de Pável ser esquecido o enfurece, o transforma num velho touro irritadiço, de olhar perigoso.

Ele quer ouvir histórias. E a criança, milagrosamente, vai lhe contar uma. "Pável Alexandrovitch", ela espia a mãe, confirmando se pode murmurar o nome do morto, "disse que iria ficar em Petersburgo só mais um pouco, depois iria para a França." Ela para. Ele espera impacientemente que continue. "Por que ele queria ir para a França?", ela pergunta, e agora dirige-se apenas a ele. "O que há na França?"

França? "Ele não queria ir para a França, queria sair da Rússia", ele responde. "Quando você é jovem, é impaciente com tudo o que o cerca. É impaciente com sua terra natal porque sua terra lhe parece velha e estéril. Quer novas paisagens, novas ideias. Pensa que na França, na Alemanha ou na Inglaterra encontrará o futuro que seu próprio país, insosso demais, não lhe poderia oferecer."

A criança franze o cenho. Ele diz *França, terra natal*, mas ela ouve outra coisa, algo que permeia suas palavras: rancor.

"Meu filho teve uma educação dispersiva", diz ele, dirigindo-se não à menina, mas à mãe. "Tive de mudá-lo de uma escola para outra, por um simples motivo: ele não se levantava de manhã. Nada conseguia acordá-lo. Talvez eu dê muita importância a isso. Mas não se pode querer matricular alguém que não vai à escola."

Que coisa estranha para dizer num momento daqueles! Não obstante, virando-se para a filha, ele arrisca: "O francês dele não era muito firme, você deve ter notado. Talvez fosse por isso que ele desejasse ir para a França; para aperfeiçoar o francês".

"Ele lia muito", diz a mãe. "Às vezes a lâmpada de seu quarto ficava acesa a noite inteira." Sua voz continua baixa, uniforme. "Não nos importávamos. Ele sempre foi educado. Gostávamos muito de Pável Alexandrovitch, não é?" Ela dá um sorriso para a filha que a ele parece uma carícia.

Foi. Ela se revelou.

A mulher fica séria. "O que ainda não entendo..."

Cai um silêncio constrangedor. Ele nada faz para aliviá-lo.

Pelo contrário, eriça-se como um lobo protegendo o filhote. Cuidado, ele pensa: não se arrisque a murmurar uma palavra contra ele! Sou sua mãe e seu pai, sou tudo para ele, e mais ainda! Há algo pelo qual ele também tem vontade de se levantar e gritar. Mas o quê? E quem é o inimigo que ele desafia?

Das profundezas de sua garganta, irrompe um som, um gemido que ele não consegue mais abafar. Cobre o rosto com as mãos; as lágrimas escorrem por seus dedos.

Ouve a mulher levantar-se da mesa. Espera que a criança também saia, mas ela não sai.

Após um momento, enxuga os olhos e assoa o nariz. "Sinto muito", sussurra para a criança, que continua sentada, de cabeça baixa sobre o prato vazio.

Ele fecha a porta do quarto de Pável atrás de si. Sinto muito? Não, a verdade é que não sente muito. Longe disso; está furioso contra qualquer um que esteja vivo, quando seu filho está morto. Furioso principalmente contra aquela menina, de quem, pela própria meiguice, gostaria de arrancar membro por membro.

Deita-se na cama, apertando os braços no peito, com a respiração acelerada, tentando expelir o demônio que se apossa dele. Sabe que parece apenas um cadáver deitado, e que o que chama de demônio pode ser apenas sua alma batendo as asas. Mas estar vivo é, nesse momento, uma espécie de náusea. Queria estar morto. Mais que isso: estar extinto, aniquilado.

Quanto à vida no outro lado, não tem fé nela. Espera passar a eternidade à margem de um rio com exércitos de almas mortas, esperando por uma barca que jamais chegará. O ar será frio e úmido, as águas escuras lamberão as margens, suas roupas apodrecerão no corpo e cairão a seus pés, ele nunca mais tornará a ver seu filho.

Com os dedos frios cruzados sobre o peito, ele conta e reconta os dias. Dez. É essa a sensação depois de dez dias.

A poesia poderia trazer de volta seu filho. Ele tem uma ideia do poema que seria necessário, uma ideia de sua música. Mas não é poeta; mais parece um cão que perdeu um osso, escarafunchando aqui e ali.

Espera que o clarão de luz sob a porta se apague, e então sai silenciosamente do apartamento e volta a seu quarto.

Durante a noite, surge um sonho. Ele está nadando debaixo d'água. A luz é azul e tênue. Ele desliza e mergulha com facilidade, graciosamente; seu chapéu parece ter desaparecido, mas com o terno preto ele se sente como uma tartaruga, uma grande e velha tartaruga em seu elemento natural. Acima dele há um rumor de movimento, mas aqui no fundo a água está calma. Ele nada pelos maciços de algas; os dedos moles dos sargaços roçam suas barbatanas, se é que são isso.

Ele sabe o que está procurando. Enquanto nada, às vezes abre a boca e solta o que pensa ser um grito ou um chamado. A cada grito ou chamado a água invade sua boca; cada sílaba é substituída por uma sílaba de água. Ele se sente cada vez mais pesado, até que o osso do seu peito raspa o leito do rio.

Pável está deitado de costas, de olhos fechados. Seu cabelo, agitado pela correnteza, é macio como o de um bebê.

De sua garganta de tartaruga sai um último grito, que mais lhe parece um latido, e ele mergulha na direção do garoto. Quer beijar seu rosto; mas, quando o toca com os lábios rígidos, não tem certeza se não o está mordendo.

Então desperta.

Seguindo um velho hábito, ele passa a manhã sentado à pequena escrivaninha do quarto. Quando a empregada vem fazer a limpeza, ele a dispensa. Mas não escreve uma palavra. Não que esteja paralisado. Seu coração bombeia com regularidade, sua mente está límpida. A qualquer momento ele é capaz de pegar a caneta e formar letras no papel. Mas a escrita, ele teme, seria a de um louco — vileza, obscenidade, página após página, indomável. Ele pensa na loucura percorrendo a artéria de seu braço direito até os dedos, daí para a pena e para a página. Ela flui numa corrente; ele não precisa molhar a pena nem uma vez. O que flui para o papel não é sangue nem tinta, mas um ácido preto, com um desagradável brilho verde quando a luz resvala nele. Na página, não seca; se alguém passasse o dedo nesse ácido, experimentaria uma sensação líquida e ao mesmo tempo elétrica. Uma escrita que até os cegos poderiam ler.

À tarde ele volta à rua Svechnoi, para o quarto de Pável. Fecha a porta interna que dá para o apartamento e encosta nela uma cadeira. Então estende o terno branco sobre a cama. À luz do dia, percebe que as mangas estão sujas. Cheira os sovacos e o odor é nítido: não o de uma criança, mas o de outro homem maduro. Ele o inala várias vezes. Quantas inspirações antes que se dissipe? Se o terno fosse trancado num recipiente de vidro, o odor seria preservado?

Ele tira as roupas e veste o terno branco. Embora o paletó esteja folgado e as calças compridas demais, não se sente um palhaço dentro delas.

Deita-se e cruza os braços. A postura é teatral, mas seja qual for a direção do impulso, ele está disposto a segui-lo. Ao mesmo tempo não tem fé em impulso algum.

Tem uma visão de Petersburgo estendendo-se enorme e baixa sob as estrelas impiedosas. Escrita num pergaminho que cruza o céu, há uma palavra em caracteres hebraicos. Ele não consegue ler a palavra, mas sabe que é uma condenação, uma maldição.

Um portão fechou-se atrás de seu filho, um portão trancado com sete barras de ferro. Abrir esse portão é a tarefa que lhe cabe.

Pensamentos, sensações, visões. Confia neles? Vêm do mais fundo de seu coração; mas não há motivos para confiar mais no coração do que na razão.

Estou me retirando de algum lugar para algum lugar, ele pensa; quando a retirada se completar, o que restará de mim?

Pensa em si mesmo como recuando ao óvulo, ou pelo menos a alguma coisa macia, fria e cinzenta. Talvez não seja apenas um óvulo; talvez seja a alma, talvez a alma seja assim.

Há um ruído embaixo da cama. Um camundongo cuidando da vida? Ele não se importa. Vira-se, puxa o paletó branco sobre o rosto, inala.

Desde que recebeu a notícia da morte do filho, algo vem se esgotando nele, talvez seja a solidez. "Sou eu que estou morto", pensa; ou melhor, eu morri, mas minha morte não chegou. A sensação do próprio corpo é de que é forte, rijo, e não cederá por vontade própria. Seu peito parece um barril com aduelas fortes. Seu coração continuará batendo por muito tempo. Não obstante, ele foi arrancado do tempo humano. A corrente que o carrega continua avançando, ainda tem direção, e até sentido; mas esse sentido não é mais a vida. Ele está sendo carregado por águas mortas, um rio morto.

Adormece. Quando desperta está escuro e o mundo inteiro está silencioso. Acende um fósforo, tentando reunir as ideias desbaratadas. Passa da meia-noite. Onde esteve?

Ele se encolhe sob as cobertas, dorme a intervalos. De manhã, malcheiroso, descabelado, a caminho do banheiro, encontra Anna Serguêievna. Com os cabelos presos sob um lenço, de botas pesadas, parece uma vendedora do mercado. Olha-o com surpresa. "Dormi, estava muito cansado", ele explica. Mas não é isso. É o terno branco que continua usando.

“Se não se importa, ficarei aqui no quarto de Pável até ir embora”, ele continua. “Serão apenas alguns dias.”

“Não posso conversar agora, estou apressada”, ela responde. Evidentemente, não gostou da ideia. Tampouco dá seu consentimento. Mas ele pagou, não há nada que ela possa fazer.

Passa a manhã inteira sentado à mesa no quarto de seu filho, com a cabeça entre as mãos. Não consegue fingir que está escrevendo. Sua mente foge para o momento da morte de Pável. O que não consegue suportar é a ideia de que, na última fração do último instante de sua queda, Pável tenha compreendido que nada poderia salvá-lo, que estava morto. Quer acreditar que Pável foi poupado dessa certeza, mais terrível que a própria aniquilação, pela velocidade e pela vertigem da queda, pelo modo como a mente se eteriza contra qualquer coisa enorme demais para ser entendida. De todo o coração, quer acreditar nisso. Ao mesmo tempo sabe que quer acreditar para eterizar-se contra o fato de que Pável, ao cair, soube de tudo.

Em momentos como esse ele não consegue distinguir Pável de si mesmo. São a mesma pessoa; e essa pessoa não é nem mais nem menos que um pensamento, Pável pensando nele, ele pensando em Pável. O pensamento mantém Pável vivo, suspenso em sua queda.

É da consciência de estar morto que ele quer proteger o filho. Enquanto eu viver, pensa, que seja eu quem entenda! Seja qual for o ato de vontade necessário, que seja eu o animal pensante que despenca no ar.

Sentado à mesa, de olhos fechados, cerrando os punhos, ele afasta a consciência da morte de Pável. Pensa em si mesmo como o Tritão da Piazza Barberini, em Roma, segurando nos lábios uma concha da qual jorra uma perpétua fonte cristalina. O dia e a noite inteiros ele instila vida na água. Os tendões de seu pescoço, apanhados no bronze, estão retesados pelo esforço.

4. O terno branco

Novembro chegou, e também a primeira neve. O céu se enche de aves dos banhados, que migram para o sul.

Ele se mudou para o quarto de Pável e em poucos dias tornou-se parte da vida do edifício. Quando passa, as crianças não interrompem mais suas brincadeiras para olhar, mas ainda baixam a voz. Sabem quem ele é. Quem é? É a desgraça, o pai da desgraça.

Todos os dias ele diz para si mesmo que precisa voltar à ilha Yelagin, ir até o túmulo. Mas não vai.

Escreve para sua mulher em Dresden. São cartas reconfortantes, mas desprovidas de sentimento.

Passa as manhãs no quarto, manhãs de um vazio total, que vêm a ter seu próprio prazer insidioso e mortífero. À tarde caminha pelas ruas, evitando a região próxima à rua Meshchanskaya e à Voznesensky Prospekt, onde poderia ser reconhecido, e passa uma hora num salão de chá, sempre o mesmo.

Em Dresden costumava ler os jornais russos. Mas perdeu o interesse pelo mundo exterior. Seu mundo se contraiu; seu mundo está contido no peito.

Em consideração a Anna Serguêievna, volta ao apartamento só depois que escurece. Até que o chamem para jantar, permanece em silêncio no quarto que não é seu.

Está sentado na cama com o terno branco no colo. Não há ninguém ali para vê-lo. Nada mudou. Sente a corrente de amor que vai de seu coração até o do filho, tão física quanto uma corda. Sente a corda torcer-se e apertar seu coração. Geme alto. "Sim", sussurra, apreciando a dor; estende a mão e dá mais uma volta na corda.

A porta atrás dele se abre. Vira-se assustado, encurvado e feio, com lágrimas nos olhos, o terno amarrotado nas mãos.

"Quer comer agora?", a criança pergunta.

"Obrigado, mas prefiro ficar sozinho esta noite."

Ela volta mais tarde. "Quer um chá? Posso trazer para o senhor."

Ela traz bule, açucareiro e xícara e os oferece solenemente numa bandeja.

"Esse é o terno de Pável Alexandrovitch?"

Ele o põe de lado e assente.

A menina fica por perto, vendo-o beber. Mais uma vez ele nota a linha delgada de sua têmpora e de seu maxilar, os olhos escuros e líquidos, as sobrancelhas morenas e os cabelos louros como milho. Brota nele uma fúria de sentimentos contraditórios, como duas ondas que se chocam: o ímpeto de protegê-la e o ímpeto de feri-la porque está viva.

É bom que eu esteja trancado, pensa. Do jeito que estou agora não sirvo para a humanidade.

Espera que ela diga alguma coisa. Quer que ela fale. É um pedido terrível de fazer a uma criança, mas mesmo assim ele o faz. Ergue os olhos para ela. Nada é velado. Olha-a fixamente com o que só pode ser nudez.

Por um instante ela retribui o olhar. Então desvia os olhos, recua indecisa, faz uma reverência estranha, desajeitada, e foge do quarto.

Ele tem consciência, no momento em que ela se revela, de que essa é uma passagem que não esquecerá, e que um dia poderá até trabalhar de novo em seus textos. Uma espécie de vergonha o envolve, mas é superficial e transitória. Primeiro em seus textos, e agora em sua vida, a vergonha parece ter perdido a força, sendo substituída por uma passividade amoral e vaga que não recua diante de nenhuma excesso. É como se, pelo canto do olho, ele visse nuvens avançando em velocidade fantástica, nuvens de tempestade. O que quer que esteja em seu caminho será varrido. Aterrorizado, mas também excitado, ele espera que a tempestade irrompa.

Às onze horas, pelo seu relógio, sem se anunciar, ele emerge do quarto. A cortina está fechada na alcova onde Matryona e sua mãe dormem, mas Anna Serguêievna ainda está acordada, sentada à mesa, costurando ao lado da lamparina. Ele atravessa a sala e senta-se na frente dela.

Tem os dedos ágeis, movimentos decididos. Na Sibéria, ele aprendeu a coser, por necessidade, mas não consegue costurar com aquela graça fluida. Em seus dedos a agulha é uma curiosidade, uma flecha de Liliput.

"Com certeza a luz está fraca para um trabalho tão delicado", ele murmura.

Ela inclina a cabeça, como quem diz: eu sei; mas também, o que espera que eu faça a esse respeito?

"Matryona é sua única filha?"

Ela o olha diretamente. Ele gosta disso. Gosta de seus olhos, que não são nada suaves.

"Ela teve um irmão, mas que morreu muito pequeno."

"Então você sabe."

"Não, não sei."

O que ela quer dizer? Que a morte de um bebê é mais fácil de suportar? Ela não se explica.

"Se me permitir, vou lhe comprar um lampião melhor. É uma pena estragar sua vista tão cedo."

Ela inclina a cabeça, como quem diz: obrigada pela atenção, mas não precisa ter esse trabalho.

Tão cedo? O que *ele* quer dizer?

Ele sabe há algum tempo que, quando brotarem as palavras que virão em seguida, não tentará detê-las. "Estou ansioso para falar sobre meu filho", ele diz, "mas muito mais para ouvir os outros falarem dele."

"Era um bom rapaz", ela declara. "Pena que o conhecemos por tão pouco tempo." E então, como se percebesse que não foi suficiente: "Ele costumava ler para Matryona na hora de dormir. Ela esperava isso o dia todo. Havia um verdadeiro carinho entre eles".

"E o que liam?"

"Lembro-me de O *galo dourado* e Krylov. Também lhe ensinou alguns poemas franceses. Ela ainda sabe recitar um ou dois."

"É bom que você tenha livros em casa." Ele aponta para uma estante onde deve haver vinte ou trinta volumes. "Quero dizer, é bom para a formação de uma criança."

"Meu marido era impressor. Trabalhava numa gráfica. Lia muito, era seu passatempo. Esses são apenas alguns de seus livros. Às vezes o apartamento transbordava, quando ele estava vivo. Não havia espaço para todos." Ela hesita. "Temos um livro seu, *Gente pobre*. Era um dos favoritos de meu marido."

Há um silêncio. A lamparina começa a tremular. Ela a apaga e põe de lado a costura. Os cantos mais afastados da sala mergulham na sombra.

"Tive de pedir a Pável Alexandrovitch que não convidasse amigos para irem a seu quarto à noite", diz. "Agora me arrependo. Era porque eles nos acordavam, conversando e bebendo até tarde da noite. Ele tinha uns amigos bastante rudes."

"Sim, era democrático em suas amizades. Conseguia falar às pessoas comuns sobre coisas próximas de seus corações. Pessoas comuns têm fome de ideias. Ele nunca as desdenhava."

"Também não desdenhava Matryosha."

A luz enfraquece, o pavio começa a fumegar. Um bálsamo de palavras, ele pensa, aplicado sobre os lugares doloridos. Mas para curar o quê?

"Ele era uma pessoa séria, apesar de tão jovem", ele continua. "Pensava na Rússia, em nossas condições de vida. Preocupava-se com coisas importantes para as pessoas comuns."

Uma longa pausa. Homenagem, ele pensa: estou prestando uma homenagem, por mais tímida, por mais tardia, e também tentando extrair dela uma homenagem. E por que não?

"Fiquei pensando em uma coisa que o senhor me disse outro dia", ela fala, ruminando. "Por que me contou aquela história sobre Pável dormir demais?"

"Por quê? Porque, embora possa parecer sem importância agora, marcou sua vida. Pelo fato de ele dormir até tarde, tive de transferi-lo várias vezes de escola. Por isso ele não se matriculava. Assim, acabou aqui em Petersburgo, à margem da sociedade acadêmica, onde não tinha o que fazer, à qual realmente não pertencia. Não que fosse simplesmente preguiçoso. Nada conseguia despertá-lo: gritos, safanões, ameaças, súplicas. Era como tentar acordar um urso, um urso hibernado!"

"Entendo. Algumas crianças nunca se adaptam à escola. Mas quis dizer outra coisa. Desculpe-me por dizê-lo, mas o que me espantou quando o senhor contou a história foi como ainda parecia bravo com ele."

"É claro que estava zangado! A mãe dele morreu quando ele tinha quinze anos, a senhora deve saber. Não foi fácil criá-

-lo sozinho. Eu tinha mais a fazer do que acordar um menino daquela idade. Se Pável tivesse terminado a escola como todo mundo, nada disso teria acontecido."

"Isso?"

Ele abana o braço com impaciência, como que para enxotar o apartamento, a cidade de Petersburgo, até mesmo o grande dossel da noite lá fora.

Ela olha para ele, calma e fixamente; e diante daquele olhar ele começa a se dar conta do que dissera. Um tremor se apodera dele, começando pela mão direita. Levanta-se e anda pela sala, com as mãos cerradas nas costas. Alguma coisa está a caminho, alguma coisa cujo nome ele quer evitar. Tenta falar, mas sua voz brota estrangulada. Estou me comportando como um personagem de livro, pensa. Mas nem mesmo ridicularizar--se adianta. Seus ombros tremem. Sem emitir um som, começa a chorar.

Num livro, a mulher reagiria à sua tristeza com uma torrente de piedade. Esta mulher não. Fica sentada à mesa sob a luz oscilante, de cabeça baixa, a costura em seu colo. É tarde, não há ninguém que possa vê-los, a criança dorme.

Maldito coração!, diz para si mesmo. Maldita emotividade! A pedra de toque não é o coração e como o coração sente, mas a morte e o que o menino morto sente!

Naquele momento surge-lhe uma visão claríssima, a visão de Pável sorrindo para ele, rindo de sua pieguice, de suas lágrimas, de sua histrionice e também do que há por trás da histrionice. O sorriso não é de sarcasmo, pelo contrário, é de amizade e perdão. *Ele sabe!*, pensa o pai; *ele sabe e não se importa!* Uma onda de gratidão, alegria e amor o percorre. *Agora com certeza terá uma crise!*, ele também pensa, mas não se importa. Deixando de conter as lágrimas, tateia de volta até a mesa, enterra a cabeça nos braços e solta uivos de dor.

Ninguém afaga os seus cabelos, ninguém murmura uma palavra consoladora em seu ouvido. Mas quando, finalmente, procurando o lenço, ele levanta a cabeça, a menina Matryona está parada à sua frente, observando-o com atenção. Veste uma camisola branca; seus cabelos escovados escorrem pelos ombros. Ele não consegue deixar de notar os botões dos seios. Tenta lhe dar um sorriso, mas a expressão dela não muda. *Ela também sabe*, pensa. Sabe o que é falso e o que é verdadeiro; ou talvez procure saber, olhando suficientemente fundo.

Ele se recompõe. Por entre as últimas lágrimas, seu olhar prende-se no dela. Naquele instante algo passa entre os dois, e disso ele se retrai como se tivesse sido perfurado por um ferro quente. Então o braço da mãe a acolhe; uma palavra sussurrada, e ela volta para a cama.

5. Maximov

"Bom dia. Vim retirar (ele se surpreende com a firmeza de sua voz) alguns objetos de meu filho. Meu filho sofreu um acidente no mês passado, e a polícia se apropriou de alguns itens."

Ele desdobra o recibo e o estende sobre o balcão. Dependendo de se Pável entregou o espírito antes ou depois da meia-noite, está datado da véspera ou do próprio dia de sua morte; cita apenas "cartas e outros documentos".

O sargento examina o recibo com ar de dúvida. "Doze de outubro. Faz menos de um mês. O caso ainda não deve estar resolvido."

"Quanto tempo levará para que se resolva?"

"Talvez dois meses, três, talvez um ano. Depende das circunstâncias."

"Não há circunstâncias. Não se trata de um crime."

Segurando o papel com o braço estendido, o sargento sai da sala. Quando volta, sua expressão é nitidamente mais segura.

"O senhor é...?"

"Isaev. O pai."

"Sim, sr. Isaev. Sente-se, em breve será atendido."

Seu coração se aperta. Ele havia esperado simplesmente receber os pertences de Pável e sair daquele lugar. O que menos deseja é que a polícia volte a atenção para ele.

"Não posso esperar muito tempo", diz asperamente.

"Sim, senhor, tenho certeza de que o investigador encarregado do caso o atenderá logo. Mas sente-se e fique à vontade."

Consulta o relógio, senta-se no banco e olha ao redor fingindo impaciência. É cedo; há apenas mais uma pessoa na antessala, um rapaz vestido com um macacão manchado de tinta. Sentado muito ereto, ele parece dormir. Tem os olhos fechados, o queixo caído, e um ronco suave sai do fundo de sua garganta.

Isaev. Dentro dele a confusão não se resolveu. Não deveria desistir logo da história de Isaev, antes de se enredar nela? Mas como poderia explicar? "Sargento, houve um ligeiro engano. As coisas não são exatamente o que parecem. Num sentido, não sou Isaev. O Isaev, cujo nome tenho usado por motivos pessoais, que não quero detalhar aqui e agora, mas que são motivos perfeitamente válidos, morreu há alguns anos. No entanto, criei Pável Isaev como meu próprio filho e o amo como minha própria carne e meu sangue. Nesse sentido temos o mesmo nome, ou deveríamos ter. Esses papéis que ele deixou são preciosos para mim. Por isso estou aqui." E se fizesse a confissão espontaneamente, e o tempo todo eles não houvessem desconfiado de nada? E se estivessem a ponto de lhe entregar os papéis e então recuassem? "Ah-ah, o que é isso? Então o caso vai além do que pensamos?"

Enquanto hesita entre confessar e prosseguir com a impostura, enquanto tira o relógio do bolso e o examina de mau humor, tentando parecer um impaciente *homme d'affaires*, naquela sala abafada com um fogareiro queimando num canto, ele tem a premonição de uma crise, e no mesmo instante reconhece que uma crise seria um artifício, e o mais infantil dos artifícios, para sair da situação, enquanto em algum lugar a seu lado tomba a sombra perturbadora de uma lembrança: certamente ele já esteve ali, naquela mesma antessala ou em outra parecida, e teve uma crise ou um desmaio! Mas por que recorda o episódio de maneira tão difusa? E o que tem a lembrança a ver com o cheiro de tinta fresca?

"Isso já é demais!"

Seu grito ecoa pela sala. O pintor de paredes que cochila assusta-se; o sargento de plantão ergue os olhos surpreso. Ele tenta disfarçar sua confusão. "Quero dizer", fala, baixando a voz, "não posso esperar mais, tenho um compromisso. Como já disse..."

Já havia se levantado e vestido o casaco quando o sargento o chamou de volta. "O conselheiro Maximov o receberá agora, senhor."

No escritório a que é conduzido não há bancos. Exceto pelo enorme sofá de couro sintético, é mobiliado no indefinível estilo burocrático. O conselheiro Maximov, investigador judicial do caso de Pável, é um homem calvo com a figura rechonchuda de uma camponesa, que se ajeita até se sentir confortavelmente sentado, e então abre a pasta volumosa à sua frente na escrivaninha e lê lentamente, murmurando consigo mesmo, balançando a cabeça de vez em quando. "Triste história... Triste história..."

Finalmente levanta os olhos. "Meus pêsames mais sinceros, sr. Isaev."

Isaev. É hora de se decidir!

"Obrigado. Vim buscar os papéis de meu filho. Estou ciente de que o caso ainda não está encerrado, mas não vejo como papéis particulares possam interessar ao seu departamento ou tenham qualquer relevância para... seus procedimentos."

"Sim, é claro, é claro! Como o senhor diz, papéis particulares. Mas, diga-me: quando o senhor fala de papéis, o que quer dizer exatamente? Em que consistem os papéis?"

Os olhos do homem têm um brilho aquoso; seus cílios são pálidos como os de um gato.

"Como posso explicar? Foram removidos do quarto de meu filho, ainda não os vi. São cartas, papéis..."

"O senhor não os viu, mas acredita que não tenham interesse para nós. Entendo. Entendo que um pai acredite que os papéis de seu filho sejam assunto pessoal, ou pelo menos familiar. Sim, é claro. No entanto, há uma investigação em andamento. Mera formalidade, talvez, mas exigida pela lei, e, portanto, não pode ser dispensada com um estalar de dedos ou um floreio de mão, e os papéis fazem parte dessa investigação. Assim..."

Ele junta os dedos e baixa a cabeça, parecendo mergulhar em pensamentos. Quando ergue novamente o olhar, não está mais sorrindo, mas tem um ar da mais firme determinação. "Acredito", diz, "sim, acredito ter a solução que satisfará ambas as partes. Como o caso não está encerrado — na verdade, mal foi iniciado —, não posso devolver os papéis ao senhor. Mas vou permitir que os veja. Porque concordo que é injusto, muito injusto, suprimi-los em uma ocasião tão trágica, ocultando-os da família."

Com um gesto súbito e intimidativo, como o de um jogador que mostra seu trunfo, ele retira uma única página da pasta e a coloca à sua frente.

É uma lista de nomes, nomes russos escritos em caracteres latinos, todos começando pela letra A.

"Há algum erro. Esta não é a caligrafia de meu filho."

"Não é de seu filho? Humm...", Maximov recolhe a folha e a examina. "Então o senhor não imagina de quem seja esta caligrafia, sr. Isaev?"

“Não reconheço a caligrafia, mas não é de meu filho.”

Do fundo da pasta, Maximov escolhe outra folha e a coloca sobre a mesa. “E esta?”

Ele nem precisa ler. Que estupidez!, pensa. Uma vertigem o assalta. Sua voz parece vir de muito longe. “É uma carta minha. Não sou Isaev, apenas adotei o nome...”

Maximov está abanando a mão, como se espantasse uma mosca, abanando suas palavras, abanando o silêncio; mas ele domina a tontura e termina sua declaração:

“Adotei o nome para não complicar as coisas... por nenhum outro motivo. Pável Alexandrovitch Isaev é meu enteado, o único filho de minha falecida esposa. Mas para mim é um filho. Ele não tem ninguém no mundo além de mim.”

Maximov pega a carta de seu punho frouxo e a examina de novo. É a última carta que ele escreveu de Dresden, na qual critica Pável por gastar demais. É mortificante ficar ali sentado enquanto um estranho a lê! É mortificante tê-la escrito! Mas como é possível saber, *como é possível saber* qual será o último dia?

“‘Seu pai que o ama, Fiódor Mikhailovitch Dostoiévski’”, murmura o magistrado, e ergue os olhos. “Então deixe-me esclarecer, o senhor nunca foi Isaev, o senhor é Dostoiévski.”

“Sim. Foi um engano, um erro estúpido mas inofensivo, do qual me arrependo.”

“Compreendo. Entretanto, o senhor veio aqui fingindo — mas precisamos usar essa palavra horrível? Vamos usá-la cautelosamente, digamos, por enquanto, à falta de outra melhor, fingindo ser o pai do falecido Pável Alexandrovitch Isaev e reivindicando que seus bens lhe sejam entregues, mas na verdade o senhor não é essa pessoa. Não parece correto, parece?”

“Foi um erro, como eu disse, do qual agora me arrependo amargamente. Mas o falecido *é* meu filho, e sou seu tutor legal, devidamente nomeado.”

"Humm. Vejo que ele tinha vinte e um anos, quase vinte e dois, na época do falecimento. Então, estritamente falando, o prazo da tutela havia expirado. Um homem de vinte e dois anos é senhor de si mesmo, não é? Uma pessoa livre diante da lei."

É esse sarcasmo que finalmente o desperta. Ele se levanta.

"Não vim aqui para discutir meu filho com estranhos", diz, erguendo a voz. "Se insiste em guardar seus papéis, diga-o claramente e tomarei outras medidas."

"Insisto em guardar seus papéis? É claro que não! Meu caro senhor, por favor, sente-se! É claro que não! Pelo contrário, gostaria muito, como o senhor, de examinar os papéis, pelo seu próprio bem e pelo nosso. Os esclarecimentos que o senhor puder nos dar serão muito apreciados, muitíssimo. Para começar, vejamos este item." Ele estende à sua frente meia dúzia de páginas escritas de ambos os lados, a lista completa de nomes cuja primeira parte já examinou, a dos *As*. "Não é a caligrafia de seu filho?"

"Não."

"Não, sabemos disso. Alguma ideia de quem seja esta letra?"

"Não a reconheço."

"Pertence a uma moça que vive atualmente no exterior. Seu nome não é relevante, porém, se eu o mencionasse, acho que o senhor ficaria surpreso. É amiga e sócia de um homem chamado Nietcháiev. Serguei Gennadevich Nietcháiev. Esse nome lhe diz alguma coisa?"

"Não conheço Nietcháiev pessoalmente, e duvido muito que meu filho o conhecesse. Nietcháiev é um conspirador e um rebelde cujos objetivos repudio com todas as minhas forças."

"O senhor não o conhece pessoalmente, como disse. Mas já teve contato com ele."

"Não, não tive contato com ele. Participei de uma palestra pública em Genebra, na Suíça, na qual diversas pessoas falaram, entre elas Nietcháiev. Ele e eu estivemos juntos na mesma sala, é esse o grau de nosso conhecimento."

"E quando foi isso?"

"Foi no outono de 1867. A palestra foi organizada pela Liga para a Paz e a Liberdade, como se intitula a organização. Participei abertamente, como um patriota russo, para ouvir o que poderia ser dito de todos os lados sobre a Rússia. O fato de eu ter escutado esse jovem Nietcháiev falar não significa que o estivesse apoiando. Pelo contrário, repito, rejeito tudo o que ele representa, e já o disse diversas vezes, em público e na privacidade."

"Incluindo o bem-estar dos povos? Nietcháiev não defende o bem-estar dos povos? Não é por isso que luta?"

"Não consigo entender a importância dessas perguntas. Nietcháiev representa em primeiro lugar a destruição violenta de todas as instituições sociais, em nome de um princípio de igualdade; felicidade igual para todos, ou, senão, pobreza igual para todos. Não é um princípio que ele tente justificar. Na verdade, de modo geral ele parece desprezar as justificativas por serem perda de tempo, elucubração inútil. Por favor, não tente me associar a Nietcháiev."

"Muito bem, aceito a queixa. Mas devo acrescentar que estou surpreso. Não o havia imaginado um paladino dos princípios. Mas vamos ao que interessa. Os nomes que o senhor vê à sua frente, reconhece algum?"

"Reconheço alguns deles. Um punhado."

"É uma lista de pessoas que serão assassinadas assim que for dado o sinal, em nome da Vingança do Povo, que, como o senhor sabe, é o nome da organização clandestina criada por Nietcháiev. Os assassinatos deverão precipitar um levante geral e a derrubada do Estado. Se folhear até o final, verá um apêndice que relaciona grupos inteiros de pessoas que, ao irromper o golpe, deverão sofrer execução sumária. Inclui todo o alto escalão do judiciário e todos os oficiais de polícia e os oficiais da Terceira Seção, de capitão para cima. A lista foi encontrada entre os papéis de seu filho."

Depois de passar essa informação, Maximov inclinou a cadeira para trás e sorriu amigavelmente.

"E isso significa que meu filho é um assassino?"

"É claro que não! Como poderia ser, se ninguém foi assassinado? O que temos aqui é, por assim dizer, um esboço, um esboço especulativo. Na verdade, na minha opinião, minha opinião como indivíduo privado, é uma lista que um jovem ressentido com a sociedade poderia elaborar durante uma tarde, talvez como forma de se exibir para a própria moça a quem estava ditando, alardeando seu poder de vida e morte, seu poder completamente ilusório. Todavia, o assassinato, o complô para assassinar, é uma ameaça ao oficialato. São assuntos sérios, concorda?"

"Muito sérios. Sua missão é evidente, não precisa de minha opinião. Se e quando Nietcháiev retornar a seu país natal, o senhor deve prendê-lo. Quanto a meu filho, o que pode fazer? Prendê-lo também?"

"Ha, ha! Boa piada, Fiódor Mikhailovitch! Não, não poderíamos prendê-lo nem que quiséssemos, pois ele se foi desta para a melhor. Mas deixou coisas para trás. Deixou documentos, mais documentos do que qualquer conspirador de respeito deveria. E também deixou para trás perguntas. Tais como: por que tirou a própria vida? Deixe-me perguntar: por que o senhor acha que ele tirou a própria vida?"

A sala gira diante de seus olhos. O rosto do investigador flutua como um enorme balão cor-de-rosa.

"Ele não se matou", sussurra. "O senhor não sabe nada sobre meu filho."

"É claro que não! Não sei uma migalha sobre seu enteado e as vicissitudes de sua existência, nem pretendo saber. O que espero compreender, entretanto, num sentido material e investigativo, é o que o atraiu para a morte. Teria sido ameaçado, por exemplo? Algum de seus associados teria ameaçado denunciá-lo? Teria ele temido que as consequências o abalassem tão profundamente que decidiu acabar com a própria vida? Ou será que não se matou? Seria possível que, por motivos que ainda ignoramos, o tenham considerado um traidor da Vingança do Povo, sendo por isso assassinado dessa maneira tão desagradável? Essas são algumas das perguntas que passam por minha mente. E é por isso que aproveito esta feliz oportunidade para falar com o senhor, Fiódor Mikhailovitch. Porque se o senhor não o conhece, tendo sido seu padrasto e protetor durante tanto tempo, na ausência de seus pais naturais, quem o conhecerá?

"Há também a questão da bebida. Ele estava habituado a beber muito, ou entregou-se a isso recentemente, devido às pressões da vida de conspirador?"

"Não compreendo. Por que estamos falando de bebida?"

"Porque na noite de sua morte ele havia bebido copiosamente. Não sabia?"

Ele balança a cabeça, aturdido.

"Evidentemente, Fiódor Mikhailovitch, há muita coisa que o senhor desconhece. Ora, deixe-me ser franco com o senhor. Assim que soube que havia chegado para buscar os documentos de seu enteado, entrando, por assim dizer, no covil do leão, tive certeza, quase certeza, de que o senhor não suspeitava de nada. Pois se tivesse sabido de uma ligação entre seu enteado e a gangue criminosa de Nietcháiev, certamente não teria vindo aqui. Ou pelo menos teria deixado claro desde o princípio que desejava apenas as cartas trocadas entre o senhor e seu enteado, mais nada. Está me seguindo?"

"Sim..."

"E como já está de posse das cartas que seu enteado lhe enviou, isso significaria que desejava apenas as cartas do senhor para ele. Mas por quê..."

"Sim, as cartas, e tudo mais de natureza particular. De que lhe serve fazer acusações contra ele agora?"

"Realmente!... Tão trágico... Mas para voltar à questão dos papéis: o senhor usa a expressão 'de natureza particular'. Ocorre que nas circunstâncias atuais é difícil saber o que significa 'de natureza particular'. É claro que devemos respeitar o falecido, devemos defender direitos que seu enteado não tem mais condições de defender, neste caso o direito a certa privacidade decente. A perspectiva de que após nossa morte um estranho venha farejar nossas posses, abrindo gavetas, rompendo lacres, lendo cartas íntimas, seria uma perspectiva dolorosa para qualquer um de nós, tenho certeza. Por outro lado, em certos casos realmente seria preferível que um estranho desinteressado realizasse essa tarefa desagradável, mas necessária. Poderíamos ficar à vontade vendo nossas coisas mais íntimas sendo abertas, quando as emoções ainda estão frescas, diante do olhar descontraído de uma esposa, filha ou irmã? De certa maneira, é melhor que isso seja feito por um estranho, alguém que não possa se ofender, porque nada significamos para ele, e também porque a natureza de sua profissão o torna empedernido.

"É claro que, em certo sentido, isso é conversa fiada, pois afinal é a lei que dispõe, a lei da sucessão: os herdeiros das propriedades entram em posse dos documentos particulares e de tudo mais. E no caso de alguém morrer sem indicar herdeiro, as regras de consanguinidade se impõem e determinam o que deve ser determinado.

"Portanto, estamos de acordo: cartas entre os membros de uma família são documentos privados, a serem tratados com a discrição adequada. Enquanto as comunicações do estrangeiro, comunicações de natureza sediciosa, listas de pessoas marcadas para serem assassinadas, por exemplo, claramente não são documentos privados. Mas este, ora, este é um caso curioso."

Ele folheia algo na pasta, tamborilando com as unhas na escrivaninha de maneira irritante. "Caso curioso, *aqui está* um caso curioso...", repete num murmúrio. "Um conto", anuncia abruptamente. "Que podemos dizer de um conto, uma obra de ficção? O senhor diria que é uma história de natureza privada?"

"É um assunto particular, um assunto completamente particular, até que seja entregue ao mundo."

Maximov atira-lhe um olhar interrogativo, e depois empurra sobre a mesa o que estivera lendo. É um caderno de exercícios de criança, com páginas pautadas. Ele reconhece imediatamente a escrita inclinada, com suas volutas e seus traços retos. A caligrafia de um órfão, pensa; terei de aprender a amá-la. Pousa a mão protetora sobre a página.

"Leia", diz suavemente seu antagonista.

Ele tenta ler, mas não consegue se concentrar; quanto mais se esforça, mais enxerga apenas os detalhes do manuscrito. Seus olhos também estão embaciados pelas lágrimas; ele as enxuga com a manga, para impedir que caiam e borrem a página. "'Imensidões de neve sem pegadas'", ele lê, e deseja corrigir o clichê. É alguma coisa sobre um homem na natureza, sobre o frio. Balança a cabeça e fecha o caderno.

Maximov inclina-se e delicadamente o recolhe. Vira as páginas até encontrar o que procura, e depois o empurra de novo sobre a mesa. "Leia esta parte", diz, "apenas uma ou duas páginas. Nosso herói é um jovem condenado por conspiração traiçoeira e mandado para a Sibéria. Escapa da prisão e encontra o caminho da casa de um fazendeiro, onde é escondido e alimentado por uma empregada, uma camponesa. Eles são jovens, surge entre os dois um sentimento romântico, e assim por diante.

Certa noite o proprietário das terras, que é retratado como um lúbrico grosseiro, tenta impor suas atenções à garota. É esse trecho que sugiro que o senhor leia."

Mais uma vez ele balança a cabeça.

Maximov recolhe o livro. "O rapaz não suporta mais o espetáculo. Sai de seu esconderijo e intervém." Ele começa a ler em voz alta: "'Karamzin', esse é o proprietário, 'volta-se para ele e sibila: "Quem é você? O que está fazendo aqui?" Então nota o uniforme cinza rasgado e a corrente partida na perna. "Ah! É um deles!", grita. "Vou dar um jeito em você!" Dá meia-volta e começa a arrastar-se para fora da sala.' Foi essa a palavra que ele usou: arrastar-se. Gostei. O proprietário é descrito como um bruto com cara de pequinês, de orelhas peludas e pernas curtas e gordas. Não admira que nosso jovem herói esteja ofendido: a velhice e a feiura manipulando a beleza virginal! Ele agarra um machado ao lado do fogão. 'Com toda a força que encontra, tremendo ao fazê-lo, ele desce o machado sobre o crânio pálido do homem. Os joelhos de Karamzin dobram-se sob seu peso. Com um enorme rugido que lembra o de uma fera, ele cai estendido no chão limpo da cozinha, de braços abertos e com os dedos estremecendo, que depois se descontraem. Serguei', é esse o nome de nosso herói, 'fica paralisado, segurando o machado sujo de sangue, sem acreditar no que fez. Mas Marfa', essa é a heroína, 'com uma presença de espírito que ele não esperava, agarra um pano molhado e o coloca sob a cabeça do morto, para que o sangue não se espalhe.' Um belo toque de realismo, não acha?

"O resto da história está apenas esboçado, não o lerei. Talvez com o afastamento do obsceno Karamzin, a inspiração de nosso autor tenha se reduzido. Serguei e Marfa arrastam o corpo para fora e o despejam num poço abandonado. Então saem juntos pela noite, 'cheios de decisão', essa é a frase. Não fica claro se pretendem fugir. Mas deixe-me mencionar um último detalhe.

Serguei não deixa a arma do crime para trás. Não, leva-a consigo. Por quê?, pergunta Marfa. Eu cito sua resposta: 'Porque é a arma do povo russo, nosso meio de defesa e de vingança'. O machado sangrento, a vingança do povo, a alusão não poderia ser mais clara, concorda?"

Perplexo, ele olha fixamente para Maximov. "Não posso crer em meus ouvidos", sussurra. "O senhor realmente pretende utilizar isso como prova contra meu filho? Um conto, uma fantasia escrita na privacidade de seu quarto?"

"Oh, não, não, Fiódor Mikhailovitch, o senhor me entendeu mal!" Maximov reclina-se na cadeira, balançando a cabeça com aparente preocupação. "Não há a menor intenção de perseguir seu enteado, para usar sua palavra. O caso está encerrado, no sentido que mais importa. Li sua fantasia, como prefere chamá-la, simplesmente para mostrar quão profundamente ele havia caído sob a influência dos nietchaievitas, que levaram para o mau caminho sabe-se lá quantos de nossos jovens mais impressionáveis e volúveis, especialmente aqui em Petersburgo, e vários deles de boas famílias. Uma espécie de epidemia, eu diria, o nietchaievismo. Uma epidemia, ou talvez apenas uma moda."

"Não é uma moda. O que o senhor chama de nietchaievismo sempre existiu na Rússia, embora sob outros nomes. O nietchaievismo é tão russo quanto o banditismo. Mas não estou aqui para discutir os nietchaievitas. Vim por um simples motivo: buscar os papéis de meu filho. Posso levá-los? Se não, posso ir embora?"

"O senhor pode ir, é livre para sair daqui. Esteve no estrangeiro e voltou sob um nome falso. Não perguntarei que passaporte está usando. Mas é livre para ir embora. Se seus credores descobrirem que está em Petersburgo, é claro que são igualmente livres para tomar as medidas que acharem necessárias. Isso não é da minha conta, isso é entre o senhor e eles. Mas repito: o senhor é livre para sair deste escritório. No entanto, advirto-o de que realmente não posso conspirar com o senhor para manter esta farsa. Que isso fique claro."

"Neste momento nada poderia ser menos importante para mim do que dinheiro. Se eu tiver de ser arruinado por antigas dívidas, que seja."

"O senhor sofreu muito, está abalado, é por isso que diz essas coisas. Compreendo perfeitamente. Mas lembre-se: tem uma esposa e um filho que dependem do senhor. Ao menos pelo bem deles, não pode se entregar à sorte. Quanto ao seu pedido sobre estes papéis, sinto muito, mas devo dizer não, eles não lhe poderão ser entregues. Fazem parte de um caso de polícia, no qual seu enteado está ligado aos nietchaievitas."

"Muito bem. Mas, antes que eu saia, posso mudar de ideia e dizer uma última coisa sobre esses nietchaievitas? Pois eu, ao contrário do senhor, corrija-me se estiver enganado, pelo menos vi e ouvi Nietcháiev em pessoa."

Maximov inclina a cabeça, interrogativo. "Por favor, continue."

"Nietcháiev não é um caso de polícia. Em última instância, ele não é um caso para as autoridades, pelo menos para as autoridades seculares."

"Continue."

"O senhor pode descobrir e prender Serguei Nietcháiev, mas isso não significa que o nietchaievismo será debelado."

"Concordo. Concordo plenamente que o nietchaievismo é uma ideia estrangeira em nossa terra; o próprio Nietcháiev é apenas a personificação disso. O nietchaievita não será extinto até que as coisas mudem. Nossos objetivos devem, portanto, ser mais modestos e mais práticos: verificar a expansão da ideia e, onde ela já se disseminou, impedir que se transforme em atos."

"Mas o senhor ainda não me entendeu. O nietchaievismo

não é uma ideia. Ele despreza as ideias, está além das ideias. É um espírito, e o próprio Nietcháiev não é sua personificação, mas seu abrigo; ou melhor, está possuído por ele."

A expressão de Maximov é inescrutável. Ele tenta novamente.

"Quando vi Serguei Nietcháiev pela primeira vez, em Genebra, ele me marcou claramente como um rapaz comum, apagado, tristonho, intelectualmente banal. Não acho que essa primeira impressão estivesse errada. No entanto, um espírito penetrou nesse veículo improvável. Não há nada notável no espírito. É um espírito sombrio, ressentido e assassino. Por que escolheu residir nesse jovem em particular? Não sei. Talvez porque o tenha achado um anfitrião em cuja casa é fácil se entrar e sair. Mas é por causa do espírito dentro de si que Nietcháiev tem seguidores. Eles seguem o espírito, não o homem."

"E qual é o nome desse espírito, Fiódor Mikhailovitch?"

Ele faz um esforço para visualizar Serguei Nietcháiev, mas tudo o que vê é uma cabeça de boi, com os olhos vidrados, a língua pendente, o crânio aberto pelo machado do açougueiro. Ao redor dele há um enxame de moscas vorazes. Ocorre-lhe um nome, e no mesmo instante ele o murmura: "Baal".

"Interessante, uma metáfora, talvez, e não completamente clara, mas vale a pena tê-la em mente. Baal. Devo perguntar-me, no entanto, qual a vantagem de falar em espíritos e possessão? Seria mesmo vantajoso falar de ideias que correm pelo país, como se as ideias tivessem braços e pernas? Essa conversa nos ajudará em nossa empreitada? Ajudará a Rússia? O senhor diz que não devemos prender Nietcháiev porque ele está possuído por um demônio... devemos chamá-lo de demônio?; *espírito* soa falso, eu diria. Nesse caso, que *deveríamos* fazer? Afinal, não somos uma ordem contemplativa, nós, do braço investigativo."

Faz-se um silêncio.

“De maneira nenhuma desejo descartar alguma coisa que o senhor disse”, Maximov continua. “O senhor é um homem bem-dotado, um homem de visão especial, como eu já sabia antes de conhecê-lo. E essas crianças conspiradoras certamente são um tipo de peixe diferente de seus predecessores. Acreditam ser imortais. Nesse sentido, é realmente como lutar contra demônios. E ainda por cima implacáveis. Está no sangue deles, por assim dizer, desejar mal a nós, à nossa geração. É algo que já tinham ao nascer. Não é fácil ser pai, é? Eu mesmo sou pai, mas felizmente um pai de meninas. Não gostaria de ser pai de rapazes hoje em dia. Mas o seu próprio pai não... não houve algo desagradável com seu pai, ou estou enganado?”

Detrás de seus cílios brancos, Maximov lança um olhar arguto, e depois continua sem demora:

“Assim, fico pensando, afinal, se o fenômeno Nietcháiev é uma aberração do espírito, como o senhor parece dizer. Talvez seja apenas a velha história de pais e filhos, como sempre houve, só que, nesta geração específica, mais mortífera, mais vingativa. Nesse caso, talvez a conduta mais sábia seja a mais simples: descobri-los e superá-los, esperar que eles cresçam. Afinal, tivemos os dezembristas, e depois os homens de 49. Os dezembristas estão velhos hoje, os que ainda vivem; estou certo de que, sejam quais forem os demônios que deles se apossaram, já escaparam há muitos anos. Quanto a Petrashévski e seus amigos, qual é sua opinião? Petrashévski e seus amigos estavam possuídos por demônios?”

Petrashévski! Por que ele menciona Petrashévski?

“Discordo. O que o senhor chama de fenômeno Nietcháiev tem coloração própria. Nietcháiev é um homem sanguinário. Os homens a quem o senhor tem a honra de se referir eram idealistas. Fracassaram porque, para crédito deles, não eram suficientemente organizados, e certamente não eram sanguinários.

Petrashévski, já que o senhor o menciona, denunciou desde o início o tipo de jesuitismo que desculpa os meios em nome dos fins. Nietcháiev é um jesuíta, um jesuíta secular que abraça abertamente a doutrina de que os fins justificam o mais cínico abuso da energia de seus seguidores."

"Então há algo que não entendi. Explique-me novamente: por que os sonhadores, os poetas, jovens inteligentes como seu enteado são atraídos por bandidos como Nietcháiev? Porque, no seu entender, Nietcháiev não é exatamente isso: um bandido com um verniz de educação?"

"Não sei. Talvez porque nos jovens exista algo que ainda não adormeceu, algo que é atraído pelo espírito de Nietcháiev. Talvez isso exista em todos nós: algo que pensamos estar morto há séculos, mas que estava apenas adormecido. Repito, não sei. Sou incapaz de explicar a ligação entre meu filho e Nietcháiev. Surpreende-me. Vim aqui apenas para buscar os papéis de Pável, que para mim são preciosos de um modo que o senhor não compreende. São os papéis que eu quero, mais nada. Pergunto-lhe novamente: vai devolvê-los? Eles não têm utilidade para o senhor. Não lhe explicarão por que jovens inteligentes caem sob a influência de pessoas perniciosas. E *ao senhor* dirão ainda menos, porque claramente o senhor não sabe ler. O tempo todo em que esteve lendo o conto de meu filho, permita-me dizer isso, percebi como se mantinha à distância, erguendo uma barreira de zombaria, como se as palavras pudessem saltar da folha e estrangulá-lo."

Algo nele havia começado a se incendiar enquanto falava, e isso lhe agrada. Inclina-se para a frente, agarrando os braços da cadeira.

"O que é que o assusta, conselheiro Maximov? Quando lê sobre Karamzin ou Karamzov, seja qual for o nome dele, quando o crânio de Karamzin é partido como um ovo, qual é a verdade:

o senhor sofre com ele, ou secretamente exulta por trás do braço que brande o machado? Não responde? Então permita que eu lhe diga: ler é ser o braço, ser o machado *e* ser o crânio; ler é entregar-se, e não manter-se à distância, zombando. Se eu lhe perguntar, tenho certeza de que dirá que está caçando Nietcháiev para levá-lo a julgamento, com os devidos advogados e processos de defesa, acusação e assim por diante, e então o trancará pelo resto da vida numa cela limpa e iluminada. Mas olhe para dentro de si mesmo: é esse seu verdadeiro desejo? Não quer, no fundo, cortar-lhe a cabeça e chapinhar em seu sangue?"

Ele se recosta na cadeira, ruborizado.

"É um homem inteligente, Fiódor Mikhailovitch. Mas fala da leitura como se fosse uma possessão do demônio. De acordo com esse modelo, realmente sou um leitor sofrível, obtuso e comezinho. No entanto, pergunto-me se, neste momento, o senhor não está febril. Se pudesse ver-se num espelho, tenho certeza de que compreenderia o que quero dizer. Tivemos uma longa conversa, interessante mas longa, e tenho vários outros afazeres."

"E os papéis que o senhor retém com tamanho zelo poderiam muito bem ser escritos em aramaico, pois de nada lhe servirão. Devolva-os!"

Maximov sorri. "O senhor me oferece o motivo mais forte e sensato para não atender ao seu pedido, Fiódor Mikhailovitch, qual seja: em seu atual estado de ânimo, o espírito de Nietcháiev poderia saltar da página e apossar-se completamente do senhor. Mas, falando sério: o senhor diz que sabe ler. Poderia em alguma data futura ler todos estes papéis para mim, todos os documentos de Nietcháiev, dos quais esta pasta é uma dentre muitas?"

"Lê-los para o senhor?"

"Sim. Faça-me uma leitura deles.

"Por quê?

"Porque o senhor disse que eu não sei ler. Dê-me uma aula

a respeito de como ler. Ensine-me. Explique-me essas ideias que não são ideias."

Pela primeira vez desde que o telegrama chegara a Dresden, ele ri; pode sentir as linhas marcadas de seu rosto rompendo-se. É um riso áspero e sem alegria. "Sempre me disseram", ele continua, "que a polícia constitui os olhos e os ouvidos da sociedade. E agora o senhor me pede ajuda! Não, não farei a leitura."

Maximov assente, cruzando as mãos no colo, fechando os olhos, parecendo mais do que nunca o Buda, atemporal, assexuado. "Obrigado", murmura. "Agora o senhor deve ir."

Ele sai na antessala repleta de gente. Quanto tempo ficou fechado com Maximov? Uma hora? Mais? O banco está cheio, há pessoas encostadas nas paredes e pessoas no corredor, onde ainda se sente o cheiro de tinta fresca. Toda a conversa para; olhos viram-se para ele sem simpatia. Tantos buscam justiça, cada qual com sua história para contar!

É quase meio-dia. Ele não suporta a ideia de voltar para seu quarto. Caminha para leste na rua Sadovaya. O céu está baixo e cinzento, sopra um vento frio; há gelo no chão, e a calçada está escorregadia. Um dia triste, um dia para arrastar-se cabisbaixo. Mas ele não consegue parar, seus olhos se movem incansavelmente de um passante para outro, procurando aqueles ombros, aquele andar lento que pertencem a seu filho. Pelo caminhar ele o reconhece: primeiro o passo, depois a forma.

Tenta evocar o rosto de Pável. Mas o rosto que aparece no lugar dele, e aparece com surpreendente vivacidade, é o de um rapaz de sobrancelhas grossas, barba rala, lábios finos e apertados, o rosto de um rapaz que se sentou atrás de Bakunin no palco do Congresso da Paz dois anos antes. Sua pele é perfurada por cicatrizes que sobressaem vivamente no frio. "Vá embora", ele diz, tentando afastar a imagem. Mas ela não vai. "Pável!", sussurra, invocando o filho em vão.

6. Anna Serguêievna

Ele ainda não havia estado na loja. É menor do que imaginara, baixa e escura, um pouco abaixo do nível da rua. A placa diz "MERCEARIA YAKOVLEV". Uma campainha soa quando ele abre a porta. Seus olhos demoram um pouco para se acostumar à obscuridade.

É o único freguês. Atrás do balcão está um velho de avental branco e sujo. Ele finge examinar as mercadorias: sacas abertas de trigo-sarraceno, farinha, ervilhas secas, ração para cavalos. Então se aproxima do balcão. "Quero um pouco de açúcar, por favor."

"Hã?", diz o ancião, limpando a garganta. Os óculos deixam seus olhos pequenos como botões.

"Gostaria de um pouco de açúcar."

Ela surge de uma porta acortinada no fundo da loja. Se está surpresa em vê-lo, não demonstra. "Eu atendo o freguês, Avram Davidovitch", diz calmamente, e o velho se afasta.

"Vim porque quero um pouco de açúcar", ele repete.

"Açúcar?" Há um levíssimo sorriso em seus lábios.

"Cinco copeques."

Com destreza, ela monta um cone de papel, fecha o fundo com uma dobra e despeja nele o açúcar refinado, pesa-o, dobra a boca do cone. Mãos hábeis.

"Acabo de voltar da polícia. Tentei recuperar os papéis de Pável."

"É?"

"Há complicações que não previ."

"O senhor vai consegui-los. Demora um pouco. Tudo demora."

Embora não haja motivo para tal, ele lê nesse comentário um duplo significado. Se o velho não estivesse pairando atrás dela, ele se estenderia sobre o balcão e pegaria sua mão.

"São...?"

"Cinco copeques."

Ao pegar o cone, deixa que seus dedos rocem os dela. "A senhora iluminou meu dia", ele sussurra, de modo tão suave que talvez ela nem sequer tenha escutado. Ele se curva, curva-se para Avram Davidovitch.

É imaginação sua, ou já viu em algum lugar o homem de casaco e boné de pele de carneiro que, depois de ficar do outro lado da rua observando os homens que descarregavam tijolos, agora se volta, como ele, na direção da rua Svechnoi?

E açúcar. Por quê, dentre todas as coisas, ele pediu açúcar?

Escreve um recado para Apollon Maykov: "Estou em Petersburgo e visitei o túmulo. Obrigado por ter cuidado de tudo. Obrigado também por tantas gentilezas que fez para Pável todos esses anos. Sou eternamente grato". Assina o bilhete: *D.*

Seria fácil arranjar um encontro discreto. Mas não quer comprometer seu velho amigo. Sempre generoso, Maykov compreenderá, diz consigo mesmo. Estou de luto, e as pessoas de luto recusam companhia.

É uma boa desculpa, mas é mentira. Ele não está de luto. Não disse adeus ao filho, não desistiu de seu filho. Pelo contrário, o quer de volta à vida.

Escreve a sua mulher: "Ele ainda está aqui no quarto. Está assustado. Perdeu o direito de continuar neste mundo, mas o outro mundo é frio, frio como o espaço entre as estrelas, e sem boas-vindas". Assim que termina a carta, rasga-a. É absurda; e também uma traição ao que permanece entre ele e o filho.

Seu filho está dentro dele, um bebê morto numa caixa de ferro na terra gelada. Não sabe como ressuscitar o bebê ou, o que dá na mesma, falta-lhe vontade para isso. Está paralisado. Mesmo enquanto caminha pela rua, pensa em si mesmo como que paralisado. Cada gesto de suas mãos é feito com a lentidão de um homem congelado. Não tem vontade; ou melhor, sua vontade transformou-se num bloco sólido, numa pedra que exerce todo o seu peso morto para atraí-lo para a imobilidade e o silêncio.

Ele sabe o que é tristeza. Isso não é tristeza. Isso é morte, a morte chegando antes do tempo, chegando não para engolfá-lo e devorá-lo, mas simplesmente para ficar com ele. É como um cão que passou a morar com ele, um grande cão cinzento, cego, surdo, estúpido e impassível. Quando ele dorme, o cão dorme; quando ele desperta, o cão desperta; quando sai de casa, o cão se arrasta atrás dele.

Sua mente gira, lenta mas insistentemente, ao redor de Anna Serguêievna. Quando pensa nela, pensa nos dedos ágeis contando moedas. Moedas, pontos da agulha — o que significam?

Lembra-se de uma garota camponesa que viu certa vez no portão do convento de Sant'Ana em Tver. Ela estava sentada com um bebê morto no colo, afastando as pessoas que tentavam lhe tirar o pequeno cadáver, sorrindo beatificamente — sorrindo como Sant'Ana, na verdade.

Memórias como fiapos de fumaça. Uma cerca de caniços no meio do nada, cinzenta e frágil, e um fiapo de pessoa esgueirando-se entre os caniços, plana, sem peso, a figura de um menino de branco. Uma aldeia nas estepes com um regato e duas ou três árvores, uma vaca com um badalo no pescoço e fumaça subindo para o céu. O reverso do além, o fim do mundo. Um menino passando entre os caniços, indo e voltando, numa metamorfose interrompida, de um jeito expiatório.

Visões que surgem e desaparecem, ligeiras, efêmeras. Ele não controla a si mesmo. Cuidadosamente, empurra o papel e a pena para a extremidade da mesa e deita a cabeça nas mãos. Se vou desmaiar, pensa, que desmaie no meu posto.

Outra visão. Uma figura junto a um poço, levando uma cuia à boca, um viajante prestes a partir; sobre a borda, os olhos já abstraídos, alhures. Um roçar de mãos. Um toque terno. "Adeus, velho amigo!" E se foi.

Por que essa lenta caçada através dos campos vazios, atrás da impressão de um fantasma, o fantasma de uma impressão?

Porque eu sou ele. Porque ele é eu. Alguma coisa que tento agarrar: o momento antes da extinção, quando o sangue ainda corre, o coração ainda bate. Coração, o boi fiel que mantém o moinho girando, que levanta apenas um olhar aturdido quando o machado se ergue alto, mas aceita o golpe, dobra os joelhos e expira. Não o esquecimento, mas o momento anterior ao esquecimento, quando chego arfante até você na borda do poço e nos olhamos pela última vez, sabendo que estamos vivos, partilhando esta vida, nossa única vida. Tudo o que me resta para agarrar-me: o momento daquele olhar, saudação e despedida ao mesmo tempo, após toda a discussão, após todas as súplicas:

"Olá, velho amigo. Adeus, velho amigo". Olhos secos. Lágrimas transformadas em cristal.

Seguro sua cabeça entre minhas mãos. Beijo sua testa. Beijo seus lábios.

A regra: um olhar, apenas um; sem olhar para trás. Mas eu olho para trás.

Você está parado ao lado do poço, o vento em seus cabelos, não uma alma, mas um corpo rarefeito, elevado a sua primeira, segunda, terceira, quarta, quinta essência, olhando-me com olhos cristalinos, sorrindo com lábios dourados.

Olho para trás eternamente. Eternamente absorvido em seu olhar. Um campo de pontos cristalinos, dançando, piscando, e sou um deles. Estrelas no céu e fogueiras na planície respondendo a elas. Dois reinos sinalizando entre si.

Ele adormece sobre a mesa e dorme durante o resto da tarde. Na hora do jantar, Matryona bate à porta, mas ele não desperta. Jantam sem ele.

Bem mais tarde, depois que a criança vai dormir, ele aparece vestido para sair. Anna Serguêievna, sentada de costas, vira-se. "Vai sair agora?", diz. "Quer um pouco de chá antes de sair?"

Há certo nervosismo nela. Mas a mão que lhe estende a xícara é firme.

Não o convida para sentar-se. Ele bebe o chá em silêncio, de pé na frente dela.

Há algo que quer dizer, mas tem medo de não conseguir exprimir ou de, mais uma vez, ter uma crise na frente dela. Não tem o controle de si mesmo.

Deposita a xícara vazia e põe a mão no ombro dela. "Não", ela diz, balançando a cabeça e afastando sua mão, "não é assim que faço as coisas."

Seus cabelos estão puxados para trás, presos por uma grande fivela esmaltada. Ele desata a fivela e a coloca na mesa. Então ela não resiste, e agita os cabelos até se soltarem.

"Tudo o mais vai acontecer, prometo", diz ele. Está consciente de sua idade; em sua voz não escuta vestígios do tom erótico a que as mulheres reagiam outrora. No lugar dele há algo a que não faz questão de dar um nome. Um instrumento rachado, uma voz que sofreu sua segunda ruptura. "Tudo", ele repete.

Ela busca seu rosto com tamanha franqueza e empenho que ele não pode se equivocar. Então põe de lado a costura. Escorregando entre as mãos dele, desaparece na alcova acortinada.

Ele espera, inseguro. Nada acontece. Segue-a e abre as cortinas.

Matryona dorme profundamente, de lábios abertos, os cabelos claros espalhados sobre o travesseiro como um nimbo. Anna Serguêievna desabotoou a metade do vestido. Com um aceno de mão e um olhar de viés que não obstante contém um toque de divertimento, manda-o sair.

Ele se senta e espera. Ela aparece de camisola e descalça. As veias de seus pés se destacam, azuladas. Não é jovem; não é uma inocente que se rende. Mas suas mãos, quando ele as toma, estão frias e trêmulas. Não o olha nos olhos. "Fiódor Mikhailovitch", sussurra, "quero que saiba que nunca fiz isso."

Usa uma corrente de prata no pescoço. Com o dedo, ele segue a volta da corrente até encontrar o pequeno crucifixo. Ergue o crucifixo até os lábios dela; calorosamente e sem hesitar, ela o beija. Mas quando ele tenta beijá-la, afasta a cabeça. "Agora não", murmura.

Passam a noite juntos no quarto do filho dele. O que acontece entre os dois acontece no escuro, do começo ao fim. No amor, ele se espanta sobretudo com o calor do corpo dela. É muito diferente do que esperava. É como se no âmago ela estivesse em chamas. Isso o excita intensamente, e também o excita o fato de estarem em uma atividade tão fogosa e arriscada, com a menina dormindo no quarto ao lado.

Ele dorme. Em algum momento no meio da noite acorda com ela ainda a seu lado na cama estreita. Apesar de exausto, tenta excitá-la. Ela não reage; quando se deita sobre ela, forçando-a, ela se torna uma coisa morta em seus braços.

No ato não há nada que ele possa chamar de prazer ou mesmo de sensação. É como se estivessem fazendo amor através de um lençol, o lençol cinza e esgarçado de sua dor. No momento do clímax ele mergulha de volta no sono, como se fosse um lago. Enquanto afunda, Pável sobe ao seu encontro. O rosto de seu filho está contorcido de desespero: seus pulmões estão explodindo, ele sabe que está morrendo, sabe que está além da esperança, chama seu pai porque é a última coisa que lhe resta, a última coisa no mundo. Chama com um estranho fluxo de palavras. Essa é a visão, no auge de sua feiura, que brota da voragem escura pela qual ele desce dentro do corpo da mulher. A visão o assalta, o possui, acelera.

Quando ele torna a acordar, é dia. O apartamento está vazio.

Passa o dia numa impaciência febril. Pensando nela, vibra de desejo como um rapaz. Mas o que o possui não é a *douceur* na garganta apertada de vinte anos atrás. Não, sente-se como uma folha ou uma semente dominada por uma força poderosa, uma semente alada que o vento ergue na corrente mais alta e carrega vertiginosamente sobre os oceanos.

No jantar, Anna Serguêievna está recolhida e distante, limitando suas atenções à filha, ouvindo distraidamente a narrativa apressada de seu dia na escola. Quando precisa dirigir-se a ele, é educada mas fria. Sua frieza apenas o inflama. Será possível que os olhares ávidos que lança à mãe, a seu pescoço, lábios e braços, escapem inteiramente à menina?

Ele aguarda o silêncio que significará que Matryona foi dormir. Mas às nove horas a luz sob a porta se apaga. Ele espera meia hora, e mais meia. Então, com uma vela protegida, os pés calçados de meias, esgueira-se do quarto. A vela projeta enormes sombras oscilantes. Pousa-a no chão e vai até a alcova.

À luz obscura distingue Anna Serguêievna no lado oposto da cama, de costas para ele, com os braços graciosamente levantados sobre a cabeça, parecendo uma bailarina, os cabelos castanhos soltos. No lado mais próximo, enovelada e com o polegar na boca, um braço jogado por cima da mãe, está Matryona. Sua impressão imediata é que ela está desperta, observando-o, protegendo a mãe; mas quando ele se curva sobre ela, sua respiração é profunda e uniforme.

Sussurra seu nome: "Anna!". Ela não se move.

Ele volta para o quarto, tentando acalmar-se. Há motivos perfeitamente concretos, diz a si mesmo, para ela preferir ficar sozinha esta noite. Mas ele está além do alcance de sua própria persuasão.

Cruza a sala na ponta dos pés, uma segunda vez. As duas mulheres não se moveram. Mais uma vez tem a estranha sensação de que Matryona o vigia. Curva-se até mais perto.

Não se enganara: vê os olhos atentos, sem piscar. Um calafrio o percorre. Ela dorme de olhos abertos, diz consigo mesmo. Mas não é verdade. Ela está acordada, e esteve o tempo todo; chupando o polegar, esteve observando cada um de seus gestos com incansável vigilância. Enquanto ele espia, segurando a respiração, os cantos da boca da menina parecem curvar-se ligeiramente para cima, num sorriso vitorioso que faz lembrar um morcego. Seu braço também, estendido sobre a mãe, lembra uma asa.

Passam mais uma noite juntos, depois da qual o portão se fecha. Ela surge em seu quarto tarde da noite e sem avisar. Mais uma vez, por intermédio dela, ele penetra na escuridão e nas águas onde seu filho flutua entre outros afogados. "Não tenha medo", quer sussurrar, "estarei com você, dividirei a tristeza com você."

Acorda esparramado sobre ela, com os lábios em sua orelha.

"Sabe onde estive?", sussurra.

Ela se esgueira de baixo dele.

"Sabe aonde você me levou?", ele insiste.

Sente um ímpeto de exibir o menino para ela, de mostrá-lo na primavera de suas forças, com os olhos brilhantes, o queixo forte e a boca formosa. Quer tornar a vesti-lo com o terno branco, quer que a voz clara e profunda seja ouvida novamente, brotando de seu peito. "Veja que tesouro o mundo perdeu!", quer gritar. "Veja o que perdemos!"

Ela virou-lhe as costas. As mãos dele afagam a coxa comprida para cima e para baixo, com urgência. Ela o detém. "Preciso ir", diz, e levanta-se.

Na noite seguinte ela não vem, fica com a filha. Ele lhe escreve uma carta e a deixa na mesa. Quando se levanta de manhã o apartamento está vazio, e a carta continua lá, fechada.

Vai até a loja. Ela está no balcão, mas assim que o vê desliza para os fundos, deixando o velho Yakovlev para atendê-lo.

À noite ele espera na rua e a segue até a casa como um ladrão. Alcança-a na entrada.

"Por que está me evitando?"

"Não o estou evitando."

Ele segura o seu braço. Está escuro, ela carrega um cesto, não consegue libertar-se. Ele pressiona o corpo contra o dela, aspirando o odor de amêndoas de seus cabelos. Tenta beijá-la, mas ela vira a cabeça, e os lábios apenas roçam sua orelha. Nada na pressão de seu corpo reage ao dele. Desgraça, ele pensa; é assim que se alcança a desgraça.

Afasta-se, mas na escada torna a alcançá-la. "Só mais uma palavra", diz. "Por quê?"

Ela se volta para ele. "Não é óbvio? Preciso soletrar?"

"O que é óbvio? Nada é óbvio."

"Você estava sofrendo. Estava suplicando."

Ele se retrai. "Isso não é verdade!"

"Estava necessitado. Não é motivo para se envergonhar. Mas agora acabou. Não lhe fará bem continuar, e tampouco me faz bem ser usada dessa maneira."

"Usada? Não a estou usando! Nada poderia estar mais longe de minha cabeça!"

"Está me usando para alcançar outra pessoa. Não se aborreça. Estou me explicando, e não o acusando. Mas não quero ser levada para ainda mais longe. O senhor tem uma esposa. Deveria esperar até juntar-se a ela de novo."

Uma esposa. Por que ela traz essa esposa para a conversa? *Minha mulher é jovem demais!* — é o que ele quer dizer. *Jovem demais para mim, como estou agora!* Mas como poderia dizê-lo?

No entanto, o que ela diz é verdade, mais verdade do que imagina. Quando ele voltar a Dresden, a mulher que abraçará terá mudado, será infundida pelos vestígios que ele trará dessa viúva sutil e sensualmente dotada. Por meio de sua esposa ele estará alcançando essa mulher, assim como por meio dessa mulher ele alcança... quem?

Estaria revelando o que pensa? Num rompante irado, ela empurra a mão dele para longe da manga de seu vestido e sobe a escada, deixando-o para trás.

Ele a segue, tranca-se no quarto e tenta acalmar-se. As marteladas de seu coração diminuem. *Pável!*, murmura várias vezes, usando a palavra como um amuleto. Mas o que lhe vem inexoravelmente não é a forma de Pável, e sim a do outro, Serguei Nietcháiev.

Não pode mais negar: está se abrindo um fosso entre ele e o menino morto. Ele está bravo com Pável, bravo por ter sido traído. Não o surpreende que Pável tenha sido atraído para círculos radicais, ou que não tenha dito uma palavra a respeito disso em suas cartas. Mas Nietcháiev é outra história. Nietcháiev não é um estudante esquentado, nem um jovem niilista. É o mongol que resta por trás da alma russa, depois que o maior niilista de todos se recolheu para as imensidões da Ásia. E Pável, dentre todas as pessoas, um soldado em seu exército!

Ele se lembra de um panfleto intitulado *Catecismo de um revolucionário*, que circulou em Genebra como se fosse escrito por Bakunin, mas que era claramente de Nietcháiev, em sua inspiração e até em suas frases. "O revolucionário é um homem predestinado", começava. "Não tem interesses, nem sentimentos ou afeições, nem sequer um nome. Tudo nele é absorvido por uma única e completa paixão: a revolução. Nas profundezas de seu ser ele cortou todos os laços com a ordem civil, com a lei e a moralidade. Continua a existir na sociedade apenas para destruí-la." E mais adiante: "Ele não espera a menor piedade. Todos os dias está pronto para morrer".

Está pronto para morrer, não espera piedade: palavras fáceis de dizer, mas que criança pode compreender sua total abrangência? Pável não; talvez nem mesmo Nietcháiev, aquele rapaz pouco amável e pouco amado.

Volta-lhe uma lembrança do próprio Nietcháiev, parado sozinho num canto do salão de recepções em Genebra, engolindo a comida como um lobo. Ele balança a cabeça, tentando expurgá-la. "Pável! Pável!", sussurra, chamando o ausente.

Uma batida na porta. A voz de Matryona: "Hora do jantar!".

À mesa ele se esforça para ser gentil. Amanhã é domingo; sugere um passeio à ilha Petrovsky, onde à tarde haverá uma feira e banda de música. Matryona fica ansiosa para ir; para sua surpresa, Anna Serguêievna consente.

Combina encontrá-las depois da igreja. De manhã, ao sair, tropeça em alguma coisa na entrada escura: um mendigo dorme ali, debaixo de um velho cobertor mofado. Ele o amaldiçoa; o homem dá um ganido e se senta.

Ele chega a São Gregório antes do fim do serviço. Enquanto espera no pórtico, o mesmo mendigo aparece, de olhos vidrados, malcheiroso. Ele se vira para o homem: "Está me seguindo?".

Embora não estejam a mais de dois metros, o mendigo finge não escutá-lo ou vê-lo. Ele repete a pergunta com raiva. Fiéis que saem olham com curiosidade para os dois.

O homem se afasta. A meio quarteirão para, encosta-se num muro e finge bocejar. Não tem luvas; usa o cobertor, enrolado numa bola, para proteger as mãos.

Anna Serguêievna e sua filha aparecem. É uma longa caminhada até o parque, ao longo da Voznesensky Prospekt e cruzando a ilha Vasilevsky. Mesmo antes de chegarem ao parque ele percebe que cometeu um engano, um engano imbecil. O coreto está vazio, os campos ao redor do lago dos patinadores estão vazios, a não ser pelas gaivotas que saltitam.

Ele se desculpa com Anna Serguêievna. "Falta muito tempo, ainda não é meio-dia", ela retruca alegremente. "Vamos fazer uma caminhada?"

Seu bom humor o surpreende; fica ainda mais surpreso quando ela pega seu braço. Com Matryona do outro lado, passeiam pelos campos. Uma família, ele pensa; só falta uma pessoa para estar completa. Como se lesse seus pensamentos, Anna Serguêievna aperta seu braço.

Passam por um rebanho de ovelhas abrigadas num matagal de juncos. Matryona aproxima-se delas com um punhado de grama; elas se separam e se dispersam. Um pequeno pastor segurando um cajado aparece entre os juncos e a repreende. Por um instante parece que ela vai responder. Mas então Matryona pensa melhor e volta para junto deles.

O exercício está pondo cores em seu rosto. Ela vai ser linda, ele pensa; vai destruir corações.

Ele imagina o que sua mulher pensaria. Suas indiscrições até agora foram acompanhadas de remorso e, no rastro deste, um ímpeto voluptuoso de se confessar. Essas confissões, de expressão torturada mas vagas nos detalhes, confundiram e irritaram sua mulher, infernizando seu casamento muito mais que as próprias infidelidades.

Mas no caso atual ele não sente culpa. Pelo contrário, tem uma sensação insuperável de estar certo. Pergunta-se o que essa sensação de acerto esconde; mas na verdade não quer saber. No momento há uma espécie de felicidade em seu coração. *Perdoe-me, Pável*, ele sussurra para si mesmo. Mas mais uma vez não quer realmente dizer isso.

Se pelo menos eu recuperasse minha vida, pensa; se pelo menos fosse jovem! E talvez também: se pelo menos tivesse a juventude que Pável jogou fora!

E a mulher que estava a seu lado? Arrepende-se do impulso que a fez entregar-se a ele? Se aquilo não tivesse acontecido, o passeio de hoje poderia marcar o início de um namoro correto. Pois com certeza é isso que uma mulher deseja: ser cortejada, elogiada, persuadida, conquistada. Mesmo quando se rende, não quer se entregar abertamente, e sim numa deliciosa névoa de indecisão, resistindo sem resistir. Caindo, mas nunca uma queda irrevogável. Não; cair e depois voltar da queda, refeita, virginal, pronta para ser cortejada novamente e cair novamente. Uma brincadeira com a morte, um jogo de ressurreição.

O que ela faria se soubesse o que ele está pensando? Recuaria ultrajada? E isso também faria parte do jogo?

Ele lhe lança um olhar furtivo, e nesse instante lhe ocorre: *eu poderia amar esta mulher*. Mais que a vibração do corpo, sente em relação a ela o que só pode chamar de proximidade. São da mesma espécie, da mesma geração. E de repente as gerações se encaixam: Pável, Matryona e sua esposa Anna alinham-se de um lado; ele e Anna Serguêievna do outro. As crianças contra os que não são crianças, os que têm idade suficiente para reconhecer em seu ato de amor o prenúncio da morte. Daí a urgência naquela noite, daí o calor. Ela em seus braços como Joana d'Arc na fogueira: o espírito lutando contra seus grilhões, enquanto o corpo queima. Uma luta contra o tempo. Algo que uma criança jamais entenderia.

"Pável disse que você esteve na Sibéria."

Suas palavras o despertam da divagação.

"Por dez anos. Foi lá que conheci a mãe de Pável. Em Semipalatinsk. O marido dela trabalhava na alfândega. Morreu quando Pável tinha sete anos. Ela também morreu, alguns anos atrás. Pável deve ter-lhe contado."

"Então você se casou de novo."

"Sim. O que Pável lhe contou sobre isso?"

"Apenas que sua esposa é jovem."

"Minha esposa e Pável têm mais ou menos a mesma idade. Moramos juntos algum tempo, nós três, num apartamento na rua Meshchanskaya. Não foi uma época feliz para Pável. Ele tinha certa rivalidade com minha mulher. Na verdade, quando lhe contei que estávamos noivos, ele a procurou e advertiu-a seriamente de que eu era velho demais para ela. Depois costumava referir-se a si mesmo como *o órfão*: 'O órfão gostaria de mais uma torrada', 'O órfão está sem dinheiro', e assim por diante. Fingíamos que era uma piada, mas não era. Provocava tensão em casa."

"Posso imaginar. Mas certamente se pode compreendê-lo. Deve ter sentido que estava perdendo o pai."

"Como poderia ter-me perdido? Desde o dia em que me tornei seu pai nunca lhe faltei. Estou lhe faltando agora?"

"É claro que não, Fiódor Mikhailovitch. Mas as crianças são possessivas. Têm fases de ciúme, como todos nós. E quando estamos enciumados inventamos histórias contra nós mesmos. Exageramos nossos sentimentos, assustamos a nós mesmos."

Suas palavras, como um prisma, precisavam apenas ser mudadas ligeiramente de ângulo para ganhar um significado bem diferente. É isso que ela pretende?

Ele lança um olhar para Matryona. Ela está usando botas novas com bordas de pele de carneiro macia. Batendo os calcanhares na relva úmida, deixa uma trilha de pegadas fundas. Sua testa está franzida de concentração.

"Ele disse que você o usou para levar recados."

Uma punhalada de dor o perpassa. Então Pável lembrava-se disso!

"Sim, é verdade. Um ano antes de nos casarmos, no aniversário dela, pedi a Pável para lhe entregar um presente meu. Foi um erro de que me arrependi mais tarde, arrependi-me profundamente. Foi indesculpável. Não pensei. Isso foi o pior?"

"O pior?"

"Pável não lhe contou coisas piores que essa? Eu gostaria de saber, para que, quando lhe pedir perdão, saiba de que sou culpado."

Ela o observa com estranheza. "Não é uma pergunta justa, Fiódor Mikhailovitch. Pável tinha crises de solidão. Ele falava e eu escutava. Surgiam histórias, nem sempre agradáveis. Mas talvez isso tenha sido bom. Depois de revelar o passado, talvez ele conseguisse parar de remoê-lo."

“Matryona!”, ele se volta para a menina. “Pável lhe contou alguma coisa...”

Mas Anna Serguêievna o interrompe. “Tenho certeza de que Pável não o fez”, diz. E então, virando-se para ele suave mas furiosamente: “Não se pode perguntar a uma criança uma coisa dessas!”.

Eles param e se encaram no campo nu. Matryona desvia o olhar, preocupada, os lábios apertados; Anna Serguêievna olha furiosa.

“Está ficando frio”, diz. “Vamos voltar?”

7. Matryona

Ele não volta para casa com elas e faz a refeição da noite numa estalagem. Numa sala ao fundo há pessoas jogando cartas. Ele assiste durante algum tempo e bebe, mas não joga. É tarde quando volta para o apartamento escuro, o quarto vazio.

Sozinho, solitário, ele se permite uma pontada de saudade, não de todo desagradável, de Dresden e da regularidade confortável de sua vida, com uma mulher que guarda com ciúme sua privacidade e organiza a vida da família em torno de seus hábitos.

Não está em casa no número 63 e nunca estará. Não apenas é o mais transitório dos hóspedes, como sua desculpa para ficar é tão obscura para os outros quanto para si mesmo, mas sente a tensão de morar em um lugar pequeno com uma mulher de humor instável e uma criança que facilmente pode achar ofensiva sua presença física. Na companhia de Matryona ele tem a nítida consciência de que suas roupas começaram a cheirar mal, de que sua pele está seca e escamosa, de que a dentadura que usa faz barulho quando ele fala. Suas hemorroidas também lhe causam interminável desconforto. A constituição de ferro que o sustentou na Sibéria começa a ceder; e essa exibição de decadência deve ser ainda mais desagradável para uma criança, ela mesma minuciosa sobre limpeza, em cujos olhos ele substituiu um ser de força e beleza divinas. Quando seus amiguinhos lhe perguntam sobre o visitante funéreo que se recusa a embalar seus pertences e ir embora, ele imagina, o que ela responde?

Você estava suplicando: quando pensa nas palavras de Anna Serguêievna, ele se contrai. Ter sido um objeto de piedade o tempo todo! Ajoelha-se, pousa a cabeça na cama, tenta encontrar o caminho da ilha Yelagin e de Pável em seu túmulo frio. Pável, pelo menos, não lhe dará as costas. Em Pável ele pode confiar, em Pável e no amor gélido de Pável.

O pai, uma cópia desbotada do filho. Como pode esperar que uma mulher que conheceu o filho no primor de seus dias olhe com simpatia para o pai?

Ele lembra as palavras de um companheiro de prisão na Sibéria: "Por que nos dão a velhice, irmãos? Para que possamos ser pequenos de novo, pequenos o suficiente para passarmos pelo buraco de uma agulha". Sabedoria camponesa.

Ele fica ajoelhado muito tempo, mas Pável não vem. Suspirando, finalmente se deita na cama.

Desperta cheio de surpresa. Embora ainda esteja escuro, tem a impressão de haver descansado o equivalente a sete noites. Está renovado e invencível; os próprios tecidos de seu cérebro parecem lavados. Mal consegue se conter. É como uma criança na Páscoa, inflamada para que a casa desperte e ela possa dividir sua felicidade com os outros. Quer acordar a mulher, quer que os dois dancem pelo apartamento: "Cristo ressuscitou!", e ouvi-la responder: "Cristo ressuscitou!", e bater seu ovo no dele. Os dois dançando num círculo com os ovos pintados, e

Matryona também, de camisola, cambaleando entre as pernas deles, sonolenta e feliz; e também o fantasma da quarta pessoa, entremeando-se a eles, desajeitado, de pés grandes, sorridente: crianças juntas, recém-nascidas, libertadas da tumba. E sobre a cidade rompe a madrugada, e os galos nos pátios cantam boas-vindas ao novo dia.

A felicidade rompendo como a madrugada! Mas só por um instante. Não apenas as nuvens começam a cruzar esse céu novo e radiante. É como se, no instante em que o sol aparece em sua glória, outro sol também apareça, um sol de sombra, um anti-sol deslizando sobre a face do outro. A palavra *maldição* atravessa sua mente com todo o seu peso escuro e ameaçador. O sol da aurora não está ali por si mesmo, mas para sofrer um eclipse; a felicidade brilha apenas para revelar como será a aniquilação da felicidade.

Num único movimento ligeiro ele sai da cama. Os próximos minutos estendem-se à sua frente como um corredor escuro pelo qual deve apressar-se. Precisa vestir-se e sair do apartamento antes que venha a vergonha da crise; precisa encontrar um lugar escondido, afastado das pessoas decentes, onde possa enfrentar o fato da melhor maneira possível.

Consegue sair. O corredor está imerso na escuridão. Estendendo os braços como um cego, tateia até o início da escada e, segurando-se no corrimão, dando um passo por vez, começa a descer. No patamar do segundo andar uma onda de terror o assalta, um terror sem causa. Ele se senta num canto e segura a cabeça. Suas mãos cheiram a algo em que ele tocou, mas não as limpa. Que venha, pensa em desespero; fiz tudo o que pude.

Há um grito que ecoa pelo poço da escada, tão alto e aterrorizante que os que dormem são acordados. Quanto a ele, nada escuta, está distante, não há mais tempo.

Quando acorda está numa escuridão tão densa que a sente

pressionar seus olhos. Não tem ideia de onde se encontra, nem de quem é. É uma consciência, uma vigília, só isso. É como se tivesse nascido um minuto atrás, num mundo de noite constante.

Tenha calma, diz a consciência, dirigindo-se a si mesma, tentando conter o próprio pânico: você já esteve aqui — espere, vai se lembrar de algo.

Um corpo cai na vertical pelo espaço, dentro dele. Ele é aquele corpo. Há uma corrente de ar: ele é o único a senti-la. Há uma garganta engasgada de terror: é sua garganta.

Que morra, ele pensa: que morra!

Tenta mexer um braço, mas o braço está preso sob seu corpo. Estupidamente, tenta libertá-lo. Há um mau cheiro, suas roupas estão úmidas. Como gelo formando-se sobre a água, as lembranças começam finalmente a coagular: quem ele é, onde está; e junto com a memória vem um desejo urgente de se afastar desse lugar antes que seja descoberto em toda a sua desgraça.

Essas crises são o fardo que ele carrega pelo mundo. Jamais confessou a alguém quanto tempo gasta escutando as premonições, tentando interpretar os sinais. Por que sou amaldiçoado?, grita dentro de si mesmo, golpeando a terra com seu cajado, ordenando à rocha que dê uma resposta. Mas ele não é Moisés, a rocha não se parte. Nem os transes em si proporcionam iluminação. Não são visitações. Longe disso: não são nada — bocados de sua vida sugados por uma espécie de turbilhão que não deixa nada para trás, nem mesmo a memória da escuridão.

Ele se levanta e arrasta-se pelo último lance de escadas. Está tremendo, todo o seu corpo está frio. A madrugada rompe quando ele sai para o espaço vazio. Começou a nevar. Sobre a neve há uma névoa escarlate e pulsante. A cor não está na neve, mas nos olhos dele; não consegue livrar-se dela. Uma pálpebra treme de modo tão irritante que ele lhe dá um tapa com a mão fria. Sua cabeça dói como se houvesse um punho abrindo-se e fechando-se dentro dela. Seu chapéu se perdeu em algum ponto da escada.

De cabeça descoberta, as roupas sujas, marcha lentamente pela neve até a igrejinha do Redentor, perto da ponte Kameny, e abriga-se ali até ter certeza de que Matryona e sua mãe se foram. Então volta ao apartamento, aquece água, tira as roupas e se lava. Também lava sua roupa de baixo e a pendura no banheiro. Felizmente, ele pensa, Pável não teve de sofrer a doença, felizmente não nasceu de mim! Então a ironia de suas palavras o invade, ele cerra os dentes. Sua cabeça troveja de dor, a névoa vermelha ainda tinge tudo. Ele se deita de roupão e balança-se para dormir.

Uma hora depois acorda num humor irritado e raivoso. Cones de dor parecem ir de seus olhos para dentro da cabeça. Sua pele parece papel, que se amassa ao toque.

Nu sob o roupão, passeia pelo apartamento de Anna Serguêievna abrindo armários, remexendo as gavetas. Tudo é organizado, sistemático, preciso.

Numa gaveta, envolta em veludo escarlate, encontra a fotografia de uma Anna Serguêievna mais jovem, ao lado de um homem que ele supõe ser o impressor Kolenkin. Vestido com sua melhor roupa de domingo, Kolenkin parece gasto, velho e cansado. Que tipo de casamento poderia ter sido para aquele rapaz moreno e sombriamente belo? E por que a foto está enfiada numa gaveta? Colocando-a de volta no lugar, ele deliberadamente marca o vidro, deixando sua impressão digital sobre o rosto do morto.

Quando criança, costumava espionar os visitantes da casa e invadir sub-repticiamente sua privacidade. É uma fraqueza que até agora ele associou à recusa de aceitar os limites do que lhe é permitido saber com a leitura de livros proibidos, e portanto com sua vocação. Hoje, no entanto, não está inclinado a ser caridoso consigo mesmo. É presa de um espírito maligno e mesquinho, e sabe disso. A verdade é que, ao vasculhar dessa maneira os bens de Anna Serguêievna em sua ausência, sente um frêmito de voluptuoso prazer.

Fecha a última gaveta e vaga inquieto, sem saber o que fará a seguir.

Abre a mala de Pável e veste o terno branco. Até então ele o havia usado como homenagem ao menino morto, num gesto de revolta e de amor. Mas agora, olhando-se no espelho, vê apenas uma impostura gasta, e por trás dela algo sub-reptício e obsceno, algo cujo lugar é atrás de portas trancadas e janelas acortinadas, em quartos onde homens de perucas e saias expõem as nádegas para serem flageladas.

Passa de meio-dia e sua cabeça continua doendo. Ele se deita, pressionando um braço sobre os olhos como que para aparar um golpe. Tudo gira; ele tem a sensação de cair em uma escuridão infinita. Quando volta a si, mais uma vez perde completamente a noção de quem é. Conhece a palavra *eu*, mas ao examiná-la ela se torna tão enigmática como uma rocha no meio de um deserto.

É só um sonho, pensa; a qualquer momento vou acordar e tudo estará bem de novo. Por um instante lhe é permitido acreditar. Então a verdade explode sobre ele e o engolfa.

A porta range e Matryona espia ali dentro. Está nitidamente surpresa em vê-lo. “O senhor está doente?”, pergunta, franzindo o cenho.

Ele não se esforça para responder.

“Por que está usando esse terno?”

“Se eu não o usar, quem usará?”

Um lampejo de impaciência atravessa o rosto dela.

“Sabe a história do terno de Pável?”, ele pergunta.

A menina balança a cabeça.

Ele se senta e acena para que ela se aproxime dos pés da cama. "Venha cá. É uma longa história, mas vou lhe contar. No ano antes do último, enquanto eu estava no estrangeiro, Pável foi ficar com a tia dele em Tver. Só durante o verão. Sabe onde fica Tver?"

"Perto de Moscou."

"É no caminho de Moscou. Uma cidade bem grande. Em Tver morava um oficial aposentado, um capitão, cuja irmã cuidava de sua casa. O nome da irmã era Maria Timofeyevna. Era aleijada. Também era fraca da cabeça. Uma boa alma, mas incapaz de cuidar de si mesma."

Ele percebe que entrou rapidamente no ritmo da narrativa. Como um motor a pistão, incapaz de qualquer outro movimento.

"O capitão, o irmão de Maria, infelizmente era um bêbado. Quando se embriagava costumava maltratá-la. Depois não se lembrava de nada."

"O que ele fazia?"

"Batia nela, só isso. A velha pancadaria russa. Ela não o denunciava. Talvez, em sua simplicidade, pensasse que o mundo era assim mesmo: um lugar onde se apanha."

Ele capturou sua atenção. Então aperta o parafuso.

"É assim que um cachorro deve ver o mundo, afinal, ou um cavalo. Por que Maria deveria ser diferente? Um cavalo não compreende que veio ao mundo para puxar carroça. Pensa que está aqui para ser espancado. Pensa na carroça como um objeto enorme ao qual está amarrado para que não possa fugir enquanto está apanhando."

"Não...", ela sussurra.

Ele sabe: ela rejeita com toda a alma a visão do mundo que ele lhe oferece. Quer acreditar no bem. Mas sua crença é hesitante, sem confiança. Ele não sente pena dela. *Isto é a Rússia!*, quer dizer, forçando as palavras para cima dela, esfregando seu rosto nelas. Na Rússia não se pode ser uma flor delicada. Na Rússia é preciso ser uma bardana ou um dente-de-leão.

"Um dia o capitão veio de visita. Ele não era um amigo especial da tia de Pável, mas veio assim mesmo e trouxe sua irmã. Talvez tivesse andado bebendo. Pável não estava em casa na hora.

"Uma visita de Moscou, um rapaz que não estava a par da situação, começou a conversar com Maria e a fazê-la falar. Talvez estivesse apenas sendo educado. Por outro lado, talvez estivesse sendo maldoso. Maria se excitou, sua imaginação começou a lhe escapar. Contou ao visitante que estava noiva, ou, como disse, *prometida*. 'E seu noivo é deste distrito?', ele indagou. 'Sim, de aqui perto', ela respondeu, dando à tia de Pável um sorriso tímido (você deve imaginar Maria como uma mulher alta e desengonçada, de voz grossa, nada jovem ou bonita).

"Para manter as aparências, a tia de Pável teve de fingir felicitá-la, e também fingiu felicitar o capitão. O capitão, é claro, ficou furioso com sua irmã, e assim que voltaram para casa a espancou sem piedade."

"Então não era verdade?"

"Não, não era verdade, exceto em sua mente. E, agora sabemos, o homem que ela acreditava ser seu noivo era ninguém menos que Pável. De onde ela tirou essa ideia, não sei. Talvez ele tenha sorrido para ela algum dia, ou a cumprimentado com o boné. Pável tinha bom coração, essa era uma de suas melhores qualidades, não era? E talvez ela tenha ido para casa sonhando com ele, e logo sonhou que estava apaixonada por ele e ele por ela."

Enquanto ele fala, observa a criança de lado. Ela ri, e por um instante chega a pôr o polegar na boca.

"Você pode imaginar como a sociedade de Tver se divertiu com a história de Maria e de seu noivo fantasma. Mas agora deixe-me contar sobre Pável. Quando Pável soube da história, saiu imediatamente e encomendou um belo terno branco. E a próxima coisa que fez foi aparecer na casa dos Lebyatkin usando o terno branco e carregando flores, rosas, creio eu. E apesar de em princípio o capitão Lebyatkin não gostar muito da coisa, Pável o conquistou. E com Maria comportou-se de maneira muito gentil, cheio de consideração, como um verdadeiro cavalheiro, apesar de ainda não ter vinte anos. As visitas continuaram durante todo o verão, até que ele partiu de Tver e voltou para Petersburgo. Foi uma lição para todos, uma lição de cavalheirismo. Uma lição para mim, também. Era esse o tipo de menino que Pável era. E é essa a história do terno branco."

"E Maria?"

"Maria? Continua em Tver, pelo que sei."

"Mas ela sabe?"

"Se sabe de Pável? Provavelmente não."

"Por que ele se matou?"

"Você acha que ele se matou?"

"Mamãe disse que sim."

"Ninguém se mata, Matryosha. Você pode colocar sua vida em perigo, mas não pode realmente se matar. É mais provável que Pável tenha se colocado em perigo, para ver se Deus o amava o suficiente para salvá-lo. Ele fez uma pergunta a Deus — O Senhor me salvará? —, e Deus respondeu. Deus disse: não. Deus disse: morra."

"Deus o matou?"

"Deus disse não. Deus poderia ter dito sim, sim, eu o salvarei. Mas preferiu dizer não."

"Por quê?", ela sussurra.

"Ele disse a Deus: se o Senhor me ama, salve-me. Se o Senhor estiver aí, salve-me. Mas só houve silêncio. Então ele disse: eu sei que o Senhor está aí, eu sei que está me ouvindo. Aposto minha vida em como irá me salvar. E assim mesmo Deus nada respondeu. Então ele disse: por mais que o Senhor fique em silêncio, sei que está me escutando. Vou fazer minha aposta agora! E atirou-se na aposta. E Deus não apareceu. Deus não interveio."

"Por quê?", ela murmura novamente.

Ele sorri um sorriso feio, contorcido, barbado.

"Quem sabe? Talvez Deus não goste de ser tentado. Talvez o princípio de que ele não deve ser tentado seja mais importante para ele do que a vida de uma criança. Ou talvez o motivo seja simplesmente que Deus não escuta muito bem. Deus já deve estar muito velho, tão velho quanto o mundo, ou até mais. Talvez tenha o ouvido fraco e a vista também, como qualquer velho."

Ela está derrotada. Não tem mais perguntas. Agora está pronta, ele pensa. Ele dá tapinhas na cama a seu lado.

Baixando a cabeça, ela se aproxima. Ele a envolve com o círculo de seu braço; pode senti-la tremer. Afaga-lhe os cabelos, as têmporas. Finalmente ela cede e, apertando-se contra ele, fechando os punhos sob o queixo, soluça abertamente.

"Não entendo", soluça. "Por que ele tinha de morrer?"

Ele gostaria de poder dizer: ele não morreu, ele está aqui, eu sou ele; mas não consegue.

Pensa na semente que ainda viveu algum tempo no corpo depois que a respiração cessou, sem saber que jamais encontraria a saída.

"Sei que você o ama", ele murmura com a voz rouca. "Ele também sabe disso. Você tem bom coração."

Se a semente pudesse ter sido tirada de seu corpo, ainda que uma só semente, e recebido um lar!

Ele pensa numa estatueta de terracota que viu no museu etnográfico em Berlim: o deus indiano Shiva deitado de costas, azul e morto, e, cavalgando-o, a figura de uma deusa terrível, com muitos braços, a boca escancarada, os olhos fixos em êxtase — cavalgando-o, extraindo dele a divina semente.

Ele não tem dificuldade em imaginar aquela criança em seu êxtase. Sua imaginação parece não ter limites.

Pensa num bebê congelado, morto, enterrado num caixão de ferro sob a terra coberta de neve, esperando o fim do inverno, esperando a primavera.

Isso é o máximo a que chega a violação: a menina envolta por seu abraço, os cinco dedos de sua mão, brancos e amortecidos, segurando o ombro dela. Mas ela poderia estar esparramada e nua. Uma daquelas meninas que se entregam porque sua disposição natural é serem boas, submeterem-se. Ele pensa nas meninas-prostitutas que conheceu, ali e na Alemanha; pensa nos homens que procuram essas meninas porque sob a maquilagem grosseira e as roupas provocantes eles detectam alguma coisa ultrajante, certa inviolabilidade, certa virgindade. *Ela está prostituindo a Virgem*, diz esse homem, reconhecendo o sabor da inocência no gesto com que a garota acaricia o seio para ele, no movimento com que ela abre as pernas. No quartinho com seus odores rançosos, ela desprende um tênue e desesperado odor de primavera, de flores, que ele não consegue suportar. Deliberadamente, com os dentes cerrados, ele a fere, e então volta a feri-la várias vezes, observando o tempo todo seu rosto em busca de algo que vá além de simplesmente encolher-se, simplesmente suportar a dor: o repentino olhar esgazeado de uma criatura que começa a compreender que sua vida corre perigo.

A visão, o acesso, o rito da imaginação passam. Ele a afaga uma última vez, retira o braço, encontra um modo de estar com ela como estava antes.

"O senhor vai fazer uma capela?", ela pergunta.

"Não havia pensado nisso."

“O senhor pode fazer uma capela no canto, com uma vela. Então pode pôr ali a foto dele. Se quiser, posso manter a vela acesa quando o senhor não estiver aqui.”

“Uma capela deve permanecer para sempre, Matryosha. Sua mãe vai querer alugar este quarto quando eu for embora.”

“Quando o senhor vai?”

“Ainda não tenho certeza”, diz ele, fugindo da armadilha. E então: “O luto por um filho morto não tem fim. É isso que você queria me ouvir dizer? Já o disse. E é verdade”.

Seja por ter captado a mudança na voz dele, seja porque ele tocou um nervo exposto, ela se encolhe visivelmente.

“Se você morresse, sua mãe choraria até o fim da vida.” E, surpreendendo a si mesmo, acrescenta: “Eu também”.

Isso é verdade? Não, ainda não; mas talvez se transforme em verdade.

“Então posso acender uma vela para ele?”

“Sim, pode.”

“E mantê-la acesa?”

“Sim. Mas por que a vela é tão importante para você?”

Ela se contorce, desconfortável. “Assim ele não ficará no escuro”, diz finalmente.

Curioso, mas às vezes ele também havia imaginado isso. Um navio no mar, numa noite tempestuosa, um menino cai da amurada. Debatendo-se nas ondas, mantendo-se na superfície de alguma forma, o menino grita de terror; respira e grita, respira e grita para o navio que foi sua casa, que não é mais sua casa. Há uma lanterna na popa em que ele fixa os olhos, um brilho de luz na imensidão de noite e água. Enquanto puder ver aquela luz, diz ele para si mesmo, não estarei perdido.

“Posso acender a vela agora?”, ela pergunta.

“Se quiser. Mas ainda não vamos colocar a foto, ainda não.”

Ela acende uma vela e a coloca embaixo do espelho. Então, com uma confiança que o toma de surpresa, ela volta para a cama e pousa a cabeça no braço dele. Juntos olham para a chama imóvel. Da rua abaixo vêm os sons de crianças brincando. Seus dedos fecham-se sobre o ombro dela, ele a puxa para mais perto. Sente os ossos macios dobrarem-se um sobre o outro, como a asa de um pássaro.

8. Ivanov

Ele mergulha no sono, assim como todas as noites, com a intenção de encontrar o caminho até Pável. Mas nesta noite é despertado — quase imediatamente, parece — por uma voz, aguda a ponto de ser desincorporada, chamando da rua lá embaixo. *Isaev!*, diz a voz repetidas vezes, pacientemente.

É o vento nos caniços, só isso, ele pensa, e agradecido desliza de volta para o sono. É verão, o vento nos caniços, um céu azul flocado de nuvens altas, e ele caminha assobiando ao longo do regato, na mão uma bengala com que agita preguiçosamente os caniços. Um rumor de pássaros aquáticos. Ele para e fica imóvel para escutá-los. A canção dos grilos também cessa; há apenas o som de sua respiração e o dos caniços balançando ao vento. *Isaev!*, o vento chama.

Ele se assusta e desperta imediatamente. É tarde da noite, a casa inteira está silenciosa. Chegando até a janela, espiando o luar e as sombras, espera que o chamado se repita. Finalmente vem. Tem o mesmo tom, a mesma duração, a mesma inflexão da palavra que ainda ecoa em seus ouvidos, mas não é um chamado humano. É o ganido triste de um cachorro.

Então não é Pável chamando para ser recolhido; apenas uma coisa que não lhe diz respeito, um cão uivando por seu pai. Bem, que o pai do cão, seja quem for, saia no escuro e no frio e recolha nos braços seu filho feio e malcheiroso. Que seja ele a afagá-lo e cantar para que durma.

O cão uiva de novo. Não há sinal de planícies vazias e luz prateada: é um cão, não um lobo; um cão, não seu filho. Portanto? Portanto ele deve se livrar dessa letargia! *Porque* não é seu filho, ele não precisa voltar para a cama, mas deve vestir-se e responder ao chamado. Se esperar que seu filho venha como um ladrão, à noite, e escutar apenas o chamado do ladrão, nunca o verá. Se esperar que seu filho fale com a voz do inesperado, nunca o ouvirá. Enquanto esperar o que não espera, o que ele não espera não virá. Portanto — paradoxo dentro do paradoxo, escuridão oculta na escuridão —, deve responder ao que não espera.

Do terceiro andar parecera fácil encontrar o cachorro. Mas quando chega à rua, se confunde. O chamado viera da esquerda ou da direita, de um dos prédios do outro lado da rua ou de trás dos prédios, ou talvez do pátio interno de um dos prédios? E de qual prédio? E os gritos em si, que agora parecem não apenas mais breves e baixos, mas de um timbre totalmente diferente? Na verdade quase não parecem os mesmos.

Ele procura por todo lado, até que encontra o beco usado pelos carregadores de excrementos. Numa ramificação do beco finalmente encontra o cão. Está preso a um cano d'água por uma corrente fina; a corrente se enrolou numa de suas patas traseiras, erguendo-a estranhamente quando se estica. Ao se aproximar, o cachorro recua o máximo que pode, ganindo. Baixa as orelhas e se prostra, rola de costas. É uma cadela. Ele se inclina sobre ela, desenrosca a corrente. Os cães farejam o medo, mas mesmo no frio ele pode sentir o terror desse animal. Afaga-o atrás da orelha. Ainda de costas, ele lambe timidamente seu punho.

É isso que farei pelo resto da vida?, ele se pergunta. Olhar nos olhos de cães e mendigos?

Com um impulso, o cão fica de pé. Embora ele não goste muito de cachorros, não se afasta deste e agacha-se enquanto a língua morna e úmida lambe seu rosto e suas orelhas, lambe o sal de sua barba.

Ele lhe dá um último afago e se levanta. Ao luar, não distingue o mostrador do relógio. O cão puxa a corrente, ganindo, ávido. Quem acorrentaria um cachorro fora de casa numa noite dessa? No entanto, ele não o liberta. Vira-se subitamente e vai embora, perseguido por uivos assombrosos.

Por que eu?, pensa enquanto se apressa. Por que deveria suportar todos os fardos do mundo? Quanto a Pável, se não puder ter mais nada, que ao menos seja dono de sua morte, que sua morte não lhe seja tirada e transformada em pretexto para a reforma de seu pai.

Não adianta. Seu raciocínio — falacioso, desprezível — não o convence nem por um só instante. A morte de Pável não pertence a Pável — isso é apenas um truque de linguagem. Enquanto ele estiver aqui, a morte de Pável é sua própria morte. Aonde ele for levará Pável consigo, como um bebê azul de frio ("Quem salvará o bebê azul?", ele parece escutar dentro de si, palavras chorosas que vêm não se sabe de onde, na voz melodiosa de uma camponesa).

Pável não falará, não lhe dirá o que fazer. "Erga aquela coisinha e a acalente"; se ele soubesse que as palavras vinham de Pável, obedeceria sem questionar. Mas não vêm. *Aquela coisinha*: é o cachorro abandonado no frio? É o cão a coisa que ele deve libertar e levar consigo, alimentar e acalentar, ou é o mendigo bêbado e imundo com seu casaco remendado debaixo da ponte? Um terrível desespero o domina, relacionado — ele não sabe como — ao fato de que não tem ideia da hora, mas cujo âmago é a crescente certeza de que nunca mais sairá à noite para atender ao chamado de um cachorro, que já passou sua oportunidade de deixar para trás o que é e tornar-se o que poderia ser. Eu sou eu, ele pensa desesperado, algemado a mim mesmo até o dia em que morrer. Seja o que for que me chamou, não fui digno dele, e agora desapareceu.

Mas no exato instante de fechar a porta atrás de si ele tem consciência de que ainda há uma chance de voltar ao beco, desamarrar o cachorro, trazê-lo até a entrada do número 63 e fazer para ele uma espécie de cama ao pé da escada — embora saiba que, quando o trouxer ali, ele insistirá em acompanhá-lo mais adiante, e, se o acorrentar de novo, ele uivará e latirá até acordar o prédio todo. *Não é meu filho, é só um cão*, ele protesta. *O que significa para mim?* Mas enquanto protesta entende a resposta: Pável não será salvo enquanto ele não libertar o cão e o trouxer para sua cama, *trouxer a coisinha*, os mendigos e mendigas, e muito mais que ele ainda não sabe; e mesmo então não terá certeza.

Ele dá um rugido de desespero. *Que devo fazer?*, pensa. Se pelo menos eu estivesse em contato com meu coração, teria o dom de saber? Mas não é com o coração que ele perdeu contato, e sim com a verdade. Ou — o outro lado da mesma ideia — não é com a verdade que ele perdeu contato; pelo contrário, a verdade tem se despejado sobre ele como uma catarata, sem moderação, até agora ele está se afogando nela. E então pensa (o avesso da ideia e também o avesso do avesso; hoje em dia é preciso pensar por meio desses truques jesuíticos!): afogando-me na catarata, de que é que preciso? De mais água, mais enchente, um afogamento mais profundo.

Parado no meio da rua coberta de neve, leva as mãos frias ao rosto, cheira nelas o cão, toca as lágrimas frias em seu rosto, sente o gosto. Sal para os que precisam de sal. Ele suspeita de que não salvará o cachorro, não nesta noite, nem na próxima, se houver outra noite. Está esperando um sinal, e está apostando (não há palavra mais grandiosa que ele se arrisque a usar) que o cão não é o sinal, não é sinal nenhum, é apenas um cão entre muitos cães uivando na noite. Mas também sabe que, enquanto tentar distinguir pela astúcia as coisas que são coisas das coisas que são sinais, não será salvo. Essa é a lógica pela qual será derrotado; e, ao sentir sua ferrenha rigidez, está no limite da lucidez, como um cão na corrente que quebra os dentes ao mordê-la. E cuidado, cuidado, ele lembra a si mesmo: o cachorro acorrentado, o segundo cão, não é nada por si só, não é uma iluminação, meramente uma semelhança animal!

Com os punhos enfiados nos bolsos, a cabeça baixa, as pernas retesadas como caniços, fica no meio da rua sentindo a saliva do cachorro em sua barba transformar-se em gelo.

Será possível que nesse momento, na entrada sombria do número 63, alguém esteja à espreita, vigiando-o? Do corpo do observador ele não tem certeza; até mesmo a mancha de sombra mais clara que ele pensa ser o rosto talvez não passe de um reflexo na parede. Mas quanto mais olha, mais intensamente parece haver um rosto olhando para ele. Um rosto de verdade? Sua imaginação está cheia de homens barbados com olhos reluzentes que se escondem em passagens escuras. Não obstante, quando ele passa pela escuridão profunda do pórtico, a sensação de outra presença se torna tão aguda que um calafrio percorre suas costas. Ele para, prende a respiração, escuta. Então acende um fósforo.

Num canto, há um homem agachado, piscando diante da luz. Embora tenha um cachecol de lã ao redor da cabeça e da boca, e um cobertor sobre os ombros, ele reconhece o mendigo com quem deparou diante da igreja.

"Quem é você?", diz, com a voz trêmula. "Não pode me deixar em paz?"

O fósforo se apaga. Ele acende outro.

O homem sacode a cabeça com firmeza. Uma das mãos emerge de baixo do cobertor e afasta o cachecol. "Você não pode me dar ordens." Há um cheiro de peixe podre no ar.

O fósforo se apaga. Ele começa a subir as escadas. Mas o paradoxo retorna, entediante: *espere aquele que você não espera*. Muito bem; mas então cada mendigo deve ser tratado como um filho pródigo, abraçado, bem-vindo ao lar, banqueteado? Sim, é o que diria Pascal: aposte em todo mundo, cada mendigo, cada cão faminto; apenas assim terá certeza de que Aquele, o verdadeiro filho, o ladrão noturno, não escapulirá pela rede. E Herodes concordaria: certifique-se — chacine todas as crianças, sem exceção.

Apostar em todos os números — continua sendo um jogo? Sem o risco, sem se submeter à voz que fala de outro lugar quando os dados rolam, o que resta de divino? Certamente Deus sabe disso, e terá piedade do jogador dedicado! E certamente a esposa que, quando o marido se ajoelha diante dela e confessa que apostou o último rublo, bate no peito e beija a bainha de seu vestido — a esposa que o levanta, enxuga-lhe as lágrimas e sem uma palavra sai para empenhar a aliança e retorna com o dinheiro ("Aqui está!"), para que ele possa voltar ao cassino para a última aposta que redimirá todas — certamente essa mulher é tocada pelo divino, uma mulher que aposta no homem que não tem mais nada, uma mulher que, mesmo quando sua aliança é empenhada e perdida, sai mais uma vez na noite e volta com dinheiro para mais uma aposta!

A mulher lá em cima, cujo nome ele parece ter esquecido no momento, e que chega a confundir com *Gnädige Frau*, sua senhoria em Dresden, possui esse toque de divindade? Ele não sabe nada a seu respeito, apenas a última e mais secreta das coisas: como ela se entrega. Pelo modo como uma mulher se entrega, pode um homem saber como ela se entregará ao deus do acaso? Seria essa mulher marcada pelo abandono, um abandono que não se importa aonde conduz, ao prazer ou à dor, que usa o corpo sensual apenas como veículo, e apenas porque não podemos viver desincorporados? Haverá uma forma de amor que ela representa, na qual os corpos se comprimem um no outro para dentro de uma escuridão em que nada se pode escutar além do adejar de lençóis, como asas?

Memórias de suas noites com ela o inundam com súbita inteireza, e tudo o que estava emaranhado nele se endireita, apontando como uma flecha para ela. O desejo em toda a sua luxúria o assola. *É ela*, pensa: *é ela que eu quero. Portanto...*

Portanto, sorrindo para si mesmo, desce apressado as escadas e encontra o canto onde o homem, o mercenário, o espião, fez seu ninho. "Venha", ele diz, falando para a escuridão. "Tenho uma cama para você."

"Este é meu lugar, devo ficar em meu posto", o homem retruca, matreiro.

Mas agora nada pode estragar seu bom humor. "Aquele por quem você está esperando virá, até o terceiro andar, garanto-lhe. Ele baterá à porta, esperará pacientemente e se recusará a ir embora."

Há um longo rumor de panos e papéis. "O senhor não tem outra luz, tem?", diz o homem.

Ele acende um fósforo. O homem enfia apressadamente suas coisas num saco e levanta-se.

Cambaleando no escuro como dois ébrios, sobem as escadas. Junto à porta do quarto ele sussurra para o homem não fazer barulho e pega sua mão para conduzi-lo. A mão está melada, repugnante.

Lá dentro, ele acende a lamparina. É difícil calcular a idade do estranho. Seus olhos são jovens; mas em seu cabelo ralo e grisalho e no crânio sardento há algo cansado e velho, e sua postura é a de alguém desgastado pelo tempo e pela desgraça.

"Ivanov, Piotr Alexandrovitch", diz o homem, batendo os calcanhares e fazendo uma pequena reverência. "Funcionário público aposentado."

Ele indica a cama. "Fique com ela."

"O senhor deve estar pensando", diz o homem, experimentando a cama, "como alguém com meu passado se transforma em vigia. É assim que chamamos isso em nosso ramo: vigiar." Deita-se, espreguiçando-se.

Ele tem um desagradável pressentimento de que se misturou com um daqueles mendigos que, incapazes de fazer malabarismos ou tocar violino, acham que devem retribuir as esmolas contando a história de sua vida. "Por favor, fale baixo", ele diz. "E tire os sapatos."

"O senhor é o homem cujo filho foi morto, não é? Meus mais sinceros pêsames. Sei como está se sentindo. Não completamente, mas em parte. Eu mesmo perdi dois filhos. Levados pela febre meningítica, é esse o termo médico. Minha mulher nunca se recuperou do golpe. Eles poderiam ter sido salvos, se tivéssemos dinheiro para pagar bons médicos. Uma tragédia; mas quem se importa? A tragédia está por toda parte hoje em dia. A tragédia tornou-se o sistema mundial." Ele se senta. "Se quer meu conselho, Fiódor Mikhailovitch (não se importa, não é?), se quer uma palavra de conselho de alguém que já comeu da banda podre, como se diz, deve ceder à sua dor. Chore como uma mulher. Esse é o grande segredo da espécie feminina, o que lhes dá vantagem sobre sujeitos como nós. Elas sabem quando devem chorar. Nós, não, o senhor e eu. Nós engarrafamos a coisa dentro de nós até que se torne o próprio diabo! E então fazemos alguma estupidez, apenas para nos livrar daquilo por uma ou duas horas. Sim, fazemos uma estupidez de que depois nos arrependemos para sempre. As mulheres não são assim porque têm o segredo das lágrimas. Precisamos aprender com o sexo frágil, Fiódor Mikhailovitch, precisamos aprender a chorar! Vê?, não tenho vergonha de chorar: no mês que vem faz três anos que ocorreu a tragédia, e não tenho vergonha de chorar!"

E de fato as lágrimas rolam por seu rosto. Ele as enxuga com o punho do casaco, mas outras escorrem. Não parece ter dificuldade para falar enquanto chora. Na verdade parece bastante feliz. "Acredito que chorarei por meus bebês perdidos pelo resto da minha vida", diz.

Enquanto Ivanov tagarela sobre seus "bebês", a atenção dele vagueia. É simplesmente por ser um escritor conhecido que as pessoas lhe contam suas histórias? Pensam que ele não tem as próprias histórias? Ele está exausto, a dor de cabeça não passou. Sentado na cadeira, com os pássaros já começando a trinar lá fora, está desesperado para dormir — desesperado, na verdade, pela cama de que abdicou. "Podemos conversar mais tarde", ele o interrompe com firmeza. "Agora durma, ou de que adianta essa...", hesita.

"Essa caridade?", Ivanov completa, malicioso. "Era isso que queria dizer?"

Ele não responde.

"Porque, deixe-me tranquilizá-lo, o senhor não precisa ter medo da caridade", o sujeito continua suavemente, "não mesmo. Assim como não precisa se envergonhar da dor. Impulsos generosos, ambos. Parecem nos rebaixar, esses impulsos generosos, mas na verdade nos exaltam. E Ele os vê e registra cada um, Ele que enxerga nas frestas de nossos corações."

Com um esforço, ele abre as pálpebras. Ivanov está sentado no meio da cama, de pernas cruzadas, parecendo um ídolo.

Charlatão!, ele pensa. Fecha os olhos. Quando acorda, Ivanov continua lá, esparramado na cama, dormindo com as mãos embaixo do rosto. Sua boca está aberta; dos lábios pequenos e rosados como os de um bebê sai um ronco delicado.

Ele fica com Ivanov até o final da manhã. Ivanov, o início do inesperado, pensa; agora veremos aonde o inesperado nos levará!

Nunca o tempo passou tão devagar, nunca o ar foi tão vazio de revelações.

Finalmente, aborrecido, ele desperta o homem. "É hora de ir embora, seu turno terminou", diz.

Ivanov parece não notar a ironia. Está descansado, alegre, renovado. "Embora?", ele boceja. "Tenho de visitar o toalete!" E depois, quando volta: "O senhor não tem um resto de desjejum para dividir, tem?".

Ele leva Ivanov até o apartamento. Seu café da manhã está arrumado na mesa, mas ele não tem apetite. "É seu", diz secamente. Os olhos de Ivanov brilham, um fio de saliva escorre por seu queixo. Mas come com educação e sorve o chá com o dedinho erguido no ar. Quando termina, recosta-se e suspira contente. "Como estou feliz por nossos caminhos terem se cruzado!", comenta. "O mundo pode ser um lugar frio, Fiódor Mikhailovitch, como deve saber. Não me queixo, veja bem. Recebemos o que merecemos, num sentido elevado. No entanto, às vezes penso se todos não merecemos um refúgio, um porto, onde a justiça se abrande um pouco e tenham piedade de nós. Coloco isso como uma pergunta, uma pergunta filosófica. Mesmo que não esteja nas Escrituras, tem o espírito das Escrituras: merecemos o que não merecemos? O que acha?"

"Sem dúvida. Infelizmente, este apartamento não é meu. E agora você precisa ir."

"Num instante. Deixe-me fazer uma última observação. Não era conversa fiada, o senhor sabe, o que eu disse ontem à noite sobre Deus enxergar nas frestas de nossa alma. Posso não ser um santarrão, mas isso não me desqualifica para dizer a verdade. A verdade pode surgir, o senhor sabe, por vias tortuosas e misteriosas." Ele dá um tapinha na cabeça com ar significativo. "O senhor nunca imaginou, não foi?, quando seus olhos bateram em mim pela primeira vez, que um dia estaríamos sentados aqui, os dois, tomando chá de modo civilizado. Mas cá estamos!"

"Desculpe, mas não estou entendendo, minha mente está longe. O senhor realmente precisa ir agora."

"Sim, preciso ir, também tenho minhas obrigações." O homem se levanta, atira o cobertor sobre os ombros como uma capa, estende a mão. "Adeus. Foi um prazer conversar com um homem tão culto."

"Adeus."

É um alívio livrar-se dele. Mas o cheiro úmido de peixe permanece no quarto. Apesar do frio, ele tem de abrir a janela.

Meia hora depois alguém bate à porta do apartamento. Que não seja aquele homem de novo!, pensa, e abre a porta com uma expressão raivosa.

Diante dele está uma criança, uma menina gorda vestida com uma bata escura que parece a de uma noviça. Seu rosto é redondo e inexpressivo, as maçãs do rosto tão altas que os olhos pequenos quase se escondem, seus cabelos repuxados para trás estão presos num rabo curto.

"O senhor é o padrasto de Pável Isaev?", ela pergunta com uma voz surpreendentemente grossa.

Ele assente.

Ela entra, fechando a porta atrás de si. "Fui amiga de Pável", anuncia. Ele espera que venham as condolências, mas não vêm. Em vez disso, ela se posiciona exatamente na frente dele, com os braços estendidos ao lado do corpo, medindo-o, com um ar de tranquilidade vigilante e insensível, a tranquilidade de um lutador esperando o início do embate. Seu peito sobe e desce com regularidade.

"Posso ver o que ele deixou?", diz enfim.

"Deixou muito pouco. Posso saber seu nome?"

"Katri. Mesmo que haja pouco, posso ver? Esta é a terceira vez que venho aqui. Nas duas primeiras a senhoria imbecil não me deixou entrar. Espero que o senhor não seja igual."

Katri. Um nome finlandês. Ela também parece finlandesa.

"Tenho certeza de que ela teve seus motivos. Conhecia bem meu filho?"

Ela não responde. "Sabe que a polícia matou seu enteado?", diz sem rodeios.

O tempo se imobiliza. Ele pode ouvir seu coração batendo.

"Eles o mataram e inventaram essa história de suicídio. Não acredita em mim? Se não quiser, não precisa."

"Por que está dizendo isso?", ele diz num murmúrio seco.

"Por quê? Porque é verdade, só isso."

Ela não é apenas beligerante; também começa a ficar impaciente. Balança ritmadamente de um pé para outro, agitando os braços ao mesmo tempo. Apesar da estrutura roliça, dá a impressão de agilidade. Não admira que Anna Serguêievna não tenha querido nada com ela.

"Não." Ele sacode a cabeça. "O que meu filho deixou é assunto particular, assunto de família. Por favor, explique-me o motivo de sua visita."

"Há algum papel?"

"Havia alguns, mas não estão mais aqui. Por que pergunta?" E então: "Você é do grupo de Nietcháiev?".

A pergunta não a desconcerta. Pelo contrário, ela sorri, ergue as sobrancelhas, mostrando os olhos pela primeira vez, fulgurantes, triunfantes. É claro que é do grupo de Nietcháiev! Uma guerreira, e seu balanço é o início de uma dança de guerra, a dança de alguém ansioso para guerrear.

"Se fosse, eu lhe diria?", ela retruca, rindo.

"Sabe que a polícia está vigiando esta casa?"

Ela olha intensamente, balançando-se sobre os artelhos como se quisesse que ele enxergasse algo em seu olhar.

"Há um homem lá embaixo neste exato instante", ele insiste.

"Onde?"

"Não o notou, mas pode ter certeza de que ele a viu. Finge ser um mendigo."

O sorriso dela se alarga, realmente achando graça. "Acha que um espião da polícia seria esperto o suficiente para me localizar?", diz ela, e faz algo surpreendente. Dobrando a bainha do vestido, dá dois pulinhos, revelando sapatos pretos simples e meias brancas de algodão.

Ela tem razão, pensa. Qualquer um poderia tomá-la por uma criança; apesar de ser uma criança dominada por um demônio. O demônio dentro dela salta, se contorce, incapaz de ficar quieto.

"Pare com isso!", ele diz friamente. "Meu filho não deixou nada para você."

"Seu filho! Ele não era seu filho!"

"Ele é meu filho e sempre será. Agora, por favor vá embora. Já ouvi demais esta conversa."

Abre a porta e gesticula para que saia. Ao passar, deliberadamente ela esbarra nele. É como ser abalroado por um porco.

Não há sinal de Ivanov quando ele sai, mais tarde, nem

quando volta. Deveria se importar? Se a tarefa de Ivanov é ver sem ser visto, por que deveria ser sua tarefa ver Ivanov? Mesmo que, na presente charada, Ivanov seja o que faz o papel do anjo de Deus — um anjo apenas pela virtude de não ser anjo algum —, por que seria papel dele descobrir o anjo? Que o anjo venha bater à minha porta, diz a si mesmo, e não falharei, lhe darei abrigo: basta isso para manter o trato. Mas no instante em que diz isso tem consciência de que está mentindo para si mesmo, que tem o poder de livrar Ivanov completa e absolutamente de sua fria atalaia.

Então se preocupa cada vez mais, até que só lhe resta descer a escada e buscar o homem. Mas ele não está lá embaixo, não está na rua nem em lugar algum. Ele suspira aliviado. Fiz o que pude, pensa.

Mas em seu coração sabe que não fez. Há outras coisas que pode fazer, muitas outras.

9. Nietcháiev

No dia seguinte, ele está nas ruas do Mercado da Palha quando avista à sua frente a figura roliça, quase esférica, da garota finlandesa. Ela não está sozinha. A seu lado há uma mulher alta e magra, andando tão depressa que a finlandesa tem de correr para acompanhá-la.

Ele acelera o passo. Embora em alguns momentos as perca de vista na multidão, não está muito longe quando entram numa loja. À porta, a mulher alta olha para trás. Ele se espanta com o azul dos olhos dela, a brancura da pele. Seu olhar passa por cima dele, sem se deter.

Atravessa a rua e espera que elas reapareçam. Passam-se cinco minutos, dez. Ele começa a sentir frio.

A placa de bronze anuncia "Ateliê La Fay", ou "La Fée, Chapelaria". Ele abre a porta; soa uma sineta. Numa sala estreita e iluminada, moças de aventais cinzentos sentam-se junto a duas longas mesas de costura. Uma mulher de meia-idade avança para atendê-lo.

"*Monsieur?*"

"Uma conhecida minha entrou aqui há alguns minutos, uma jovem. Pensei que..." Olha ao redor, decepcionado: não há sinal da finlandesa ou da outra mulher. "Desculpe, devo ter-me enganado."

As duas jovens costureiras mais próximas riem de seu embaraço. Quanto a Madame La Fay, perdeu o interesse. "O senhor deve estar pensando nas estudantes", diz ela, indiferente. "Não temos nada a ver com estudantes."

Ele se desculpa mais uma vez e vai saindo.

"Ali!", diz uma voz atrás dele.

Ele se volta. Uma das garotas aponta para uma pequena porta à esquerda. "Por ali!"

Ele sai num beco separado da rua por um muro. Uma escada de ferro leva ao piso superior. Ele hesita, e depois sobe.

Depara com um corredor escuro cheirando a comida. De um andar acima vem o som áspero de um violino tocando uma balada cigana. Ele segue a música por mais dois andares, encontra uma porta semiaberta no sótão e bate. A garota finlandesa vem atender. Seu rosto impassível não dá sinal de surpresa.

"Posso falar com você?", ele pergunta.

Ela se afasta.

O violino é tocado por um rapaz de preto. Ao ver o estranho, ele para no meio de uma frase, dá um rápido olhar para a mulher alta, depois pega seu boné e sai sem dizer palavra.

Ele se dirige à finlandesa: "Vi-as na rua e as segui. Podemos conversar em particular?".

Ela se senta no sofá, mas não o convida a sentar-se. Seus pés mal alcançam o chão. "Fale", diz.

"Você fez um comentário ontem sobre a morte de meu filho. Gostaria de saber mais. Não com espírito de vingança. Estou indagando para minha própria tranquilidade. Quero dizer, para me aliviar."

Ela o olha provocantemente. "Aliviar-se?"

"Quer dizer, não vim a Petersburgo para me envolver em investigações", ele prossegue, obstinado, "mas agora que mencionou a forma de sua morte, não posso ignorá-la, não posso fingir que não sei."

Ele faz uma pausa. Sua cabeça roda, subitamente está exausto. Por trás dos olhos fechados tem uma visão de Pável andando na sua direção. Há uma garota a seu lado, a garota que ele escolheu para ser sua noiva. Pável vai dizer algo, apresentar a moça; ele está a ponto de pensar: ótimo, finalmente todos esses anos de paternidade vão terminar, finalmente ele tem outras mãos em que se apoiar! Está a ponto de sorrir para Pável, um sorriso de alegria, mas também de alívio. Mas quem seria a noiva? Seria aquela mulher alta, quase tão alta quanto Pável, de penetrantes olhos azuis?

Ele se liberta do sonho. Sua próxima frase já está brotando, e lhe soa como um zumbido. "Tenho um dever para com ele ao qual não posso me furtar", diz.

É tudo. As palavras chegam ao fim, secam. Cai o silêncio, que cresce cada vez mais. Ele se esforça para reavivar a visão de Pável e sua noiva, mas de todas as pessoas é Ivanov que surge, ou pelo menos as mãos de Ivanov: pálidas, os dedos inchados emergindo como larvas das luvas de lã verdes. Quanto ao rosto, emerge de uma névoa sulfurosa, não se mantendo o suficiente para que seu olhar se fixe. A impressão que ele tem, no entanto, é de um sorriso maroto, insistente, como se o homem soubesse algo que o pudesse prejudicar e quisesse deixar claro que sabe.

Ele sacode a cabeça, tenta concatenar as ideias. Mas as palavras parecem ter fugido. Fica parado diante da finlandesa como um ator que esqueceu a fala. O silêncio paira como um peso sobre o quarto. Um peso ou uma paz, ele pensa; que paz haveria se tudo ficasse imóvel, os pássaros congelados no voo, o grande globo suspenso em sua órbita! Uma crise está certamente a caminho; não há nada que ele possa fazer para detê-la. Saboreia a última imobilidade. Pena que a imobilidade não possa durar para sempre! De longe vem um grito que deve ser dele mesmo. *Haverá um rangido de dentes* — as palavras piscam diante dele; e depois há um fim.

Quando ele volta, é como se tivesse estado ausente em um país distante e ali houvesse envelhecido. Mas, na verdade, está no quarto, como antes, ainda de pé, com uma das mãos semierguida. E as duas mulheres também estão lá, nas posições de que ele se lembra, embora a finlandesa tenha agora uma expressão preocupada.

"Posso sentar-me?", ele murmura, a língua parecendo não caber em sua boca.

A finlandesa abre espaço e ele se senta ao lado dela no sofá, atordoado, a cabeça pendente. "Há algo errado?", ela pergunta.

Ele não responde. O que é que quer dizer, e por que está tão cansado o tempo todo? É como se uma neblina houvesse se instalado sobre seu cérebro. Se fosse personagem de um livro, o que diria num momento como esse, quando ou o coração fala ou a página permanece vazia?

"Não posso lhe explicar", ele fala lentamente, "como me sinto triste e estrangeiro em sua companhia. O jogo que você está jogando é algo do qual não posso participar. O que lhe interessa, o que também deve ter interessado a Pável, não me interessa. Para ser honesto, me repugna."

Sem uma palavra, a moça alta sai do quarto. Quando ela passa, o farfalhar de seu vestido e uma onda de lavanda despertam nele uma inesperada agitação, um desejo. Desejo de quê? Da própria moça? Certamente não — ou não apenas. Desejo de juventude, principalmente, pelo que se perdeu para sempre, a liberdade das roupas desatadas, dos corpos nus. Mesmo assim sua reação o perturba. Por que aqui, por que agora? Algo relacionado à exaustão, mas talvez também relacionado a Pável, a encontrar-se no mundo de Pável, no ambiente erótico de Pável.

"Mostraram-me a lista de pessoas marcadas para execução", ele diz.

A finlandesa o observa atentamente.

"A polícia está de posse daquelas listas, espero que entenda isso. Levaram-nas do quarto de Pável. O que quero perguntar é: cada um de vocês tem um número definido de pessoas para matar, ou há pessoas marcadas como suas, apenas suas? E, nesse caso, vocês devem observar essas pessoas de antemão, para se familiarizar com suas vidas cotidianas? Devem espioná-las em casa?"

A finlandesa tenta falar, mas ele está começando a recobrar a vida, e sua voz ergue-se acima da dela.

"*Nesse caso*, não acabam forçosamente se tornando mais íntimas de suas vítimas do que gostariam? Não se tornam como alguém que se chama na rua, um mendigo, por exemplo, a quem se oferecem cinquenta copeques para livrar-se de um velho cão cego, que pega uma corda, amarra o focinho do bicho e o afaga para acalmá-lo, murmura uma ou duas palavras, e ao fazê-lo sente que uma corrente de sentimento começa a fluir, de modo que a partir daquele instante ele e o cão não são mais estranhos, e o que deveria ter sido um mero trabalho transforma-se na mais sombria traição — na verdade, uma traição tão grande que o som que o cão faz quando ele o enforca, depois que o enforca, o persegue durante dias, um ganido de surpresa: *por que você?* Esse pensamento não a demoveria?"

Enquanto fala, a mulher alta retorna. Ajoelha-se no canto distante do quarto, dobrando lençóis, enrolando um colchão. A finlandesa, por sua vez, positivamente recobrou a vida. Seus olhos brilham, ela não consegue esperar para falar. Mas ele a impede.

"E se um mero cão pode fazer isso, que poder não terão sobre vocês os homens e as mulheres que vocês se propõem eliminar? Parece-me que, por mais cientificamente que esses inimigos do povo sejam selecionados, faltam a vocês os meios para matá-los sem arriscar a própria alma. Por exemplo: quem foi escolhido como primeira vítima de Pável? A quem o incumbiram de matar?"

"Por que pergunta? Por que quer saber?"

"Porque pretendo ir à casa dessa pessoa e, diante da porta, de joelhos, agradecer que Pável nunca tenha chegado."

"Então está contente de que Pável tenha sido morto?"

"Pável não está morto. Ele teria morrido, mas por grande felicidade sobreviveu."

Pela primeira vez a outra mulher fala: "Não quer se sentar aqui, Fiódor Mikhailovitch?". Ela indica a mesa perto da janela, junto à qual há duas cadeiras.

"Minha irmã", explica a finlandesa.

"Irmãs, mas não dos mesmos pais", diz a outra. Elas dão uma risada fácil, familiar.

A alta tem sotaque de Petersburgo, a voz grossa. Uma voz treinada. Ele tem a sensação de que já a viu antes. Uma cantora? Dos seus tempos de ópera? Certamente é jovem demais para isso.

Ele pega uma das cadeiras; ela se senta à sua frente. A mesa é estreita. O pé dela toca o seu, e ele o afasta.

Embora ela esteja de costas para a janela, ele compreende agora por que está tão empoada. Tem a pele coalhada de cicatrizes de varíola. Que pena, pensa; não é uma beleza, mas mesmo assim é uma bonita criatura.

O pé dela encosta no seu novamente, pelo lado de dentro.

Uma excitação perturbadora começa a envolvê-lo. Como no xadrez, ele pensa: dois jogadores diante de uma mesinha, fazendo movimentos deliberados. É a deliberação que o excita — o pé adversário erguido como se fosse um peão e colocado junto do seu? E a terceira pessoa, a observadora que não vê, o bufão, olhando para o lugar errado: também tem um papel? Deliberação e vulgaridade, uma vulgaridade que tem sua emoção. Onde poderiam ter sabido tanta coisa sobre ele, sobre seus desejos?

Uma cantora, um contralto: uma rainha contralto.

"Você conheceu meu filho", ele diz.

"Ele era um seguidor. Um mascote."

Ele conhece bem o termo, que o magoa. Um mascote: um agregado aos círculos estudantis, útil para dar recados.

"Mas era seu amigo?"

Ela encolhe os ombros. "Amizade é uma coisa efeminada. Não precisamos de amizades."

"Efeminada": estranha palavra usada por uma mulher! Ele já tem a sensação de que sabe mais do que gostaria. O pé continua encostado no seu, mas agora há uma certa inércia na pressão; inércia, incômodo e até ameaça. Não é mais um pé, e sim uma bota. Pável não estaria jogando esses jogos. A visão de Pável retorna, Pável caminhando para ele. A moça a seu lado, sua noiva, está obscurecida. Pável sorri, e uma espécie de triunfo brota desse sorriso. *Meu amigo!*, ele pensa. Um amor feroz retorce seu coração. *É isto*, ele pensa, *é isto o que devo ter em seu lugar?*

"Se você não precisa de amizade, que Deus a proteja", ele sussurra.

Levanta-se da mesa e dá as costas para as mulheres. Qual será sua aparência?, pergunta-se. Não há espelho ali. Quando volta a sentar-se, as lágrimas que o haviam ameaçado desapareceram.

"O que vocês fizeram ao meu filho?", pergunta com a voz espessa.

A mulher inclina-se sobre a mesa e o fita com seu olhar azul. Atrás da camada de pó de arroz, das crateras de sua pele, ele percebe pelos que a navalha não alcançou. E as sobrancelhas são grossas demais sobre a ponte do nariz. Uma mulher teria tido o bom senso de lhe dizer para arrancá-los. Então a finlandesa também é um menino, um menino gorducho? Subitamente ele fica revoltado com a dupla.

Ela, ou ele, está falando. É o próprio Nietcháiev, não há dúvida. O disfarce torna-se imediatamente transparente. A lembrança volta mais uma vez com repentina clareza: no salão do Congresso da Paz, num intervalo das sessões, Nietcháiev isolado num canto, devorando sanduíches, olhando agressivamente, desafiando a sala cheia de adultos: *Sim, riam se tiverem coragem, riam do menino!* A expressão em seu rosto é a de um menino surpreendido na privada com as calças abaixadas, vulnerável mas desafiador. *Riam, mas um dia eu darei a resposta!*

Ele se lembra de um comentário feito pela princesa Obolenskaya, a amante de Mroczkowski: "Ele pode ser o *enfant terrible* do anarquismo, mas realmente deveria fazer alguma coisa com aquelas espinhas!".

"Dado o que a polícia fez a seu filho", Nietcháiev está dizendo, "estou surpreso de que o senhor não esteja furioso. Como dizem os Evangelhos, olho por olho, dente por dente."

"Miserável, isso não está nos Evangelhos! O que está dizendo sobre Pável? E por que está vestido com essa fantasia ridícula?"

"Certamente o senhor não acredita na história do suicídio. Isaev não se matou; isso é apenas uma ficção montada pela polícia. Eles não podem usar a lei contra nós, então perpetram esses assassinatos obscenos."

Toda a afetação suave do homem desapareceu: a voz é a dele mesmo. Enquanto anda de um lado para outro, o vestido azul farfalha. O que haverá embaixo, calças ou pernas nuas? Como deve ser andar por aí com as pernas nuas, mas ocultas, roçando uma na outra?

"Acha que não estamos em perigo? O senhor acha que gosto de me esgueirar disfarçado em minha própria cidade, a cidade onde nasci? O senhor sabe o que é ser uma mulher sozinha nas ruas de Petersburgo?" Sua voz sobe, a raiva o assola. "Sabe o que tenho de escutar? Os homens seguem seus passos, murmurando sujeiras que o senhor não pode imaginar, e não se pode fazer nada!" Ele se recompõe. "Ou talvez o senhor possa imaginar muito bem. Talvez o que eu estou descrevendo lhe seja muito conhecido."

A finlandesa pôs no colo uma tigela de batatas e as descasca. Seu rosto está tranquilo; mais do que nunca ela parece uma avozinha. "Está esfriando", comenta.

Que loucos, esses dois!, ele pensa. O que estou fazendo aqui? Preciso dar um jeito para voltar a Pável!

"Por favor, faça a gentileza de repetir o que estava dizendo sobre meu filho", ele diz.

"Muito bem, vou lhe contar sobre seu filho. O veredicto oficial será que ele se matou. Se o senhor acredita nisso, realmente é um ingênuo, criminosamente ingênuo. O senhor não foi um revolucionário nos velhos tempos, ou estou enganado? Certamente deve saber que a luta jamais cessou. Ou o senhor fez uma paz particular? Os que estão na linha de frente continuam a ser caçados, torturados e mortos. Eu esperava que o senhor soubesse disso e escrevesse a respeito. Especialmente porque as pessoas nunca lerão a verdade sobre seu filho e outros como ele na sua vergonhosa imprensa russa."

A voz de Nietcháiev torna-se mais baixa, mais intensa. "O que aconteceu com seu filho pode acontecer comigo qualquer dia desses, ou com outros camaradas nossos. O senhor diz que não sabe nada sobre isso. Mas saia às ruas, vá aos mercados e às tavernas onde o povo se reúne, e descobrirá o que as pessoas sabem. De alguma forma elas sabem! E quando chegar o dia do julgamento, o povo não esquecerá quem sofreu e morreu por ele, e quem não ergueu um dedo!"

Cristo em sua ira, ele pensa; é daí que ele tira seu modelo. O Cristo do Antigo Testamento, o Cristo que expulsou os vendilhões do templo. Até a fantasia está adequada: não é um vestido, mas uma túnica. Um imitador; um mentiroso; um blasfemo.

"Não me ameace", ele retruca. "Com que direito me fala em nome do povo? O povo não é vingativo. O povo não passa o tempo fazendo intrigas e complôs."

"O povo sabe quem são seus inimigos, e o povo não desperdiça lágrimas com eles quando encontram seu fim! Quanto a nós, pelo menos sabemos o que deve ser feito e estamos fazendo! Talvez um dia o senhor tenha sabido, mas agora só sabe murmurar, balançar a cabeça e chorar. Isso é complacência. Nós não somos complacentes, não choramos e não desperdiçamos nosso tempo com palavras inteligentes. Há coisas de que se pode falar e coisas de que não se pode, que simplesmente devem ser feitas. Nós não falamos, não choramos, não pensamos interminavelmente *nos dois lados das coisas*, apenas *fazemos!*"

"Excelente! Vocês apenas *fazem*. Mas de onde recebem suas instruções? É à voz do povo que obedecem, ou apenas à sua própria voz, um pouco disfarçada para que vocês não precisem reconhecê-la?"

"Outra pergunta inteligente! Mais uma perda de tempo! Estamos cansados de inteligência. O tempo da inteligência está contado. A inteligência é uma das coisas de que vamos nos livrar. O dia do povo simples está chegando. As pessoas simples não são inteligentes. As pessoas simples querem apenas que o serviço seja feito. E quando o serviço estiver feito, serão as pessoas comuns que decidirão o que será feito, e se será permitida alguma inteligência!"

"E se livros inteligentes e esse tipo de coisa serão permitidos!", ecoa a finlandesa, animada e até excitada.

É possível, ele pensa com tristeza, que Pável tenha sido amigo de gente como aquela, gente ávida para se entregar a esses delírios hipócritas? Este lugar parece um convento espanhol no tempo de Loyola: meninas bem-nascidas flagelando-se, revolvendo-se em êxtase, de lábios espumantes; ou jejuando, orando durante horas sem fim para serem levadas pelos braços do Salvador.

Todos eles extremistas, sensualistas famintos do êxtase da morte — matar, morrer, não importa. E Pável entre eles! Explode nele a sensação do último momento de Pável, o corpo de um jovem de sangue quente na flor da mocidade batendo na terra, o sopro de ar deixando seus pulmões, o partir dos ossos, a surpresa, sobretudo a surpresa, de que o fim fosse real, de que não haveria uma segunda chance. Embaixo da mesa ele torce as mãos em agonia. Um corpo atingindo o chão: morte, a medida de todas as coisas!

"Provem-me...", ele diz. "Provem o que estão dizendo sobre Pável."

Nietcháiev inclina-se para mais perto dele. "Eu o levarei até o lugar", diz, proferindo cada palavra lentamente. "Eu o levarei ao lugar exato e abrirei os seus olhos."

Em silêncio, ele se levanta e cambaleia até a porta. Encontra a escada e desce, mas então erra o caminho para o beco. Bate numa porta qualquer. Ninguém responde. Bate numa segunda porta. Uma mulher de ar cansado e de chinelos abre e se afasta para ele entrar. "Não", ele diz. "Quero apenas que me diga como sair daqui." Sem uma palavra, ela fecha a porta.

Do final do corredor vem o rumor de vozes. Uma porta se abre; ele entra numa sala de teto muito baixo, que parece uma gaiola de pássaros. Três rapazes estão recostados em poltronas, um deles lendo um jornal em voz alta. Faz-se silêncio. "Estou procurando a saída", ele diz. "*Tout droit*", responde o leitor, acenando com a mão, e volta ao jornal. Lê a reportagem sobre uma escaramuça entre estudantes e policiais perto da faculdade de filosofia. Ele ergue os olhos e vê que o intruso não se moveu. "*Tout droit, tout droit!*", ordena; seus companheiros riem.

Então a finlandesa surge a seu lado. "Céus, o senhor enfia o nariz nos lugares mais estranhos!", ela comenta bem-humorada. Pegando o seu braço, ela o conduz como se fosse um cego, primeiro descendo mais um lance de escadas e depois por um corredor escuro cheio de baús e caixotes, até uma porta trancada, que ela abre. Saem para a rua. Ela lhe estende a mão. "Então temos um compromisso", diz.

"Não. Que compromisso?"

"Espere na esquina de Gorokhovaya com Fontanka esta noite às dez."

"Não estarei lá, prometo-lhe."

"Muito bem, o senhor não virá. Ou talvez venha. Não tem nenhum sentimento? Não vai nos trair, vai?"

Ela faz a pergunta em tom jocoso, como se não estivesse realmente ao alcance dele prejudicá-los.

"Porque, sabe, algumas pessoas dizem que o senhor nos trairá de qualquer maneira", ela continua. "Dizem que o senhor é traiçoeiro por natureza. Que acha disso?"

Se tivesse uma bengala, a golpearia. Mas com apenas uma das mãos, onde poderia atingir um corpo tão roliço e obtuso?

"Não adianta ter consciência da própria natureza, adianta?", ela continua, reflexiva. "Quero dizer, a pessoa é guiada por sua própria natureza, pouco importa o quanto ela pense nisso.

De que adianta enforcar alguém, se está na natureza dele? É como enforcar um lobo por comer um cordeiro. Não modificará a natureza dos lobos, não é? Ou enforcar o homem que traiu Jesus, isso mudou alguma coisa?"

"Ninguém o enforcou", ele retruca irritado. "Ele se enforcou."

"É a mesma coisa. Não adianta nada. Quero dizer, se foi enforcado ou se enforcou."

Algo terrível começa a pairar em meio a essa tagarelice. "Quem é Jesus?", ele pergunta suavemente.

"Jesus?" Anoitece; eles são as únicas pessoas na rua lateral fria e vazia. Ela olha para ele, incrédula. "Não sabe quem é Jesus?"

"Se você diz que eu sou Judas, quem é Jesus?"

Ela sorri. "É apenas uma maneira de falar", diz. E então, para si mesma: "Eles não entendem nada". Novamente ela estende a mão. "Dez horas, na Fontanka. Se não houver ninguém lá para encontrá-lo, significa que aconteceu alguma coisa."

Ele recusa a mão e sai andando. Atrás de si escuta uma palavra sussurrada. Qual é? *Judeu?*, *Judas?* Suspeita que seja *judeu*. Extraordinário: eles acham que a palavra vem daí? Mas por que sua repulsa em tocá-la? Seria porque talvez tenha conhecido Pável, conhecido bem demais, na verdade, carnalmente? Será que compartilham suas mulheres, Nietcháiev e os outros? É difícil imaginar aquela mulher partilhada. É mais provável que ela partilhasse homens. Até mesmo Pável. Ele resiste à ideia, mas depois cede. Vê a finlandesa nua, entronizada numa cama com almofadas vermelhas, as pernas maciças abertas, os braços estendidos para exibir os seios e a barriga rotunda, sem pelos, quase imatura. E Pável de joelhos, pronto para ser coberto e consumido.

Ele se agita para livrar-se do pensamento. Imaginação cobiçosa! Um pai, como um velho rato cinzento, esgueirando-se mais tarde na cena de amor para ver o que lhe restou. Sentado sobre o cadáver no escuro, mordiscando suas orelhas, mastigando, escutando, mastigando. É por isso que a matilha policial caça os jovens livres de Petersburgo de modo tão vingativo, com Maximov, o bom pai, o grande rato, a chefiá-la?

Ele se lembra das atitudes de Pável depois de seu casamento com Anya. Pável tinha dezenove anos, mas se recusou obstinadamente a aceitar que ela, Anna Grigoryevna, partilhasse a cama de seu pai dali em diante. Durante o ano em que os três viveram juntos, Pável manteve a ficção de que Anya era simplesmente uma acompanhante de seu pai, assim como uma velha pode ter uma acompanhante: alguém para cuidar da casa, arrumar as compras, tratar da roupa. À noite — às vezes depois de jogarem cartas —, quando ele anunciava que ia dormir, Pável não permitia que Anya o acompanhasse: desafiava-a para novas partidas ("Só nós dois!"), e mesmo quando ela tentava esquivar-se, enrubescendo, ele se recusava a compreender ("Aqui não estamos no campo, você não precisa acordar de madrugada para ordenhar as vacas!").

Será sempre assim entre pais e filhos — piadas mascarando a intensa rivalidade? E seria esse o verdadeiro motivo que o torna pesaroso — que o território de sua vida, a disputa com o filho, desapareceu, e seus dias ficaram vazios? Não a Vingança do Povo, mas a Vingança dos Filhos: seria isso o que promove a revolução — pais invejando as mulheres dos filhos, filhos fazendo esquemas para roubar os cofres dos pais? Ele balança a cabeça, cansado.

10. A torre em ruínas

Ao chegar em casa, Matryona vem encontrá-lo no corredor, em estado de grande excitação. "A polícia esteve aqui, Fiódor Mikhailovitch, estão procurando um assassino!"

O tempo para; ele fica congelado. "Por que vieram aqui?" As palavras saem de sua boca, mas ele parece escutá-las de longe, como se fossem de outra pessoa.

"Estão procurando em toda parte, no prédio inteiro!"

Anna Serguêievna lhe conta uma história mais completa. "Estão interrogando as pessoas sobre um mendigo que andou assustando a vizinhança. Acho que devo tê-lo visto, mas não me lembro. Dizem que está escondido neste prédio."

Nesse momento ele poderia revelar que Ivanov havia passado a noite no apartamento dela, mas não o faz. "De que o acusam?", pergunta.

"A polícia está muito cautelosa. Matryosha disse que ele matou alguém, mas é um mero boato."

"Não é possível. Eu conheço o homem, conversei muito com ele. Não é um assassino."

Mas, afinal, não era apenas boato. Realmente ocorrera um crime; o corpo da vítima — o próprio mendigo — foi encontrado num beco ali perto. Isso é o que lhe informa o zelador, e ele fica abalado. Ivanov: um daqueles rostos indesejáveis que aparecem junto ao leito de morte de alguém, ou à beira do túmulo; não é do tipo que morre antes.

"Eles têm certeza de que não morreu simplesmente de frio?", pergunta. "Por que tem de ser um assassinato?"

"Ah, foi assassinato, sim", retruca o velho com um olhar sabido. "O que me surpreende é por que estão tendo todo esse trabalho por causa de um borra-botas."

No jantar, Matryona não fala de outra coisa além do assassinato. Está transtornada: seus olhos brilham, as palavras jorram. Quanto a ele, tem sua própria história para contar, mas deve esperar até que a mãe acalme a menina e a ponha na cama.

Quando acha que ela dormiu, começa a contar a Anna Serguêievna sobre seu encontro com Nietcháiev. Fala baixo, sabendo que os sussurros dos adultos — traiçoeiros, fascinantes — são capazes de penetrar o sono mais profundo de uma criança.

Anna reconhece o nome de Nietcháiev, mas parece ter apenas uma vaga ideia de quem ele é. No entanto, está pronta a aconselhá-lo, e com firmeza. "Você deve manter o compromisso. Não poderá descansar enquanto não souber o que realmente aconteceu."

"Mas sei o que aconteceu. Não há mais nada que eu precise saber."

Ela faz um gesto de impaciência. Não consegue entender a falta de interesse dele: a seu ver, não passa de apatia. Como ele poderia fazê-la compreender? Para isso teria de falar com uma voz submersa, a voz aguda de um menino suplicando das escuras profundezas. "Cante para mim, pai querido!", a voz deveria dizer, e ela teria de escutar. Em alguma parte no fundo de si mesmo ele precisaria encontrar não apenas essa voz, mas as palavras, as verdadeiras palavras. Naquele momento não tem as palavras. Talvez — tem uma vaga ideia — elas o estejam esperando numa antiga balada. Mas a balada não está em livro nenhum: está em algum lugar no peito do povo russo, onde não pode alcançá-la. Ou talvez no peito de uma criança.

"Pável não é vingativo", diz afinal, hesitante. "Seja quem for que o matou, já é passado, o cordão foi cortado, está livre dessa pessoa. Quero que ele me ensine. Não quero ser envenenado pela vingança."

Poderia dizer outras coisas, mas não consegue. Que Pável não tem interesse em recontar a história de como caiu. Que, acima de tudo, Pável está sozinho, e em sua solidão precisa que cantem para ele e o confortem, o tranquilizem de que não será abandonado no fundo das águas.

Desce o silêncio entre ele e a mulher. É a primeira vez desde domingo que ficam completamente a sós. Ela parece cansada. Seus ombros estão caídos, suas mãos, frouxas, há rugas em seu pescoço. Ele é mais velho que sua esposa, lembra-se de novo: não exatamente uma geração, mas quase. Desejaria não ter de enxergar isso. Acaba de se encontrar com Nietcháiev, jovem, de uma energia demoníaca, jovem como todos os demônios menores.

Num impulso ele toma sua mão. Ela olha para ele, surpresa.

"Não o estou incitando à vingança", diz lentamente. "É claro que você tem razão sobre Pável: ele não tinha uma natureza vingativa. Mas tinha um senso do que é certo e justo. Mantenha seu compromisso. Descubra o que puder. Do contrário, nunca terá paz."

Ele continua segurando sua mão. Dela vem uma pressão, reagindo à sua, que ele só pode chamar de carinhosa.

"Justiça", ele reflete. "Grande palavra. Pode-se realmente

traçar uma linha entre justiça e vingança?" E, como ela parece não entender: "Não é essa a originalidade de Nietcháiev, chamar a si mesmo de Vingança do Povo, e não de Justiça do Povo? Pelo menos é honesto".

"É? É isso o que o povo quer escutar? Que ele é a vingança que procuram, e não a justiça? Não concordo. Por que deveriam levar Nietcháiev a sério? Por que alguém o deveria levar a sério, um estudante, um jovem colérico? Que poder ele tem, afinal?"

"Não o poder da vida, mas o poder da morte, com certeza. Uma criança pode matar da mesma forma que um adulto, se esse espírito a habitar. Talvez seja essa a originalidade de Nietcháiev: ele fala o que nem ousamos imaginar sobre nossos filhos; dá voz a algo imbecil e brutal que está assolando a jovem Rússia. Nós não queremos escutar; então ele vem com seu machado e nos obriga a ouvir."

A mão dela, que até então foi uma coisa viva, subitamente fica inerte. Uma mulher sensível, ele pensa, ao soltá-la. Como sua filha. E talvez se magoe com igual facilidade.

Quer abraçá-la, tomá-la em seus braços e reparar o que estiver fraturado. Deveria parar de falar, pois isso só a repele e afasta. Mas não o faz.

"Afinal, não se podem recrutar pessoas para a sua causa invocando um espírito estranho a elas, ou que nada signifique para elas. Nietcháiev tem discípulos entre os jovens porque há neles um espírito que responde ao dele. É claro que não é assim que ele explica a coisa. Considera-se um materialista. Mas isso é apenas o jargão da moda. A verdade é que tem o que os gregos chamavam de demônio. Este fala com ele, é a fonte de sua energia."

Mais uma vez ele pensa: preciso parar agora. Mas as palavras cruas, letais, continuam jorrando. Sabe que perdeu o contato com ela.

"O mesmo demônio deve ter estado em Pável, do contrário por que Pável teria respondido ao chamado de Nietcháiev? É bom pensar que Pável não era vingativo. É bom pensar bem dos mortos. Mas isso apenas o lisonjeia. Não sejamos sentimentais; na vida comum, ele era tão vingativo quanto qualquer outro jovem."

Ela se levanta. Ele acha que já sabe as palavras que irá dizer, e, apenas para manter a forma, prepara-se para se defender. *Você se diz pai de Pável, mas não acredito que o ame*, é isso que ele espera. Mas está errado.

"Nada sei sobre esse anarquista Nietcháiev, só posso concordar com o que você me conta", ela diz. "Mas enquanto escuto, é difícil dizer qual dos dois, você ou Nietcháiev, deseja mais que Pável pertença ao bando de vingadores. Não sou nada para Pável, certamente não sou sua mãe, mas devo a ele, e a sua memória, protestar. Você e Nietcháiev deveriam travar suas batalhas sem arrastá-lo para elas."

"Nietcháiev não é um anarquista. É esse o erro das pessoas. Ele é outra coisa."

"Anarquista, niilista, seja o que for, não quero mais ouvir falar nisso! Não quero que tragam ódio e dissensão para a minha casa! Matryona já está bastante nervosa; não quero que se inflame mais."

"Não é anarquista e não é niilista", ele continua teimosamente. "Ao lhe dar rótulos, você perde o que há de único nele. Não age em nome de ideias. Age quando sente a ação agitar-se em seu corpo. É um sensualista. É um extremista dos sentidos. Quer viver num corpo nos limites da sensação, nos limites do conhecimento corpóreo. É por isso que pode dizer *tudo o que é permitido*, ou por que o diria, se não fosse tão indiferente a explicar a si próprio?"

Ele faz uma pausa. Mais uma vez, acha que sabe o que ela

quer dizer; ou melhor, sabe o que ela quer dizer mesmo quando ela não sabe: *E você? É muito diferente?*

"Por que acha que ele escolheu o machado?", indaga. "Se pensar no machado, verá o que significa..." Ele ergue as mãos, desesperado. Não consegue produzir as palavras apropriadamente. O machado, instrumento da vingança do povo, a arma popular crua, pesada, irrefutável, brandida com todo o peso do corpo, o corpo e o peso de uma vida de ódio e ressentimento armazenados naquele corpo, brandidos com sombria felicidade.

Faz-se silêncio.

"Há pessoas para as quais a sensação não se dá por meios naturais", ele diz finalmente, com mais calma. "Foi assim que Serguei Nietcháiev me marcou desde o princípio, como um homem que não poderia ter uma ligação natural com uma mulher, por exemplo. Pergunto-me se isso não poderia reforçar seus muitos ressentimentos. Mas talvez seja assim no futuro: a sensação não virá mais pelos antigos meios. Os antigos meios estarão desgastados. Falo do amor. O amor estará desgastado. Então terão de ser descobertos outros meios."

Ela fala. "Já chega. Não quero mais conversar. Passa das nove. Se quiser ir embora..."

Ele se levanta, a cumprimenta de cabeça e sai.

Às dez está na Fontanka, para o encontro.

Um vento forte sopra rajadas de chuva diante dele e agita as águas negras do canal. Os postes de iluminação nas margens desoladas rangem num concerto metálico. Dos telhados e goteiras vem o gargarejo da água.

Abriga-se num pórtico, sentindo-se cada vez mais ansioso. Se me resfriar, pensa, será a gota-d'água. Ele se resfria com facilidade. Pável também, desde pequeno. Pável teria se resfriado enquanto morou com *ela*? Teria cuidado dele pessoalmente, ou o deixou a cargo de Matryona? Ele imagina Matryona entrando no quarto com um copo fumegante de chá de limão, avançando com cuidado para manter o copo equilibrado; ele imagina Pável, com seu cabelo escuro contra o travesseiro branco, sorrindo. "Obrigado, irmãzinha", diz Pável com a voz rouca de menino. Uma vida de menino, em toda a sua banalidade! Sem ninguém para escutá-lo, baixa a cabeça e geme como um boi doente.

Então ela surge à sua frente, examinando-o com curiosidade — não Matryona, mas a finlandesa. "Não se sente bem, Fiódor Mikhailovitch?"

Envergonhado, ele sacode a cabeça.

"Então venha."

Ela o conduz, como ele temia, para oeste, ao longo do canal na direção do cais Stolyarni e da antiga torre em ruínas. Erguendo a voz acima do vento, ela tagarela amigavelmente. "Sabe, Fiódor Mikhailovitch", diz, "o senhor não ganhou nada falando das pessoas daquela maneira, esta tarde. Ficamos desapontados com o senhor, com o seu passado. Afinal, foi mandado para a Sibéria por suas opiniões. Nós o respeitamos por isso. Até Pável Alexandrovitch o respeitava. Não deveria ser relapso agora."

"Até Pável?"

"Sim, até Pável. O senhor sofreu em sua geração, e agora Pável também se sacrificou. O senhor tem todo o direito de levantar a cabeça com orgulho."

Ela parece bem hábil para conversar enquanto mantém o passo rápido. Quanto a ele, sente dor no lado e respira com dificuldade. "Mais devagar", ele arfa. "E você?", pergunta enfim.

"Eu o quê?"

"E você? Poderá erguer a cabeça no futuro?"

Ela para embaixo de um poste que balança loucamente.

Luz e sombra dançam em seu rosto. Estava muito enganado ao considerá-la uma criança brincando com disfarces. Apesar do corpo amorfo, agora ele identifica uma característica fria, feminina.

"Não pretendo ficar aqui muito tempo, Fiódor Mikhailovitch", ela diz. "Nem Serguei Gennadevitch. Nenhum de nós. O que aconteceu com Pável pode acontecer com qualquer um de nós a qualquer momento. Por isso não faça piadas. Se fizer piadas a nosso respeito, lembre-se de que também estará fazendo a respeito de Pável."

Pela segunda vez naquele dia ele sente a necessidade de agredi-la. E fica claro que ela percebe essa raiva: na verdade, mostra o queixo como se o desafiasse a golpeá-lo. Por que tem tanta raiva? O que o está dominando? Estará se transformando num daqueles velhos que não controlam o temperamento? Ou seria ainda pior: agora que sua sucessão se extinguiu, tornou-se não apenas um velho, mas um fantasma, um espírito abandonado e raivoso?

A torre no cais Stolyarni existe desde que Petersburgo foi construída, mas está abandonada há muito tempo. Embora haja uma placa advertindo para não entrar, ela se tornou um refúgio para os meninos mais audaciosos do bairro, que, por uma espiral de ganchos de ferro fincados na parede, sobem até a fornalha trinta metros acima do chão, e até mais alto, ao topo da chaminé de tijolos.

As grandes portas reforçadas com tachas estão trancadas, mas a porta menor nos fundos há muito foi derrubada por vândalos. À sombra dessa entrada um homem os espera. Ele murmura uma saudação para a finlandesa, que o segue.

Lá dentro o ar cheira a lixo e alvenaria em decomposição. Do escuro vem uma torrente de obscenidades. O homem risca um fósforo e acende uma lamparina. Quase sob seus pés estão três pessoas agrupadas numa cama feita de sacos. Ele desvia o olhar.

O homem com a lamparina é Nietcháiev, usando um casacão preto de oficial dos granadeiros. Seu rosto é anormalmente pálido. Teria se esquecido de retirar o pó de arroz?

"A altura me causa vertigem, por isso vou esperar aqui", diz a finlandesa. "Ele lhe mostrará o lugar."

Uma escada em espiral percorre a parede interna da torre. Segurando a lâmpada no alto, Nietcháiev começa a subir. No espaço confinado, seus passos ecoam forte.

"Eles levaram seu enteado por aqui", diz Nietcháiev. "Provavelmente o embebedaram primeiro, para facilitar a tarefa."

Pável. Aqui.

Eles continuam subindo. O poço da torre abaixo deles é engolido pela escuridão. Ele conta para trás até o dia da morte de Pável, chega a vinte, perde a conta, recomeça, perde novamente a conta. Seria possível que *tantos dias atrás* Pável tivesse subido essas mesmas escadas? Por que é que não consegue contá-los? Os degraus, os dias — têm alguma relação entre si. Cada degrau é um dia subtraído ao total de Pável. Uma contagem para cima e uma contagem para baixo ocorrendo ao mesmo tempo — é isso que o confunde?

Chegam ao topo da escada e saem num largo deque de aço. Seu guia gira a lanterna ao redor. "Por aqui", diz. Ele vislumbra máquinas enferrujadas.

Saem lá no alto, acima do cais, numa plataforma externa, cercada por um corrimão na altura da cintura. De um lado há um mecanismo de roldanas preso à parede.

Nesse instante o vento começa a empurrá-los. Ele tira o chapéu e agarra o corrimão, tentando não olhar para baixo. Uma metáfora, diz para si mesmo, só isso — outra palavra para um lapso de consciência, um não estar ali, uma ausência. Nada novo. O epiléptico conhece bem: a chegada à borda, o olhar para baixo, o tropeço da alma, o pensamento que pensa sozinho loucamente sem parar, como um carrilhão na cabeça: *O tempo terá um fim, não haverá morte.*

Ele se agarra com força ao corrimão, sacode a cabeça para afastar a tontura. Metáforas — que absurdo! Existe morte, apenas morte. A morte é uma metáfora de nada. A morte é a morte. Eu nunca deveria ter concordado em vir. Agora, pelo resto da vida terei isso diante de meus olhos, como uma visão fantasma: os telhados de Petersburgo reluzindo na chuva, a fileira de lâmpadas diminutas ao longo do cais.

De dentes cerrados ele repete para si mesmo as palavras: *Eu não deveria ter vindo.* Mas os *nãos* começam a desmoronar, do mesmo modo que aconteceu com Ivanov. *Eu não deveria estar aqui, portanto deveria estar aqui. Não verei mais nada, portanto verei tudo.* Que doença é essa, que doença do raciocínio?

Seu guia deixou a lanterna lá dentro. Ele está intensamente consciente do corpo jovem a seu lado, sem dúvida forte, com um tipo de força fibrosa, incansável. A qualquer momento ele poderia agarrá-lo pela cintura e empurrá-lo por cima da borda para o vazio. Mas quem é *ele* nessa plataforma, quem é *ele*?

Lentamente, vira o rosto para o rapaz. "Se realmente é verdade que Pável foi trazido aqui para ser morto", diz, "eu o perdoarei por me trazer. Mas se isto for algum truque monstruoso, se foi você mesmo quem o empurrou, aviso-lhe que não será perdoado."

Estão a menos de trinta centímetros de distância. A lua está encoberta, rajadas de chuva os açoitam, mas ele tem certeza de que Nietcháiev não hesita. É mais que provável que seu adversário já tenha jogado esse jogo do princípio ao fim, em todas as suas variações: nada que ele diga poderá surpreendê-lo. Ou então é um demônio que repele as maldições como se fossem água.

"O senhor deveria se envergonhar de falar desse jeito", diz Nietcháiev. "Pável Isaev foi nosso camarada. Nós fomos sua família quando ele não tinha família. O senhor viajou para o estrangeiro e o abandonou. Perdeu o contato com ele, tornou-se um estranho. Agora surge do nada e faz acusações loucas contra os únicos verdadeiros parentes que ele teve no mundo." Ele fecha o casaco no pescoço. "Sabe quem o senhor me lembra? Um parente distante que aparece à beira do túmulo com sua mala, surge do nada para reclamar a herança de alguém que nunca viu. O senhor é primo em quarto grau, quinto grau de Pável Alexandrovitch, e não pai, nem sequer padrasto."

É um golpe doloroso. Ele tenta passar por Nietcháiev, mas seu antagonista bloqueia a porta. "Não feche os ouvidos ao que estou lhe dizendo, Fiódor Mikhailovitch! O senhor perdeu Isaev e nós o salvamos. Como pode acreditar que tenhamos causado sua morte?"

"Jure sobre sua alma imortal!"

No instante em que fala, escuta o tom melodramático das palavras. Na verdade, toda a cena, dois homens numa plataforma muito acima das ruas, lutando contra os elementos, gritando mais alto que o vento, acusando-se mutuamente, é falsa, melodramática. Mas onde se poderiam encontrar palavras verdadeiras, palavras diante das quais Pável daria seu sorriso lento, acenaria em sinal de aprovação?

"Não jurarei por algo em que não acredito", Nietcháiev diz rispidamente. "Mas a razão deverá convencê-lo de que estou dizendo a verdade."

"E Ivanov? A razão irá me dizer que você também é inocente da morte de Ivanov?"

"Quem é Ivanov?"

"Ivanov era o nome usado pelo miserável cujo emprego era vigiar o prédio onde estou morando. Onde Pável morava. Onde sua amiga me procurou."

"Ah, o espião da polícia! Aquele de quem se tornou amigo! O que aconteceu com ele?"

"Foi encontrado morto ontem."

"E então? Nós perdemos um, eles perderam um."

"Eles perderam um? Está comparando Pável com Ivanov? É assim que funciona sua contabilidade?"

Nietcháiev balança a cabeça. "Não discuta personalidades, isso apenas confunde a questão. Os colaboradores têm muitos inimigos. São detestados pelo povo. A morte desse Ivanov não me surpreende nada."

"Eu também não era amigo de Ivanov, nem gosto do trabalho que fazia. Mas isso não é motivo para assassiná-lo! Quanto *ao povo*, que absurdo! O povo não fez isso. O povo não planeja assassinatos. Nem oculta suas pistas."

"O povo sabe quem são os inimigos, e não desperdiça lágrimas quando seus inimigos morrem!"

"Ivanov não era um inimigo do povo, era um homem sem dinheiro com uma família para sustentar, como dezenas de milhares de outros. Se ele não era do povo, quem é o povo?"

"Você sabe muito bem que seu coração não estava com o povo. Chamá-lo de povo é mera conversa. O povo é formado por camponeses e trabalhadores. Ivanov não tinha laços com o povo: nem sequer foi recrutado entre eles. Era uma pessoa absolutamente sem raízes, e também um bêbado, presa fácil, facilmente dirigido contra o povo. Estou surpreso que o senhor, um homem inteligente, tenha caído nessa armadilha."

"Inteligente ou não, não aceito esse raciocínio monstruoso! Por que me trouxe a este lugar? Disse que iria me apresentar provas de que Pável foi assassinado. Onde está a prova? Estar aqui não prova nada."

"É claro que não. Mas este é o lugar onde ocorreu o assassinato, um assassinato que foi na verdade uma execução ordenada pelo Estado. Trouxe-o aqui para que possa ver por si mesmo. Agora tem sua oportunidade; se se recusar a acreditar, pior para o senhor."

Ele agarra o corrimão, olha para baixo, para a escuridão vertiginosa. Entre *aqui* e *lá* há uma eternidade, tanto tempo que a mente não consegue alcançar. Entre *aqui* e *lá* Pável está vivo, mais vivo do que nunca. Vivemos mais intensamente quando estamos caindo — uma verdade que comprime o coração!

"Se não quer acreditar, não acredite", repete Nietcháiev.

Acreditar: mais uma palavra. O que significa acreditar? Eu acredito no corpo no calçamento lá embaixo. Acredito no sangue e nos ossos. Juntar o corpo despedaçado e abraçá-lo: é isso que significa acreditar. Acreditar e amar — a mesma coisa.

"Acredito na ressurreição", ele diz. As palavras vêm sem premeditação. O tom louco, veemente, desapareceu de sua voz. Pronunciando as palavras, escutando-as, sente uma rápida alegria, não tanto pelas palavras em si, mas pelo modo como elas brotam, como que pronunciadas por outra pessoa. *Pável!*, ele pensa.

"O quê?" Nietcháiev inclina-se na direção dele.

"Acredito na ressurreição do corpo e na vida eterna."

"Não foi isso que perguntei." As rajadas de vento são tão fortes que o rapaz tem de gritar. O capote esvoaça a seu redor; ele se agarra com força para se equilibrar.

"Mas foi isso que eu disse!"

Embora passe da meia-noite quando ele chega em casa, Anna Serguêievna o espera acordada. Surpreso diante de sua preocupação, e também agradecido, ele lhe conta sobre o encontro no cais, as palavras de Nietcháiev na torre. Então lhe pede para contar novamente a noite da morte de Pável. Ela tem absoluta certeza, por exemplo, de que Pável morreu no cais?

"Foi o que me disseram", ela responde. "Em que mais eu poderia acreditar? Pável saiu à tarde sem dizer aonde ia. Na manhã seguinte havia um recado: ele sofrera um acidente, e eu devia ir até o hospital."

"Mas como eles souberam de você?"

"Havia papéis em seu bolso."

"E?"

"Fui ao hospital e o identifiquei. Depois informei ao sr. Maykov."

"Mas que explicação lhe deram?"

"Não me deram explicação nenhuma, eu é que tive de explicar. Tive de ir à polícia e responder a perguntas: quem era ele, onde vivia sua família, quando o havia visto pela última vez, há quanto tempo morava em casa, quem eram seus amigos... várias vezes! E tudo o que me diziam era que ele já estava morto quando o encontraram, e que havia acontecido no cais Stolyarny. Foi esse o recado que mandei ao sr. Maykov. Não sei o que ele lhe disse depois."

"Ele usou a palavra *infortúnio*. Sem dúvida havia falado com a polícia. *Infortúnio* é a palavra que usam para suicídio. Foi um telegrama, por isso não podia se estender."

"Foi isso que eu entendi. Quer dizer, foi o que eu entendi que havia acontecido. Nunca entendi por que ele fez isso, se é que fez. Não nos deu nenhum aviso. Não houve nenhum sinal de que isso ia acontecer."

"Uma última pergunta. O que ele estava vestindo naquela noite? Usava alguma coisa estranha?"

"Quando saiu?"

"Não, quando você o viu... depois."

"Não sei. Não me lembro. Havia um lençol. Não quero falar sobre isso. Mas ele estava muito tranquilo. Quero que saiba isso."

Ele agradece de coração. Assim termina a conversa. Mas, em seu quarto, não consegue dormir. Lembra-se do telegrama atrasado de Maykov (por que havia demorado tanto?). Fora Anya quem o abrira; Anya veio a seu escritório e pronunciou as palavras que até esta noite ressoam em sua cabeça como sinos distantes, cada um dobrando com seu peso total e definitivo: "Fedya, *Pável está morto!*".

Ele pegou o telegrama em francês, leu-o, olhou estupidamente para a folha amarela, tentando fazê-la dizer alguma coisa diferente do que dizia. Morto. Mudara-se definitivamente de um mundo luminoso para a prisão do passado. Sem volta. E o enterro já fora providenciado. A conta acertada, a conta com a vida. O livro fechado. Matéria morta, como dizem os impressores.

Mésaventure: a palavra-código de Maykov. Suicídio. E agora Nietcháiev quer lhe dizer outra coisa! Sua inclinação, sua total inclinação, é desacreditar Nietcháiev, deixar valer a história oficial. Mas por quê? Porque ele detesta Nietcháiev — sua pessoa, suas doutrinas? Porque quer livrar Pável de suas garras, mesmo em retrospecto? Ou seu motivo é mais raso: esquivar-se o quanto puder do imperativo de buscar justiça para seu filho?

Pois reconhece em si mesmo uma inércia da qual a morte de Pável é apenas a causa imediata. Está envelhecendo, dia a dia tornando-se o que sem dúvida será finalmente: um velho num canto, sem nada a fazer além de folhear as páginas de seus prejuízos.

Sou eu quem morreu e foi enterrado, ele pensa. Pável é quem está vivo e sempre estará. Meu esforço agora é para compreender de que forma foi que retornei do túmulo.

Ele se lembra de um companheiro de prisão na Sibéria, um homem alto, forte e grisalho que tinha violado a filha de doze anos e em seguida a estrangulara. Depois do ocorrido, o encontraram sentado à beira de uma lagoa, com o corpo inerte nos braços. Entregou-se sem resistência, insistindo apenas em carregar para casa a criança morta e deitá-la numa mesa — o que fez, segundo relatos, com a maior ternura. Desprezado pelos demais prisioneiros, não conversava com ninguém. À noite sentava-se em seu catre com um sorriso tranquilo, movendo os lábios enquanto lia o Evangelho para si mesmo. Com o tempo, seria de esperar que o ostracismo fosse abrandado, que sua contrição fosse aceita. Mas na verdade continuou desprezado, não tanto por um crime cometido vinte anos antes como por aquele sorriso, no qual havia algo tão insidioso e tão louco que congelava o sangue. O mesmo sorriso, diziam entre si, de quando ele cometeu o ato: em seu coração nada havia mudado.

Por que se lembra disso agora, dessa imagem de um homem à beira da água com uma criança morta nos braços? Uma criança muito amada, uma criança que se torna objeto de tal intimidade que não se pode deixá-la viver. Ternura assassina, o amor virado pelo avesso como uma luva, revelando suas feias costuras. E com que é costurado o amor? Ele relembra mais uma vez a imagem do homem, olha atentamente para seu rosto, concentrando-se não nos olhos, fechados num transe, mas na boca, que se move ligeiramente. Não violação, mas rapina — é isso? Pais devorando filhos, criando-os bem para depois comê-los como acepipes. *Delikatessen.*

Seria essa a explicação da vingança de Nietcháiev: que seus olhos se abriram para os pais nus, o bando de pais com seus apetites desnudados? Que espécie de homem deve ser ele, o velho Nietcháiev, o pai Gennady? Quando um dia vier a notícia, como sem dúvida virá, de que seu filho deixou de existir, irá ele sentar-se num canto para chorar, ou sorrirá secretamente?

Ele sacode a cabeça como que para livrar-se de um enxame de demônios. O que é que está corrompendo a integridade de sua dor, que insiste que isso é meramente um disfarce lúgubre? Em algum lugar dentro dele a verdade perdeu o rumo. Como se no labirinto de seu cérebro, mas também no labirinto de seu corpo — veias, ossos, intestinos, órgãos — houvesse uma criancinha perdida, buscando a luz, tentando sair. Como ele poderia encontrar a criança perdida dentro de si mesmo, permitir-se uma voz para cantar sua triste cantiga?

Flauteando num osso. Lembra-se da velha história de um jovem morto, mutilado, despedaçado, cujo fêmur, quando o vento sopra, toca um lamento e diz o nome de seus assassinos. Na verdade, as antigas histórias retornam, uma a uma, histórias que ele ouviu de sua avó e cujo significado desconhecia, mas que sem se dar conta armazenou, como ossos para o futuro. Um grande ossário de histórias anteriores ao início da história, construído e mantido pelo povo. Que Pável encontre o caminho até meu fêmur e, de lá, toque flauta para mim! *Pai, por que me abandonaste na floresta escura? Pai, quando virás me salvar?*

A vela diante do ícone não passa de uma poça de cera; o ramo de flores murchou. Depois de montar a capelinha, a menina esqueceu-se dela, ou a abandonou. Será que adivinhou que Pável deixara de falar com ele, que ele também perdera o rumo, que as únicas vozes que escuta agora são vozes demoníacas?

Ele endireita o pavio, acende-o e ajoelha-se. Os olhos da Virgem estão fixos em seu bebê, que o olha da imagem, erguendo um dedinho de censura.

11. O passeio

Na semana que se passou desde seu último encontro íntimo, surgiu entre Anna Serguêievna e ele uma estranha barreira de formalidade. Ela adotou uma postura tão constrangida que, na opinião dele, a criança, que observa e escuta o tempo todo, certamente concluirá que ela quer que ele vá embora.

Para quem estão mantendo essa aparente distância? Não para si mesmos, com certeza. Só pode ser para o olhar das crianças, das duas crianças, a presente e a ausente.

No entanto, anseia tê-la novamente em seus braços. Tampouco acredita que ela sinta indiferença por ele. De sua parte, sente-se como um cachorro correndo atrás do rabo, em círculos cada vez mais fechados. Junto dela, na escuridão salvadora, tem a estranha sensação de que seus membros serão relaxados e o espírito liberado, o espírito que por ora parece atado a seu corpo pelos ombros, quadris e joelhos.

No âmago de sua fome há um desejo que na primeira noite não se revelou completamente, mas que agora parece ter-se concentrado no odor dela. Como se fossem dois animais, ele é atraído por algo que capta no ar ao redor dela: o odor do outono, de castanhas especialmente. Começa a entender como vivem os animais, e também as crianças, atraídas ou repelidas por miasmas, auras, atmosferas. Vê a si mesmo esparramado sobre ela como um leão arfante, esfregando o focinho nos pelos de sua nuca, enterrando o nariz em sua axila, enterrando o rosto em seu sexo.

A porta não tem tranca. Não é impossível que a criança entre no quarto de repente e o veja num estado de — ele encontra a palavra com aversão, mas é a única palavra correta — desejo. E tantas crianças também são sonâmbulas: ela poderia levantar-se à noite e vagar até seu quarto sem nem sequer despertar. Serão transmitidos de mãe para filha, esses odores íntimos? Ao amar a mãe, também se está destinado a desejar a filha? Pensamentos errantes, desejos errantes! Terão de ser enterrados com ele, ocultos para sempre de todos, menos de uma pessoa. Pois Pável está ali com ele, e Pável nunca dorme. Ele só pode rezar para que aquela fraqueza, que outrora teria enojado o rapaz, agora lhe traga um sorriso aos lábios, um sorriso divertido e tolerante.

Talvez Nietcháiev também, quando cruzar o escuro rio para a morte, deixe de ser um lobo e aprenda novamente a sorrir.

Portanto, na noite seguinte ele espera diante da loja de Yakovlev quando Anna Serguêievna sai. Atravessa a rua, saboreando sua surpresa ao vê-lo. “Vamos dar um passeio?”, propõe.

Ela ajusta o xale sob o queixo. “Não sei. Matryosha deve estar me esperando.”

De todo modo, eles passeiam. O vento diminuiu, o ar está claro e frio. Há uma agradável agitação ao redor deles na rua. Ninguém presta atenção neles. Podiam ser um casal qualquer.

Ela trouxe uma cesta, que ele apanha. Gosta do modo como ela caminha, com passos largos, os braços cruzados sob os seios.

"Terei de ir embora em breve", ele diz.

Ela não responde.

A questão da esposa dele permanece delicadamente entre os dois. Ao mencionar a partida, ele se sente como um jogador de xadrez oferecendo um peão, que, seja aceito ou recusado, deve causar complicações ainda maiores. Serão sempre assim as relações entre homens e mulheres, um tramando, o outro, objeto da trama? Seria a trama um elemento do prazer? Ser objeto da intriga do outro, ser pastoreado para um canto e suavemente pressionado a capitular? Estaria também ela, à sua maneira, tramando contra ele enquanto caminha a seu lado?

"Estou apenas esperando que a investigação tome um rumo. Não preciso sequer aguardar a sentença. Tudo o que quero são os papéis. O resto é irrelevante."

"Então voltará para a Alemanha?"

"Sim."

Chegaram à barranca. Ao atravessar a rua, ela pega o braço dele. Lado a lado, apoiam-se no parapeito à beira d'água.

"Não sei se odiarei esta cidade pelo que fez a Pável", ele diz, "ou se me sinto ainda mais fortemente ligado a ela. Porque agora é o lar de Pável. Ele jamais a deixará, jamais viajará como queria."

"Que absurdo, Fiódor Mikhailovitch", ela retruca com um sorriso enviesado. "Pável está com você. Você é o lar dele. Está em seu coração, viaja com você aonde quer que vá. Qualquer um pode ver isso." Ela toca levemente o seu peito com a mão enluvada.

Ele sente o coração saltar, como se o dedo dela houvesse tocado o próprio órgão. Charme — foi apenas isso, ou o gesto realmente brotou de seu coração? Seria a coisa mais natural do mundo abraçá-la. Ele sente seu olhar a realmente devorar aquela boca delineada, na qual ainda resta um sorriso. E diante desse olhar ela não se retrai. Não é uma mocinha. Nem uma criança. Retribuindo o olhar como que passando por cima do corpo de Pável, os dois emitem seus desafios. O lampejo de uma ideia: *Se pelo menos ele não estivesse aqui!* Então, ao dobrarem a esquina, a ideia se desfaz.

Compram de uma vendedora empadas de peixe para o jantar. Matryona abre a porta, mas quando vê quem está com sua mãe, vira-lhe as costas. À mesa, está de péssimo humor, insistindo em que a mãe preste atenção na história comprida e confusa de uma briga entre ela e uma colega de escola. Quando ele intervém, fazendo uma discreta defesa da outra menina, Matryona bufa e não se digna a responder.

Ela percebeu alguma coisa, ele sabe, e está tentando recuperar sua mãe. E por que não? É seu direito. *Mas se ela não estivesse ali!* Dessa vez ele não reprime o pensamento. Se a criança estivesse longe, não desperdiçaria mais uma palavra. Apagaria a luz, e no escuro os dois se reencontrariam. Teriam a cama grande para si, a cama de viúva, a cama enviuvada de um corpo masculino havia — quanto tempo ela dissera? — quatro anos?

Ele tem uma visão de Anna Serguêievna que é de crua sensualidade. Sua combinação está toda levantada, mostrando debaixo dela os seios nus. Ele se deita entre suas pernas: as longas coxas pálidas o retêm. O rosto dela está de lado, os olhos fechados, ela respira com força. Embora o homem que copula com ela seja ele mesmo, vê tudo isso como se estivesse ao lado da cama. São as coxas dela que dominam a visão: suas mãos as envolvem, ele as aperta contra seus flancos.

"Venha terminar a comida do seu prato", ela ordena à filha.

"Não tenho fome, minha garganta está doendo", Matryona choraminga. Ela brinca com a comida mais um pouco, então a afasta.

Ele se levanta. "Boa noite, Matryosha. Espero que esteja

melhor amanhã." A criança não se dá ao trabalho de responder. Ele sai, deixando-a dona do terreno.

Ele identifica a origem da visão: um cartão-postal que comprou em Paris anos atrás, que destruiu junto com o resto de sua coleção erótica quando se casou com Anya. Uma garota de longos cabelos castanhos deitada embaixo de um homem de bigode. "AMOR CIGANO", dizia a legenda, em maiúsculas floreadas. Mas as pernas da garota da imagem eram roliças, sua pele, flácida, o rosto estava voltado para o homem (que se mantinha apoiado nos braços), vazios de expressão. As coxas de Anna Serguêievna, da Anna Serguêievna de sua lembrança, são mais esguias, fortes; há algo proposital em seu aperto que ele liga ao fato de ela não ser uma criança, mas uma mulher adulta e ávida. Adulta e portanto aberta (é essa a palavra que se impõe) à morte. Um corpo disposto a experiências, porque sabe que não viverá para sempre. A ideia é excitante, mas também perturbadora. Para aquelas coxas não importa quem está preso entre elas; visto de um ponto acima e ao lado da cama, o homem na imagem é e não é ele mesmo.

Há uma carta na cama, apoiada no travesseiro. Por um louco instante ele pensa que é de Pável, materializado no quarto. Mas a caligrafia é de criança. "Tentei desenhar Pável Alesandrovitch", diz (o nome está escrito errado), "mas não consegui fazer direito. Se quiser, pode colocar na capelinha. Matryona." No verso há um desenho a lápis, um tanto borrado, de um rapaz de testa alta e lábios carnudos. O desenho é primitivo, a criança nada entende de sombreamento; no entanto, na boca e especialmente no olhar franco ela sem dúvida captou Pável.

"Sim", ele murmura, "vou colocá-lo na capela." Leva a imagem aos lábios, depois a encosta no castiçal e acende uma nova vela.

Ainda está fitando a chama quando, uma hora depois, Anna Serguêievna bate à porta. "Trouxe sua roupa lavada", diz.

"Entre. Sente-se."

"Não. Não posso. Matryosha está inquieta. Acho que não se sente bem." Mas senta-se na cama assim mesmo.

"Eles cuidam bem de nós, esses nossos filhos", ele comenta.

"Cuidam de nós?"

"De nossa moral. Nos mantêm afastados."

É um alívio não ter a mesa de jantar entre eles. A luz da vela também produz uma suave tranquilidade.

"Sinto muito que precise ir", ela diz, "mas talvez seja melhor você se afastar desta triste cidade. É melhor para sua família, também. Devem sentir sua falta. E você deve ter saudade deles."

"Serei uma pessoa diferente. Minha mulher não me conhecerá. Ou pensará que me conhece e estará enganada. Será uma época difícil para todos, posso imaginar. Estarei pensando em você. Mas como? Essa é a questão. O nome de minha esposa também é Anna."

"Foi meu nome antes de ser o dela", sua resposta é áspera, sem humor. Mais uma vez ele se dá conta: se ama essa mulher, é em parte porque ela não é jovem. Cruzou uma linha que sua esposa ainda não atingiu. Pode ser ou não mais querida, mas está mais próxima.

O impulso erótico volta, ainda mais forte. Uma semana atrás estavam um nos braços do outro, nessa mesma cama. Será possível que nesse momento ela não pense nisso?

Ele se inclina e pousa a mão em sua perna. Com a roupa lavada no colo, ela baixa a cabeça. Ele se aproxima. Segura seu pescoço com o polegar e o indicador e puxa o rosto em direção ao seu. Ela ergue os olhos: por um instante ele tem a impressão de estar olhando nos olhos de um gato, vigilante, apaixonado, possessivo.

"Preciso ir", ela murmura. Livrando-se dele, sai do quarto.

Ele a deseja com ardor. E não a quer naquela cama estreita de criança, mas na de viúva no quarto ao lado. Imagina-a deitada ali agora, ao lado da filha, de olhos abertos e brilhantes. Percebe pela primeira vez que ela pertence a uma espécie que nunca descreveu em seus livros. As mulheres a que está habituado possuem uma intensidade própria, mas é uma intensidade apenas de pele e nervos. Suas sensações são intensas, elétricas, imediatas, superficiais. Enquanto, com ela, ele adentra um corpo que sangra, um corpo visceral cujas sensações ocorrem nas profundezas.

Poderia essa característica ser traduzida, ou cultivada, em outras mulheres? Será uma qualidade de sensação que poderá encontrar em outras mulheres, agora que a descobriu nela?

Que tristeza!

Se tivesse mais confiança em seu francês, canalizaria essa perturbadora excitação para um livro do tipo que não se pode publicar na Rússia — algo que poderia ser feito rapidamente, em duas ou três semanas, mesmo sem um revisor, umas trezentas páginas. Um livro noturno, no qual todos os excessos estariam representados, e nenhum limite seria reconhecido. Um livro que jamais seria relacionado a ele. O manuscrito enviado de Dresden para Paillard, em Paris, seria impresso clandestinamente e vendido por baixo do pano na Rive Gauche. *Memórias de um nobre russo*. Um livro que ela, Anna Serguêievna, sua verdadeira inspiradora, nunca veria. Com um capítulo em que o nobre memorialista lê para a filha de sua amante a história da sedução de uma menina, na qual ele mesmo aparece cada vez mais claramente como o próprio sedutor. Uma história cheia de detalhes íntimos e insinuações que de maneira alguma seduzem a filha, pelo contrário, a assustam e perturbam seu sono, deixando-a tão indecisa sobre sua própria pureza que três dias depois, desesperada, entrega-se a ele da maneira mais vergonhosa, de uma maneira que nenhuma criança poderia imaginar se a história de sua própria sedução e rendição não lhe tivesse sido previamente inculcada.

Memórias imaginárias. Memórias da imaginação.

Seria essa a resposta à pergunta que se fez? É para isso que ela o está libertando? Para escrever um livro maligno? E com que finalidade? Para libertar a si mesmo do mal ou para afastar-se do bem?

Ele percebe que nem uma vez nesse longo devaneio (agora a casa toda está silenciosa) pensou em Pável. E agora ele ressurge, gemendo, pálido, procurando um lugar para deitar a cabeça. Pobre criança! O festival dos sentidos que teria sido sua herança lhe foi roubado! Deitado na cama de Pável, não consegue reprimir um frêmito de sombrio triunfo.

Geralmente ele fica sozinho no apartamento de manhã. Mas hoje Matryona está ruborizada, tossindo seco, respirando com dificuldade, e não foi à escola. Com ela no apartamento, menos ainda ele consegue concentrar-se na escrita. Surpreende-se escutando o ruído dos passinhos descalços no quarto ao lado; há momentos em que pode jurar que sente os olhos dela pousados em suas costas.

Ao meio-dia o zelador traz um recado. Ele reconhece imediatamente o papel cinzento e o selo vermelho. É o fim da espera: mandam-no comparecer ao escritório do investigador judicial conselheiro P. P. Maximov, a respeito do caso de P. A. Isaev.

Da rua Svechnoi ele vai até a estação ferroviária para fazer uma reserva, e dali à delegacia de polícia. A antessala está lotada; ele dá o nome na recepção e espera. À primeira badalada das quatro o sargento de plantão pousa a pena, espreguiça-se, baixa a iluminação e começa a tanger para fora os queixosos.

"O que é isso?", ele protesta.

"Sexta-feira fechamos mais cedo", diz o sargento. "Volte amanhã de manhã."

Às seis ele espera diante da loja de Yakovlev. Vendo-o ali, Anna Serguêievna fica alarmada. "Matryosha...?", indaga.

"Estava dormindo quando saí. Parei numa farmácia e comprei algo para a sua tosse." Ele mostra um frasco.

"Obrigada."

"Fui chamado novamente pela polícia, a respeito dos papéis de Pável. Espero que o assunto esteja liquidado amanhã, de uma vez por todas."

Caminham em silêncio durante algum tempo. Anna Serguêievna parece preocupada. Finalmente ela fala. "Há algum motivo especial para você querer tanto esses papéis?"

"Estou surpreso com sua pergunta. O que mais Pável deixou? Nada é mais importante para mim que aqueles papéis. São suas palavras para mim." E, após uma pausa: "Você sabia que ele estava escrevendo um conto?".

"Sim, ele escrevia contos. Sim, eu sabia."

"O que estou mencionando era sobre um preso fugitivo."

"Desse eu não sabia. Às vezes ele lia para mim e Matryosha o que estava escrevendo, para saber nossa opinião. Mas não havia contos sobre presos."

"Eu não sabia que houvesse outros."

"Oh, sim, vários. E poemas também. Mas ele era tímido demais para mostrá-los a nós. A polícia deve tê-los levado com o resto. Ficaram muito tempo no quarto dele, vasculhando tudo. Eu não lhe contei. Chegaram a levantar tábuas do assoalho para olhar embaixo delas. Levaram toda e qualquer tira de papel."

"Então era disso que Pável se ocupava, de escrever?"

Ela o olha de modo estranho. "E o que você pensava?"

Ele reprime uma resposta apressada.

"Com um pai escritor, o que mais esperava?", ela continua.

"Isso não passa de pai para filho."

"Talvez não. Quem sou eu para julgar... Mas ele não devia ter a intenção de viver da escrita. Talvez fosse apenas uma forma de atingir seu pai."

Ele faz um gesto exasperado. *Eu o teria amado sem contos!*, pensa. Mas em vez disso diz: "Não é preciso merecer o amor de um pai".

Ela hesita antes de tornar a falar. "Há uma coisa de que devo avisá-lo, Fiódor Mikhailovitch. Pável tinha uma espécie de culto a seu pai... a Alexander Isaev, quero dizer. Eu não lhe contaria se não soubesse que encontrará vestígios disso em seus papéis. Deve ser tolerante. As crianças gostam de romantizar seus pais. Até Matryona..."

"Romantizar Isaev? Isaev era um bêbado, um borra-botas, um mau marido. Sua mulher, a mãe de Pável, não o suportava mais, no final. Ela o teria abandonado se ele não tivesse morrido primeiro. Como se pode romantizar uma pessoa dessas?"

"Vendo-a através de uma névoa, é claro. Era difícil para Pável ver você através de uma névoa. Você era, se me permite dizer, imediato demais para ele."

"Isso porque fui eu quem o criou no dia a dia. Eu fiz dele meu filho quando todos os outros o abandonaram."

"Não exagere. Os pais dele não o abandonaram, eles morreram. Além disso, se você teve o direito de escolhê-lo como seu filho, por que ele não teria o direito de escolher um pai para si?"

"Porque ele tinha melhor opção que Isaev! É essa a doença da nossa época, os jovens dão as costas aos pais, a suas casas, sua criação, porque não são mais de seu agrado! Nada pode satisfazê-los, ao que parece, além de ser filhos e filhas de Stenka Razin ou de Bakunin!"

"Você está sendo tolo. Pável não fugiu de casa. Você fugiu dele."

Desce um silêncio irado. Quando chegam à rua Gorokhovaya, ele pede desculpas e afasta-se dela.

Caminhando para um lado e para outro pelas margens, medita sobre o que ela disse. Sem dúvida permitiu que surgisse algo vergonhoso sobre si mesmo, e ressente-se dela por ter testemunhado isso. Ao mesmo tempo, envergonha-se dessa mesquinharia. Está enredado em um conhecido labirinto moral — tão conhecido, na verdade, que não mais o perturba, e portanto deveria ser ainda mais vergonhoso. Mas há outra coisa que também o perturba, como a ponta de um prego que começa a atravessar a sola do sapato, que ele não pode ou não quer definir.

Ainda há tensão no ar quando ele volta ao apartamento. Matryona está acordada. Usa o casaco da mãe sobre a camisola, mas está descalça. "Estou chateada!", ela choraminga sem parar. Não dá atenção a ele. E, apesar de sentar-se à mesa, não quer comer. Um odor acre a envolve, ela espirra, a todo momento tem um acesso de tosse. "Você deveria estar deitada, querida", ele comenta com delicadeza. "Você não pode me dizer o que devo fazer, você não é meu pai!", ela retruca. "Matryosha!", sua mãe a repreende. "Não é mesmo!", ela insiste, e mergulha num silêncio emburrado.

Depois que ele se retira, Anna Serguêievna bate na porta e entra. Ele se levanta cautelosamente. "Como está ela?"

"Dei-lhe um pouco do remédio que você comprou, e ela parece estar mais calma. Não deveria sair da cama, mas é teimosa e não consegui impedi-la. Vim pedir desculpas pelo que eu disse. E também lhe perguntar quais são seus planos para amanhã."

"Não precisa se desculpar. A culpa foi toda minha. Fiz uma reserva no trem noturno. Mas posso trocá-la."

"Por quê? Vai receber seus papéis amanhã. Por que deveria mudar alguma coisa? Por que ficar mais que o necessário? Afinal, não quer se transformar num eterno inquilino... Não é o título de um livro?"

"O eterno inquilino? Não, que eu saiba, não. Todas as providências tomadas podem ser mudadas, incluindo as de amanhã. Nada é definitivo. Mas nesse caso, não está em minhas mãos modificá-las."

"Está nas mãos de quem, então?"

"Nas suas."

"Em minhas mãos? É claro que não! Seus arranjos dependem apenas de você, não tenho participação neles. Devemos nos despedir agora. Não o verei pela manhã. Tenho de me levantar cedo, porque é dia de mercado. Pode deixar a chave na porta."

Então chegou o momento. Ele respira fundo. Sua mente está vazia. A partir desse vácuo ele começa a falar, entregando-se às palavras que lhe vêm, indo para onde elas o levam.

"Na balsa, quando você me levou para ver o túmulo de Pável", diz, "vi você e Matryosha paradas junto à grade na neblina; lembra-se da neblina naquele dia? E eu disse para mim mesmo: 'Ela o trará de volta. Ela é...'" Ele toma fôlego mais uma vez "'... é uma condutora de almas'. Não foram estas as palavras que me ocorreram no momento, mas agora sei que são as palavras certas."

Ela o olha sem expressão. Ele toma-lhe as mãos entre as suas.

"Eu o quero de volta", diz ele. "Você precisa me ajudar. Quero beijá-lo nos lábios."

Enquanto fala, percebe como suas palavras são loucas. Parece entrar e sair da loucura como uma mosca pela janela aberta.

Ela ficou tensa, pronta para escapar. Ele a abraça mais forte, retendo-a.

"É verdade. É assim que penso em você. Pável não veio até aqui por acaso. Em algum lugar estava escrito que daqui ele seria levado... noite adentro."

Ele acredita e não acredita no que está dizendo. Um fragmento de lembrança lhe aparece, de um quadro que viu numa galeria em algum lugar: uma mulher com um vestido escuro, severo, parada junto a uma janela, com uma criança a seu lado, ambas olhando para um céu estrelado. Ainda mais vívida que a pintura é sua lembrança das volutas douradas da moldura.

A mão dela permanece inerte entre as suas.

"Está em seu poder", ele continua, ainda acompanhando as palavras como se fossem faróis, vendo aonde elas o conduzem. "Você pode trazê-lo de volta. Por um minuto, apenas um minuto."

Ele se lembra de como ela parecia seca quando se conheceram. Como uma múmia: ossos secos envoltos em bandagens que poderiam se transformar em pó a um toque. Quando ela fala, a voz arranha sua garganta. "Você o ama tanto", ela diz, "certamente o verá de novo."

Ele solta sua mão. Como uma corrente de ossos, ela a recolhe. *Não brinque comigo!*, ele quer dizer.

"Você é um artista, um mestre", ela diz. "Cabe a você, e não a mim, trazê-lo de volta."

Mestre. É uma palavra que ele associa ao metal — à têmpera de espadas, à fundição de sinos. *Mestre da vida*: estranho termo. Mas ele está preparado para refletir a respeito. Dará abrigo a qualquer palavra, por mais estranha que seja, por mais desvairada, se houver a possibilidade de que seja um anagrama de Pável.

"Estou longe de ser um mestre", ele diz. "Uma rachadura

me atravessa. De que serve um sino rachado? Um sino rachado não se emenda."

O que ele diz é verdade. Mas ao mesmo tempo lembra-se de que um dos sinos da Catedral da Trindade, em Sergiyev, está rachado, e desde os tempos de Catarina. Nunca foi retirado e fundido. Ressoa sobre a cidade todos os dias. O povo o chama de "perna de pau de São Sérgio".

Agora a voz dela soa desesperada. "Tenho pena de você, Fiódor Mikhailovitch", diz, "mas deve lembrar-se de que não é o primeiro pai a perder um filho. Pável viveu vinte e dois anos. Pense em todas as crianças que são levadas na infância."

"E então?..."

"Então admita que é a regra, e não a exceção, sofrer perdas. E pergunte-se: está de luto por Pável ou por si mesmo?"

Perda. Uma distância gélida se instala entre ele e ela. "Não o perdi, ele não está perdido", diz por entre os dentes cerrados.

Ela encolhe os ombros. "Se ele não está perdido, então você deve saber onde está. Certamente não está neste quarto."

Ele olha ao redor. Aquele vulto de sombras no canto — não seria o vestígio da respiração da sombra do fantasma dele? "É impossível viver em um lugar e partir sem deixar para trás algo de si", ele sussurra.

"Não, é claro que não se parte sem deixar nada para trás. Foi o que eu lhe disse esta tarde. Mas o que ele deixou não está neste quarto. Ele foi embora daqui, não é aqui que o encontrará. Fale com Matryosha. Faça as pazes com ela antes de ir embora. Ela e seu filho eram muito chegados. Se ele deixou para trás uma marca, está nela."

"E em você?"

"Eu gostava muito dele, Fiódor Mikhailovitch. Era um homem bom e generoso. Como seu filho, não teve uma vida fácil. Era solitário, inseguro, tinha de lutar para encontrar seu caminho. Eu percebi tudo isso. Mas não sou da geração dele. Ele não conseguia falar comigo como falava com Matryona. Ele e ela conseguiam ser crianças juntos." Ela faz uma pausa. "Eu costumava ter a sensação, é melhor dizer isso agora, já que estamos sendo francos um com o outro, de que a criança em Pável foi abafada muito cedo, antes que tivesse tempo suficiente para brincar. Não sei se já pensou nisso. Talvez não. Mas ainda estou surpresa com sua raiva contra ele por algo tão comum quanto dormir até tarde."

"Por que surpresa?"

"Porque esperava mais compreensão de você, um artista. Algumas crianças sonham à noite, outras esperam pela manhã para ter seus sonhos. Você deveria pensar duas vezes sobre acordar uma criança que sonha. Quando Pável estava com Matryona, a criança nele tinha a oportunidade de sair. Agora me alegro que isso tenha acontecido, estou contente que ele não a tivesse perdido."

Ele lembra de uma imagem de Pável aos sete anos, com seu casaco xadrez acinzentado e protetores de orelhas, botas grandes demais, galopando pela neve, gritando loucamente. Há mais alguma coisa pairando no canto da imagem, algo que ele repele.

"Pável e eu nos vimos pela primeira vez em Semipalatinsk, quando ele já tinha sete anos", ele diz. "Não gostou de mim. Eu era o estranho com quem ele e sua mãe iriam morar. Eu era o homem que estava tirando dele a mãe."

Sua mãe, a viúva. Filho de uma viúva.

O que ele está repelindo, a que insiste em voltar enquanto fala, é o que só pode chamar de elfo, uma criatura disforme, ruiva, de barba ruiva, não maior que uma criança de três ou quatro anos. Pável continua correndo e gritando na neve, seus joelhos batendo um no outro rapidamente. Quanto ao elfo, está parado a um lado, observando. Veste um jaleco cor de ferrugem, aberto no pescoço; ele (ou ela) não parece sentir frio.

"... difícil para uma criança..." Ela está dizendo algo de que ele só consegue ouvir a metade. Quem é aquela criatura fantástica? Examina melhor o rosto. Com um choque, percebe. A pele esburacada, as cicatrizes inchadas e lívidas ao frio, a barba rala brotando das marcas de varíola — é Nietcháiev de novo, Nietcháiev encolhido, Nietcháiev na Sibéria assombrando os primeiros anos de seu filho! O que significa a visão? Ele geme baixo, e ao mesmo tempo Anna Serguêievna se interrompe. "Sinto muito", ela diz. Mas ele a ofendeu. "Estou certa de que precisa fazer as malas", diz, e, desprezando as desculpas dele, sai.

12. Isaev

Ele é conduzido ao mesmo escritório em que já esteve. Mas o oficial atrás da escrivaninha não é Maximov. Sem se apresentar, o homem gesticula, indicando uma cadeira. "Seu nome?", pergunta.

Ele dá o nome. "Pensei que fosse encontrar o conselheiro Maximov."

"Já falaremos sobre isso. Ocupação?"

"Escritor."

"Escritor? Que espécie de escritor?"

"Escrevo livros."

"Que tipo de livros?"

"Histórias. Livros de histórias."

"Para crianças?"

"Não, não especialmente para crianças. Mas me agradaria que as crianças os pudessem ler."

"Nada indecente?"

Nada indecente?, ele pondera. "Nada que possa ofender uma criança", ele responde finalmente.

“Ótimo.”

“Mas o coração tem seus recantos obscuros”, ele acrescenta com relutância. “Nem sempre se sabe.”

Pela primeira vez o homem ergue os olhos de seus papéis. “Que quer dizer com isso?” Ele é mais jovem que Maximov. Seria seu assistente?

“Nada. Nada.”

O homem pousa a caneta. “Vamos ao assunto do falecido Ivanov. O senhor conhecia Ivanov?”

“Não compreendo. Pensei que tivessem me chamado por causa dos papéis de meu filho.”

“Cada coisa de uma vez. Ivanov. Quando teve o primeiro contato com ele?”

“Falei com ele pela primeira vez há uma semana. Estava abrigado na entrada do prédio onde moro atualmente.”

“Rua Svechnoi, 63.”

“Rua Svechnoi, 63. Estava muito frio e eu lhe ofereci abrigo. Ele passou a noite em meu quarto. No dia seguinte soube que havia ocorrido um assassinato e que ele era suspeito. Só depois é que...”

“Ivanov era suspeito... Suspeito de assassinato? Estou entendendo que o senhor pensava que Ivanov fosse um assassino? Por que achava isso?”

“Por favor, permita-me terminar! Houve um rumor nesse sentido no edifício, ou a criança que me contou isso entendeu tudo errado. Não sei o que foi. Mas tem importância, já que o homem está morto? Fiquei surpreso e indignado de que alguém como ele fosse morto. Era bastante inofensivo.”

“Mas não era o que parecia, não é?”

“O senhor quer dizer, um mendigo?”

“Ele não era um mendigo, era?”

“De certa forma, não. Mas de outra, sim, era.”

"O senhor não está sendo claro. Está afirmando que não conhecia as responsabilidades de Ivanov? É por isso que ficou surpreso?"

"Fiquei surpreso que alguém colocasse em risco sua alma imortal ao matar um inofensivo borra-botas."

O oficial olha para ele com sarcasmo. "Um borra-botas. Esse é o nome que o senhor dá para ele?"

Nesse momento Maximov entra muito apressado. Traz debaixo do braço uma pilha de pastas amarradas com fitas cor-de-rosa. Deixa-as cair sobre a mesa, tira do bolso um lenço e enxuga a testa. "Que calor faz aqui!", murmura, e então diz para seu colega: "Obrigado. Terminou?".

Sem uma palavra, o homem reúne seus papéis e sai. Suspirando, enxugando o rosto, Maximov assume a cadeira. "Desculpe, Fiódor Mikhailovitch. Agora, quanto aos papéis de seu filho, temo que tenhamos de reter um item, qual seja, a lista de pessoas que seriam liquidadas, como dizem nossos amigos, a qual, estou certo de que concordará, não deve ser divulgada, já que apenas causará alarme. Além disso, no devido tempo será incluída no processo contra Nietcháiev. Quanto ao restante dos papéis, são seus, já os utilizamos, já extraímos o mel deles, por assim dizer.

"No entanto, antes que eu os entregue definitivamente ao senhor, há mais uma coisa que gostaria de dizer, se me der a honra de me ouvir.

"Se eu me considerasse meramente um funcionário cujo caminho o senhor cruzou por acaso, devolveria os papéis sem mais delongas. Mas, no caso, não sou um mero funcionário. Sou também, se me permite usar a palavra, um magnânimo, alguém que defende os seus melhores interesses. E como tal tenho uma profunda reserva quanto a entregá-los. Deixe-me explicar essa reserva. É que descobertas dolorosas o aguardam — descobertas dolorosas e desnecessárias. Se fosse possível o senhor aceitar meus humildes conselhos, eu indicaria algumas páginas que seria melhor não examinar. Mas é claro que, conhecendo-o como o conheço, isto é, da maneira como se conhece um escritor por seus livros, ou seja, de uma maneira íntima e ao mesmo tempo limitada, acredito que meus esforços teriam apenas o efeito contrário, o de espicaçar sua curiosidade. Portanto, permita-me dizer apenas o seguinte: não me culpe por ter lido estes papéis — afinal, é essa a responsabilidade que me conferiu a Coroa — e não se irrite comigo por ter previsto corretamente (se é que o fiz) sua reação a eles. A não ser que haja uma reviravolta surpreendente dos acontecimentos, o senhor e eu não teremos mais transações. Não há motivo para que o senhor não possa dizer a si mesmo que deixei de existir, da mesma forma que se pode dizer que um personagem de livro deixou de existir assim que se fecha o livro. De minha parte, pode ter certeza de que meus lábios estão selados. Ninguém ouvirá uma palavra minha sobre este triste episódio."

Assim dizendo, Maximov, usando apenas o dedo médio da mão direita, empurra a pasta em cima da mesa, a pasta surpreendentemente grossa que contém os papéis de Pável.

Ele se levanta, pega a pasta, faz uma saudação de cabeça e está se preparando para sair quando Maximov volta a falar. "Permita-me detê-lo só mais um momento, por uma questão um tanto diversa: o senhor por acaso não teve nenhum contato com o bando de Nietcháiev aqui em Petersburgo, teve?"

Ivanov! Nietcháiev! Então é por isso que ele foi chamado! Pável, os papéis, a dança melíflua de Maximov — nada além de um assunto colateral, um engodo!

"Não entendo o significado de sua pergunta", ele responde asperamente. "Não vejo com que direito me pergunta isso, nem o que espera que eu responda."

"Sem direito algum! Fique tranquilo, o senhor não é acusado de nada. Foi simplesmente uma pergunta. Quanto ao seu significado, eu não acharia tão difícil imaginar. Tendo conversado comigo sobre seu enteado, raciocinei que talvez agora o senhor achasse mais fácil conversar sobre Nietcháiev. Pois em nossa conversa do outro dia pareceu-me que às vezes o que o senhor escolhe para dizer tem duplo sentido. Uma palavra tinha outra escondida, por assim dizer. O que acha? Estou enganado?"

"Que palavras? O que está escondido?"

"Cabe ao senhor me dizer."

"Está enganado. Não falo por enigmas. Cada palavra que uso significa o que ela diz. Pável é Pável, e não Nietcháiev."

Com isso, ele se vira e afasta-se; Maximov tampouco o chama de volta.

Pelas ruas ventosas do bairro Moskovskaia, ele carrega a pasta até a rua Svechnoi, número 63, sobe as escadas até o terceiro andar, entra em seu quarto e fecha a porta.

Desata a fita. Seu coração martela desagradavelmente. Que haja algo repulsivo em sua pressa ele não pode negar. É como se tivesse sido levado de volta à infância, às longas tardes suarentas no quarto de seu amigo Albert, mergulhados em livros surrupiados da estante do tio de Albert. O mesmo terror de ser apanhado em atos libidinosos (um terror delicioso em si), o mesmo fascínio apaixonado.

Ele se lembra de Albert mostrando-lhe duas moscas no ato da cópula, o macho cavalgando as costas da fêmea. Albert segurou as moscas com as mãos em concha. "Olhe", disse. Agarrou uma das asas do macho entre as pontas dos dedos e puxou levemente. A asa soltou-se. A mosca não ligou. Ele arrancou a segunda asa. A mosca, com suas costas calvas e estranhas, continuou sua função. Com uma expressão de nojo, Albert atirou o casal no chão e o esmagou.

Ele podia se imaginar olhando nos olhos da mosca enquanto suas asas eram arrancadas: tinha certeza de que ela não piscaria; talvez nem mesmo o visse. Era como se, durante toda a cópula, sua alma penetrasse na fêmea. O pensamento o fizera estremecer; fizera-o querer aniquilar todas as moscas da Terra.

Uma reação infantil a um ato que ele não compreendia, um ato que temia porque todos ao seu redor, sussurrando, sorrindo, pareciam indicar que um dia também ele teria de desempenhá-lo. "Não o farei, não o farei!", a criança ofega. "Não fará o quê?", retrucam os observadores, de olhos subitamente arregalados, perplexos. "Meu Deus, de que essa criança está falando?"

A pasta contém um diário encapado de couro, cinco cadernos escolares, vinte ou vinte e cinco páginas avulsas presas com um grampo, um maço de cartas atadas com barbante e alguns panfletos impressos: folhetins de Blanqui e Ishutin, um ensaio de Pisarev. O item mais singular é o *De officiis*, de Cícero, excertos em tradução francesa. Ele o folheia. Na última página, numa caligrafia que não reconhece, encontra duas inscrições: *Salus populis suprema lex esto*, e abaixo, em tinta mais clara, *Talis pater qualis filius*.

Uma mensagem, mensagens; mas de quem para quem?

Ele pega o diário e, sem o ler, manuseia-o como se fosse um baralho. A segunda metade está vazia. Mas ainda assim o texto que contém é substancial. Ele olha a primeira data: 29 de junho de 1866, dia do santo padroeiro de Pável. O diário deve ter sido um presente. De quem? Ele não se lembra. 1866 se destaca apenas como o ano de Anya, o ano em que ele conheceu e se apaixonou por sua futura mulher. 1866 foi um ano em que Pável foi ignorado.

Como se tocasse um prato quente, alerta, pronto para recuar, ele começa a ler a primeira anotação. É a dissertação, de certa forma elaborada, de como Pável passou o dia. Obra de um diarista novato. Sem acusações, sem denúncias. Ele fecha o livro com alívio. Quando estiver em Dresden, promete a si mesmo, quando tiver tempo, o lerei inteiro.

Quanto às cartas, são todas dele mesmo. Abre a mais recente, a última antes da morte da Pável. "Estou enviando os cinquenta rublos de Apollon Grigorevitch", lê. "É tudo de que podemos dispor no momento. Por favor, não pressione A.G. por mais. Você precisa aprender a viver com os meios de que dispõe."

Suas últimas palavras a Pável, e que palavras mesquinhas! E foi isso que Maximov viu! Não admira que o tenha advertido para não ler! Que ignomínia! Gostaria de queimar a carta, de apagá-la da história.

Procura a parte que Maximov leu em voz alta para ele. Maximov tinha razão: como personagem, Serguei, o jovem herói deportado para a Sibéria por ter liderado uma revolta estudantil, é um fracasso. Mas a história vai além do que Maximov o levara a supor. Durante dias, depois da chacina do cruel fazendeiro, Serguei e sua Marfa fogem dos soldados, abrigando-se em celeiros e estábulos, escondidos por camponeses que os protegem e alimentam, e que respondem às indagações de seus perseguidores com total imbecilidade. De início eles dormem lado a lado em casta camaradagem; mas o amor brota entre eles, um amor descrito com certo sentimento, certa convicção. Pável está claramente aproximando-se de uma cena de paixão. Há uma página, rabiscada com força, em que Serguei confessa a Marfa, em tom juvenil e ardente, que ela se tornou mais que sua companheira de luta, que ela lhe aprisionou o coração; em seu lugar há uma sequência muito mais interessante, em que ele lhe confia a história de sua infância solitária, sem irmãos, sua inépcia juvenil com as mulheres. A sequência termina com Marfa balbuciando sua própria confissão de amor: "Você pode... você pode...", diz ela.

Ele volta as páginas. "Não tenho pais", Serguei diz a Marfa. "Meu pai, meu verdadeiro pai, era um nobre que foi exilado para a Sibéria por causa de suas simpatias revolucionárias. Morreu quando eu tinha sete anos. Minha mãe se casou pela segunda vez. Seu novo marido não gostava de mim. Assim que tive idade suficiente, ele me mandou para a escola militar. Eu era o menor da classe; foi lá que aprendi a lutar pelos meus direitos. Mais tarde eles voltaram para Petersburgo, montaram casa e mandaram me buscar. Então minha mãe morreu e fiquei sozinho com meu padrasto, um homem melancólico que mal me dirigia a palavra. Sentia-me muito só; meus únicos amigos eram os criados; foi por eles que me inteirei dos sofrimentos do povo."

Não deixava de ser verdade, não totalmente, mas que viés sutil em tudo! "Ele não gostava de mim"! Pode-se sentir pena do menino sem amigos e desejar sinceramente protegê-lo, mas como seria possível amá-lo, se era tão desconfiado, tão acabrunhado, se se agarrava à mãe como uma lesma e resmungava o tempo todo em que ela estava ausente, se uma meia dúzia de vezes numa única noite eles escutavam no quarto ao lado aquela voz aguda, insistente, chamando a mãe para matar o pernilongo que o estava picando?

Ele põe de lado o manuscrito. Um pai nobre; realmente! Pobre criança! A verdade é mais banal, e a verdade completa, a mais banal de todas. Mas quem, exceto o anjo registrador, se importaria em escrever a verdade completa e banal? Ele mesmo escrevia com tanta dedicação aos vinte e dois anos?

Há algo absolutamente importante que ele quer dizer e que agora o menino jamais será capaz de ouvir. Se você é abençoado com o poder da escrita, ele quer dizer, tenha consciência da origem desse poder. Você escreve *porque* sua infância foi solitária, *porque* não foi amado. (*No entanto, essa não é a história completa*, ele também quer dizer, *você foi amado, poderia ter sido amado, foi sua opção ser desamado*. Que confusão! Um macaco com um acordeão teria se saído melhor!) Não escrevemos quando estamos satisfeitos, ele quer dizer — escrevemos por angústia, por carência. Certamente em seu coração você deve saber isso! Quanto a seu chamado pai verdadeiro e suas simpatias revolucionárias, que absurdo! Isaev era um escriturário, um empurrador de caneta. Se tivesse vivido, se você o tivesse seguido, também teria sido nada mais que um escriturário, e não teria deixado para trás esta história. (*Sim, sim*, ele escuta a voz aguda da criança, *mas eu estaria vivo!*)

Rapazes de branco jogando o jogo francês, croquê, *croixquette*, jogo da pequena cruz, e você no gramado entre eles, vivo! Pobre menino! Nas ruas de Petersburgo, num giro de cabeça aqui, num gesto de mão ali, eu o vejo, e a cada vez meu coração se ergue como uma onda. Em lugar nenhum e em todo lugar, despedaçado e disperso como Orfeu. Jovem, *chryseos*, dourado, abençoado.

A tarefa que me resta: reunir os relatos, organizar as partes dispersas. Poeta, tocador de lira, mago, senhor da ressurreição, é isso que me cabe ser. E a verdade? Ombros rijos e curvados sobre a escrivaninha, e a dor de um coração que bate devagar. Um coração de tartaruga.

Cheguei tarde demais para levantar a tampa do caixão, para beijar sua testa lisa e fria. Se meus lábios, suaves como as pontas dos dedos dos cegos, tivessem podido roçá-lo uma única vez, você não teria deixado esta existência com mágoa de mim. Mas você partiu levando o nome Isaev, e eu, velho peregrino, devo segui-lo, perseguir uma sombra roxa sobre fundo cinza, um eco.

Mas estou aqui, e o pai Isaev não está. Se, ao submergir, você procurar Isaev, vai agarrar apenas a mão de um fantasma.

Na prefeitura de Semipalatinsk, nas pastas empoeiradas numa caixa nas escadas dos fundos, sua assinatura talvez ainda possa ser lida; do contrário, não haverá vestígios dele a não ser nesta recordação, na recordação do homem que acolheu sua viúva e seu filho.

13. O disfarce

O caso de Pável foi encerrado. Nada mais o retém em Petersburgo. O trem sai às oito horas; na terça-feira ele poderá estar com a mulher e o filho em Dresden. Mas ao se aproximar a hora torna-se cada vez mais inconcebível que ele retire as imagens da capelinha, apague a vela e entregue o quarto de Pável a um estranho.

Mas, se não partir esta noite, quando partirá? "O eterno inquilino" — de onde Anna Serguêievna tirou essa frase? Quanto tempo ele poderá continuar esperando um fantasma? A menos que se coloque em outros termos com a mulher, em termos completamente diferentes. Mas e sua esposa?

Sua mente está num turbilhão, ele não sabe o que quer, só sabe que as oito horas pairam sobre ele como uma sentença de morte. Procura o zelador e depois de extensa discussão consegue que um mensageiro leve sua passagem à estação e a troque para o dia seguinte.

Ao voltar, surpreende-se de encontrar sua porta aberta e uma pessoa no quarto: uma mulher de pé, de costas para ele, examina a capelinha. Num instante de remorso, ele pensa que sua esposa veio a Petersburgo à sua procura. Então reconhece quem é, e um grito de protesto sobe até sua garganta: Serguei Nietcháiev, com os mesmos vestido e boné azuis de antes!

Nesse momento entra Matryona, vindo do apartamento. Antes que ele possa falar, ela toma a iniciativa. "Não devia espreitar as pessoas desse jeito!", exclama.

"Mas o que estão vocês duas fazendo no meu quarto?"

"Temos o mesmo direito que o senhor", ela começa com veemência. Então Nietcháiev a interrompe.

"Alguém levou a polícia até nós", ele diz, aproximando-se. "Espero que não tenha sido o senhor."

Sob o aroma de lavanda ele sente o ranço do suor masculino. O pó de arroz no pescoço de Nietcháiev está rachado e a barba desponta.

"Essa é uma acusação desprezível de se fazer, realmente desprezível. Repito: o que está fazendo em meu quarto?" Ele se volta para Matryona: "E você? Está doente, deveria estar na cama!".

Ignorando suas palavras, ela apanha a mala de Pável. "Eu disse a ele que poderia ficar com o terno de Pável Alexandrovitch", diz, e antes que ele possa objetar: "Sim, pode! Pável o comprou com seu próprio dinheiro, e Pável era amigo dele!".

Ela abre a fechadura da mala e tira o terno branco. "Tome!", diz desafiadoramente.

Nietcháiev dá uma rápida olhada no terno, estende-o na cama e começa a desabotoar o vestido.

"Por favor, me explique..."

"Não há tempo. Também preciso de uma camisa."

Ele puxa os braços das mangas. O vestido cai ao redor de seus tornozelos e ele fica diante dos outros em suas encardidas cuecas de algodão e botas de couro preto. Não usa meias: tem pernas finas e peludas.

Nem um pouco embaraçada, Matryona ajuda-o a vestir as roupas de Pável. Ele quer protestar, mas o que pode dizer aos jovens quando eles fecham os ouvidos, cerram fileiras contra os velhos?

"O que aconteceu com sua amiga finlandesa? Está com você?"

Nietcháiev veste o paletó. É comprido demais, e os ombros muito largos. Não é tão espadaúdo quanto Pável, nem tão belo. Ele sente um orgulho desolado por seu filho. Levaram o sujeito errado!

"Tive de deixá-la", diz Nietcháiev. "Era preciso fugir depressa."

"Em outras palavras, abandonou-a." E então, antes que Nietcháiev possa responder: "Lave o rosto. Está parecendo um palhaço".

Matryona sai rapidamente e volta com um pano molhado. Nietcháiev esfrega o rosto. "A testa também", ela diz. Tomando o pano de suas mãos, ela remove o pó de arroz que se acumulou em suas sobrancelhas.

Irmãzinha. Seria ela assim com Pável também? Algo morde seu coração: inveja.

"Você realmente acha que escapará da polícia vestido como um veranista em pleno inverno?"

Nietcháiev não lhe dá ouvidos. "Preciso de dinheiro", diz.

"De mim não terá nenhum."

Nietcháiev vira-se para a criança. "Tem algum dinheiro?"

Ela sai correndo. Ouvem uma cadeira sendo arrastada pelo chão; ela volta com um pote cheio de moedas. Despeja-as na cama e começa a contá-las. "Não é o bastante", Nietcháiev murmura, mas mesmo assim espera. "Cinco rublos e quinze copeques", ela anuncia.

"Preciso de mais."

"Então vá para a rua e mendigue. De mim não vai conseguir. Vá pedir esmolas em nome do povo."

Eles se fuzilam com o olhar.

"Por que não quer lhe dar dinheiro?", indaga Matryona. "Ele é amigo de Pável!"

"Não tenho dinheiro para dar."

"É mentira! O senhor disse para minha mãe que tem muito dinheiro. Por que não dá a metade a ele? Pável Alexandrovitch teria dado a metade."

Pável e Jesus! "Eu não disse nada disso. Não tenho muito dinheiro."

"Vamos, me dê o dinheiro!", Nietcháiev agarra-lhe o braço; seus olhos brilham. Novamente ele sente o cheiro do medo do rapaz. Valente mas assustado: pobre figura! Então, deliberadamente, fecha a porta da piedade.

"É claro que não!"

"Por que é tão *mesquinho*?", explode Matryona, balbuciando a palavra com todo o desprezo que encontra.

"Não sou mesquinho."

"É claro que é! O senhor foi mesquinho com Pável e agora é mesquinho com seus amigos! O senhor tem montes de dinheiro, mas guarda tudo para si mesmo!" Ela se volta para Nietcháiev: "Eles lhe pagam milhares de rublos para escrever livros, e ele guarda tudo para si mesmo. É verdade! Pável me contou!".

"Que absurdo! Pável não sabia nada sobre questões de dinheiro."

"É verdade! Pável olhou na sua escrivaninha! Ele viu seus livros de contabilidade!"

"Maldito Pável! Pável não sabe ler livros de contabilidade, ele só vê o que quer ver! Estou endividado há tantos anos, que você nem pode imaginar!" Vira-se para Nietcháiev: "Esta conversa é ridícula. Eu não tenho dinheiro para lhe dar. Acho que você deveria sair imediatamente".

Mas Nietcháiev não está mais apressado. Está até sorrindo. "A conversa não é nem um pouco ridícula", diz. "Pelo contrário, é muito instrutiva. Eu sempre suspeitei dos pais, de que seu verdadeiro pecado, o que jamais confessam, é a avareza. Querem tudo para si mesmos. Não entregam a bolsa, mesmo quando chega a hora. As bolsas são tudo o que importa para eles, não dão a menor importância para o que aconteça em consequência disso. Eu não acreditei no que seu enteado me contou porque ouvi dizer que o senhor é um jogador e pensei que jogadores não se importassem com dinheiro. Mas há um outro lado do jogo, não é? Eu devia ter percebido. O senhor deve ser do tipo que joga porque nunca está satisfeito, está sempre ávido por mais."

É uma acusação ridícula. Ele pensa em Anya em Dresden, economizando para manter a criança alimentada e vestida. Pensa em seus próprios colarinhos reformados, nos buracos em suas meias. Pensa nas cartas que escreveu ano após ano, cada uma delas um exercício de autodegradação, para Strakhov, Kraevsky e Lyubimov, especialmente para Stellovsky, suplicando adiantamentos. *Dostoëvski l'avare* — ridículo! Ele busca nos bolsos e tira seus últimos rublos. "Isto", exclama, enfiando-os debaixo do nariz de Nietcháiev, "isto é tudo o que tenho!"

Nietcháiev olha friamente para a mão estendida, e então num único movimento agarra o dinheiro, todo ele, menos uma moeda que cai e rola para baixo da cama. Matryona mergulha atrás dela.

Ele tenta recuperar seu dinheiro, chega a atracar-se com o rapaz. Mas Nietcháiev o rebate com facilidade, e com o mesmo movimento enfia o dinheiro no bolso. "Espere, espere... espere", Nietcháiev murmura. "Em seu coração, Fiódor Mikhailovitch, em seu coração, para o bem de seu filho, sei que o senhor quer dá-lo a mim." Recua um passo, alisando o terno como para exibir seu esplendor.

Que convencido! Que hipócrita! Realmente, a Vingança do Povo! No entanto, ele não consegue descrever uma certa alegria que se insinua em seu coração, uma alegria que reconhece, a alegria do marido gastador. É claro que devia se envergonhar disso, desses impulsos imprudentes. É claro que, quando volta para casa sem nada e confessa à mulher, baixando a cabeça, escuta suas recriminações e jura que nunca mais fará isso, está sendo sincero. Mas no fundo do coração, embaixo da sinceridade, onde apenas Deus pode ver, ele sabe que está certo e ela, errada. Dinheiro existe para se gastar, e que forma de gastá-lo seria mais pura que apostando no jogo?

Matryona estende a mão, em cuja palma há uma moeda de cinquenta copeques. Ela parece indecisa quanto a quem entregá-la. Gesticula na direção de Nietcháiev. "Dê-lhe, ele precisa mais." Nietcháiev embolsa a moeda.

Ótimo. Está feito. Agora é sua vez de assumir a posição da virtude depauperada, e cabe a Nietcháiev baixar a cabeça e ser censurado. Mas que tem ele a dizer? Nada, absolutamente nada.

Nietcháiev tampouco se digna a esperar. Está empacotando o vestido azul. "Encontre um lugar para esconder isto", ele instrui Matryona. "Não no apartamento, em algum outro lugar." Ele lhe entrega o vestido e a peruca, enfia as barras da calça nas botas, veste o casaco e coça a cabeça, absorto. "Perdi muito tempo", murmura. Apanha o boné de pele na cadeira e ruma para a porta. Então lembra-se de alguma coisa e vira-se. "O senhor é um homem interessante, Fiódor Mikhailovitch. Se tivesse uma filha na idade certa, não me importaria de me casar com ela. Seria uma garota excepcional, tenho certeza. Mas quanto ao seu enteado, era outra história, nada parecido com o senhor. Não tenho certeza se saberia o que fazer com ele. Ele não tinha o que é preciso, entende? É minha opinião, se vale alguma coisa."

"E o que é preciso?"

"Ele era um pouco santo demais. O senhor tem razão em queimar velas para ele."

Enquanto fala, Nietcháiev distraidamente passa a mão sobre a vela, fazendo a chama dançar. Então coloca um dedo diretamente na chama e o deixa ali. Os segundos passam: um, dois, três, quatro, cinco. Sua expressão não muda. Parece estar em transe.

Ele retira a mão. "É isso que ele não tinha. Era meio maricas, na verdade."

Ele envolve Matryona com o braço e a aperta. Ela reage sem reservas, encostando a cabeça loura em seu peito, retribuindo o abraço.

"*Wachsam, wachsam!*" Nietcháiev sussurra de modo significativo, e sobre a cabeça da menina aponta para ele o dedo queimado. E então vai embora.

Ele leva um momento para decifrar as estranhas sílabas. Mesmo depois de identificar a palavra, não a compreende. Vigia: vigiar o quê?

Matryona está na janela, espichando-se para ver a rua. Há lágrimas fugazes em seus olhos, mas ela está excitada demais para ficar triste. "Acha que ele estará em segurança?", pergunta; e então, sem esperar a resposta: "Devo ir com ele? Ele poderia fingir que é cego e que eu o conduzo". Mas é apenas uma ideia passageira.

Ele se aproxima por trás dela. Está quase escuro; a neve começa a cair; logo sua mãe chegará em casa.

"Você gosta dele?", pergunta.

"Humm."

"Ele tem uma vida agitada, não é?"

"Humm."

Ela mal o escuta. Que disputa desigual! Como poderia ele concorrer com esses jovens que vêm de lugar nenhum e desaparecem em lugar nenhum, exalando aventura e mistério? Realmente, vidas agitadas: ela é que deveria ser *wachsam*.

"Por que gosta tanto dele, Matryosha?"

"Porque ele é o melhor amigo de Pável Alexandrovitch."

"É mesmo?", ele questiona ligeiramente. "Na minha opinião, eu sou o melhor amigo de Pável Alexandrovitch. E continuarei sendo seu amigo quando todo mundo o tiver esquecido. Sou seu amigo para toda a vida."

Ela se vira da janela e olha estranhamente para ele, como se fosse dizer algo. Mas o quê? "O senhor é apenas o padrasto de Pável Alexandrovitch"? Ou algo bem diferente: "Não fale comigo desse jeito"?

Afastando o cabelo do rosto, num gesto que ele identifica como de embaraço, ela tenta esquivar-se sob seu braço. Ele a impede com o corpo, barrando-lhe a passagem. "Preciso...", ela sussurra, "preciso esconder as roupas."

Ele a retém mais um momento para sentir sua vulnerabilidade. Então se afasta. "Jogue-as na privada", ele diz. "Ninguém olhará ali."

Ela franze o nariz. "Na... privada...?"

"Sim, faça o que lhe digo. Ou me dê as roupas e volte para a cama. Eu farei isso por você."

Não por Nietcháiev. Mas por você.

Ele enrola as roupas numa toalha e desce as escadas até a privada. Mas então pensa melhor. Roupas entre os dejetos humanos: e se ele estiver subestimando os coletores de excrementos?

Percebe que o zelador está espiando de sua janela e vira-se decidido para a rua. Então percebe que saiu sem o casaco. Tornando a subir as escadas, vê-se subitamente cara a cara com

Amalia Karlovna, a velha do primeiro andar. Ela oferece um prato de bolo de limão, como que para lhe dar as boas-vindas. "Boa tarde, senhor", diz cerimoniosamente. Ele balbucia uma saudação e passa depressa.

O que está procurando? Um buraco, uma rachadura onde a trouxa, que tão repentina e obstinadamente se tornou sua, possa desaparecer e ser esquecida. Sem causa ou motivo, ele se transformou numa garota com um bebê natimorto, ou um assassino com um machado ensanguentado. A raiva de Nietcháiev volta a se manifestar nele. "Por que estou me arriscando por você", quer gritar, "você, que nada significa para mim?" Mas parece que é tarde demais.

No instante em que aceitou a trouxa das mãos de Matryona, ocorreu uma mudança; não há como voltar atrás. No final do corredor, onde há um quarto vazio, vê um monte de gesso e detritos. Ele o raspa com a ponta da bota. Um trabalhador para de atirar o entulho com a pá e, pela porta aberta, olha-o com desconfiança.

Pelo menos não há mais Ivanov para segui-lo. Mas talvez Ivanov já tenha sido substituído. Quem seria o novo espião? Esse trabalhador estaria sendo pago para vigiá-lo? Ou o zelador?

Ele enfia a trouxa embaixo do paletó e sai novamente à rua. O vento parece uma parede de gelo. Na primeira esquina ele vira, depois vira de novo. Está no mesmo beco sem saída onde encontrou o cachorro. Não há cachorro hoje. Teria morrido na noite em que o abandonou?

Ele coloca a trouxa no chão, num canto. Os cachos presos ao chapéu esvoaçam, de maneira cômica e sinistra. Onde Nietcháiev conseguiu os cachos — de uma de suas irmãs? Quantas irmãzinhas teria, todas ávidas por cortar os cachos virginais para ele?

Retirando os alfinetes, tenta em vão rasgar o chapéu em dois, então o amassa e enfia no cano de água onde o cão estivera preso. Tenta fazer o mesmo com o vestido, mas o cano é fino demais.

Pode sentir um olhar em suas costas. Vira-se. De uma janela no segundo andar, duas crianças o observam, e por trás delas há uma terceira pessoa mais alta, na sombra.

Ele tenta retirar o chapéu do cano, mas não o alcança. Amaldiçoa sua estupidez. Com o cano bloqueado, a goteira transbordará. Alguém irá investigar e o chapéu será encontrado. Quem enfiaria um chapéu num cano — quem senão uma alma culpada?

Ele se lembra novamente de Ivanov — Ivanov, chamou Ivanov com tanta frequência que o nome se encaixou nele como um chapéu. Ivanov foi assassinado. Mas Ivanov não estava usando chapéu, pelo menos não um chapéu de mulher. Assim, o chapéu não poderá ser atribuído a Ivanov. Por outro lado, não poderia ser o chapéu do assassino de Ivanov? Como era fácil para uma mulher matar um homem: atraí-lo para um beco, aceitar seu abraço encostada numa parede, e então, no clímax do ato, procurar suas costelas e enfiar um alfinete de chapéu em seu coração — um alfinete de chapéu, que não deixa sangue, apenas um ferimento de agulha.

Ele se ajoelha no canto onde atirou os alfinetes de chapéu, mas está escuro demais para encontrá-los. Precisa de uma vela. Mas que vela ficaria acesa nesse vento?

Está tão cansado que tem dificuldade para ficar em pé. Estaria doente? Pegou algo de Matryona? Ou será mais uma crise que está a caminho? É isso que significa, essa completa exaustão?

De quatro, levantando a cabeça, farejando o ar como um animal selvagem, tenta se concentrar no horizonte em seu íntimo. Mas se o que o está assolando é uma crise, ela também está dominando seus sentidos. Seus sentidos estão tão embotados quanto suas mãos.

14. A polícia

Ele esqueceu a chave, por isso tem de bater na porta. Anna Serguêievna abre e olha surpresa. "Perdeu o trem?", pergunta. Então percebe sua aparência perturbada, as mãos trêmulas, o suor que pinga de sua barba. "Há algo errado? Você está doente?"

"Não, não estou doente. Adiei a viagem. Explicarei depois."

Há mais alguém na sala, junto à cama de Matryona: um médico, evidentemente; jovem, bem barbeado, à maneira alemã. Em sua mão, tem o vidro marrom da farmácia, que cheira, depois tampa com ar reprovador. Ele fecha a mala com um estalo, puxa a cortina da alcova. "Eu estava dizendo que sua filha tem uma inflamação dos brônquios", diz, dirigindo-se a ele. "Seus pulmões estão com chiado. Também há..."

Ele o interrompe. "Ela não é minha filha. Sou apenas um inquilino."

Com um gesto de impaciência, o médico volta-se para Anna Serguêievna. "Também há... não posso deixar de dizer isto... um certo elemento de histeria presente."

"Que significa isso?"

"Significa que enquanto ela estiver nesse estado de excitação, não podemos esperar que se recupere adequadamente. Sua excitação faz parte do que há de errado com ela. Precisa ser tranquilizada. Quando isso for conseguido, poderá voltar à escola em poucos dias. Ela está fisicamente saudável, não há nada errado com sua constituição. Portanto, recomendo como tratamento acima de tudo tranquilidade, paz e tranquilidade. Ela deve ficar na cama e comer apenas coisas leves. Evite dar-lhe leite de qualquer maneira. Estou deixando uma loção para passar em seu peito e um sonífero, um calmante para usar se necessário. Dê-lhe apenas a dose infantil, note bem, apenas meia colher."

Assim que o médico sai, ele tenta se explicar. Mas Anna Serguêievna não está com humor para escutar. "Matryosha disse que você gritou com ela!", interrompe-o com um sussurro tenso. "Não vou aceitar isso!" "Não é verdade! Jamais gritei com ela!" Apesar dos sussurros, ele tem certeza de que Matryona, atrás da cortina, os escuta e está sorrindo. Pega Anna Serguêievna pelo braço, puxa-a para seu quarto e fecha a porta. "Você escutou o que o médico disse: ela está superexcitada. Não pode acreditar em tudo o que diz nesse estado. Ela lhe contou toda a história do que houve aqui esta manhã?"

"Ela disse que um amigo de Pável veio aqui e que você foi muito rude com ele. É a isso que se refere?"

"Sim..."

"Então me deixe terminar. O que acontece entre você e os amigos de Pável não é da minha conta. Mas você também perdeu a calma com Matryosha e foi rude com ela. Isso não vou suportar."

"O amigo a que ela se refere é Nietcháiev, Nietcháiev em pessoa. Ela contou isso? Nietcháiev, um foragido da Justiça, esteve aqui hoje, em seu apartamento. Pode me culpar por tê-la repreendido porque o deixou entrar aqui, e depois o defendeu, aquele farsante, aquele hipócrita, contra mim?"

"Assim mesmo você não tem o direito de perder a cabeça com ela! Como poderia saber que Nietcháiev é má pessoa? Como eu poderia saber? Você diz que ele é um farsante. E você? E o seu comportamento? Você age com o coração o tempo todo? Não acho."

"Você não pode estar falando sério. Eu ajo com o coração. De vez em quando, talvez não, mas agora sim, principalmente agora. Esta é a verdade."

"Agora? Por que agora, de repente? Por que eu deveria acreditar em você? Por que você deveria acreditar em si mesmo?"

"Porque não quero que Pável se envergonhe de mim."

"Pável? Pável não tem nada a ver com isso."

"Não quero que Pável se envergonhe de seu pai, agora que ele vê tudo. Foi isso que mudou: agora existe uma medida de todas as coisas, incluindo a verdade, e essa medida é Pável. Quanto a perder a cabeça com Matryona, sinto muito, arrependo-me e lhe pedirei desculpas. Mas, como você deve saber", ele abre os braços, "Matryona não gosta de mim."

"Ela não compreende o que você está fazendo aqui, só isso. Ela entendia por que Pável morava conosco, já tivemos estudantes antes, mas um inquilino mais velho não é a mesma coisa. E eu também começo a ter dificuldade. Não estou querendo expulsá-lo, Fiódor Mikhailovitch, mas devo admitir, quando você avisou que iria embora hoje, fiquei aliviada. Durante quatro anos Matryona e eu vivemos sossegadas aqui. Nunca permiti que nossos inquilinos nos perturbassem. Agora, desde que Pável morreu, só tem havido confusão. Não é bom para uma criança. Matryona não estaria doente hoje se o ambiente em casa não estivesse tão instável. O que o médico disse é verdade: ela está excitada, e a excitação torna a criança vulnerável."

Ele está esperando que ela entenda o verdadeiro cerne da questão: que Matryona sabe o que está acontecendo entre ele e sua mãe, e está tendo um acesso de ciúme possessivo. Mas isso, ao que parece, ela ainda não está preparada para discutir.

"Desculpe pela confusão, desculpe por tudo. Foi impossível para mim ir embora esta noite, como pretendia. Não vou lhe contar os motivos, não são importantes. Ficarei aqui mais um dia ou dois, no máximo, até que meus amigos me ajudem com dinheiro. Então pagarei o que devo e irei."

"Para Dresden?"

"Para Dresden ou outra acomodação, ainda não sei."

"Muito bem, Fiódor Mikhailovitch. Mas quanto ao dinheiro, vamos deixar as coisas bem claras agora mesmo. Não quero pertencer à longa lista de seus credores."

Há algo em sua raiva que ele não compreende. Ela nunca falou de maneira tão ferina.

Ele se senta imediatamente e escreve para Maykov. "Você ficará surpreso de saber, querido Apollon Grigorevitch, que ainda estou em Petersburgo. Esta é a última vez, espero, que precisarei apelar para a sua bondade. O fato é que me encontro em tal dificuldade que, a menos que empenhe meu casaco, não terei como pagar minha hospedagem e muito menos como voltar para minha família. Duzentos rublos me serão suficientes."

Para sua mulher, escreve: "Estupidamente permiti que um amigo de Pável tomasse emprestado dinheiro meu. Maykov mais uma vez terá de me socorrer. Assim que minhas obrigações estiverem concluídas, mandarei um telegrama".

Assim, a culpa mais uma vez é transferida para o coração generoso de Fedya. Mas a verdade é que o coração de Fedya não é generoso. O coração de Fedya...

Há uma batida forte na porta do apartamento. Antes que Anna Serguêievna a possa abrir, ele está a seu lado. "Deve ser a polícia", sussurra. "Somente eles viriam a esta hora. Deixe-me falar com eles. Fique com Matryona. É melhor que não a interroguem."

Ele abre a porta. À sua frente está a garota finlandesa, flanqueada por dois policiais de uniforme azul, sendo um deles oficial.

"É esse o homem?", ele pergunta.

A garota assente.

Ele se afasta e os outros entram, empurrando a garota. Ele fica chocado pela mudança de aspecto da garota. Seu rosto está de um branco pastoso, ela se move como uma marionete.

"Podemos ir para o meu quarto?", ele diz. "Temos aqui uma criança doente, ela não pode ser perturbada."

O oficial atravessa a sala e abre a cortina de um repelão. Anna Serguêievna aparece, curvada protetoramente sobre a filha. Ela se volta com os olhos flamejantes. "Deixem-nos em paz!", sibila. Lentamente, o oficial fecha a cortina.

Ele os conduz a seu quarto. Há algo familiar no modo como a finlandesa se arrasta. Então ele vê: seus tornozelos estão algemados.

O oficial inspeciona a capelinha e a fotografia. "Quem é este?"

"Meu filho."

Há alguma coisa errada, algo mudou no santuário. Seu sangue congela quando ele identifica o que é.

Começa o interrogatório.

"Um homem chamado Serguei Gennadevitch Nietcháiev esteve aqui hoje?"

"Sim, esteve aqui uma pessoa que suspeito seja Nietcháiev, mas que usa outro nome."

"E que nome ele usa?"

"Um nome de mulher. Estava disfarçado de mulher. Usava um casaco preto sobre um vestido azul-escuro."

"E por que essa pessoa veio procurá-lo?"

"Para pedir dinheiro."

"Por nenhum outro motivo?"

"Nenhum, que eu saiba. Não sou amigo dele."

"O senhor lhe deu dinheiro?"

"Recusei-me. No entanto, ele tomou o que eu tinha, e não pude detê-lo."

"Está dizendo que ele o roubou?"

"Ele levou o dinheiro contra minha vontade. Não achei prudente tentar recuperá-lo. Chame isso de furto, se quiser."

"Quanto era?"

"Cerca de trinta rublos."

"E que mais aconteceu?"

Ele arrisca um olhar para a finlandesa. Seus lábios tremem silenciosamente. O que quer que lhe tenham feito enquanto esteve nas mãos deles, o fato é que seu comportamento mudou completamente. Parece um animal no abatedouro, aguardando o golpe do machado.

"Falamos sobre meu filho. Nietcháiev era amigo dele, de certa forma. Foi assim que ele chegou a esta casa. Meu filho costumava se hospedar aqui. Do contrário, ele não teria vindo."

"O que quer dizer com 'do contrário ele não teria vindo'? Está dizendo que ele esperava ver seu filho?"

"Não. Nenhum amigo de meu filho espera vê-lo de novo. Quero dizer que Nietcháiev não veio aqui esperando minha simpatia, mas por causa da antiga amizade."

"Sim, sabemos das ligações culposas de seu filho."

Ele encolhe os ombros. "Talvez não sejam culposas. Talvez nem ligações, talvez sejam apenas amizade. Mas deixe estar. É uma questão que jamais irá a julgamento."

“Sabe para onde Nietcháiev foi daqui?”

“Não tenho ideia.”

“Mostre-me seus papéis.”

Ele entrega o passaporte, o seu próprio, não o de Isaev. O oficial o embolsa e veste o quepe. “O senhor deve se apresentar na delegacia da rua Sadovaya amanhã de manhã para fazer um depoimento completo. O senhor deverá comparecer à mesma delegacia todas as manhãs antes do meio-dia, sete dias por semana, até segunda ordem. Não pode deixar Petersburgo. Está claro?”

“E à custa de quem devo permanecer aqui?”

“Não é problema meu.”

Ele gesticula para seu companheiro remover a prisioneira. Mas a finlandesa, que ainda não havia murmurado uma palavra, empaca na saída. “Estou com fome!”, diz queixosamente, e quando o guarda a agarra e tenta obrigá-la a sair, planta os pés no chão e segura-se ao batente da porta. “Estou com fome! Quero alguma coisa para comer!”

Há algo débil e desesperado em seu grito. Embora Anna Serguêievna esteja mais próxima dela, o apelo é sem dúvida dirigido à menina, que silenciosamente se esgueirou da cama e, chupando o polegar, a observa.

“Espere!”, diz Matryona, e num átimo corre até o armário. Volta com uma fatia de pão de centeio e um pepino; traz também sua bolsinha. “Pode ficar com tudo!”, ela diz, excitada, jogando a comida e o dinheiro nas mãos da finlandesa. Então recua um passo e, inclinando a cabeça, faz uma reverência antiquada e sem jeito.

“Nada de dinheiro!”, o guarda objeta ferozmente, e a faz retomar a bolsa.

Nem uma palavra de agradecimento da finlandesa, que depois de sua revolta momentânea recuperou a passividade. É como se a centelha lhe houvesse sido arrancada a murros, ele pensa. Teriam-na realmente espancado — ou pior? E Matryona sabe, de alguma forma? É essa a origem de sua piedade? Mas como uma criança poderia saber tais coisas?

Assim que saem, ele volta para seu quarto, apaga a vela, coloca o ícone, as fotos e a vela no chão e retira a bandeira de três listras que foi estendida sobre a cômoda. Então volta ao apartamento. Anna Serguêievna está sentada na cama ao lado de Matryona, costurando. Ele atira a bandeira sobre a cama. "Se eu falar com sua filha, tenho certeza de que perderei a paciência mais uma vez", ele diz, "então talvez você possa perguntar em meu nome como isso foi parar no meu quarto."

"De que está falando? O que é isso?"

"Pergunte a ela."

"É uma bandeira", diz Matryona, prostrada.

Anna Serguêievna estende a bandeira na cama. Tem mais de um metro de comprimento e está evidentemente usada, com as cores — branco, vermelho e preto, em listras verticais — desbotadas. Onde a haveriam hasteado — no telhado da loja de Madame La Fay?

"A quem pertence isto?", pergunta Anna Serguêievna.

Ele espera a resposta da criança.

"Ao povo. É a bandeira do povo", Matryona diz finalmente, com relutância.

"Já chega", diz Anna Serguêievna. Ela beija a testa da filha. "É hora de dormir." E fecha a cortina.

Cinco minutos depois, ela está em seu quarto, trazendo a bandeira dobrada num pequeno volume. "Explique-se", diz.

"O que você tem aí é a bandeira da Vingança do Povo. É a bandeira da insurreição. Se quiser que eu lhe diga o que representam as cores, direi. Ou pergunte a Matryona: tenho certeza de que ela sabe. Não imagino um ato mais provocativo e recriminador do que exibi-la. Matryona a estendeu em meu quarto durante minha ausência, para que a polícia pudesse vê-la. Não entendo o que deu nela. Estará louca?"

"Não use essa palavra referindo-se a ela! Não podia saber que a polícia viria. Quanto à bandeira, se causa tanto problema, posso levá-la agora mesmo e queimá-la."

"Queimar?" Ele fica atônito. Que simples! Por que não queimou o vestido azul?

"Mas deixe-me dizer uma coisa", ela acrescenta, "isto é o fim dessa história, o fim absoluto. Você está atraindo Matryona para assuntos que são impróprios para uma criança."

"Eu não poderia estar mais de acordo. Mas não sou eu quem a está atraindo. É Nietcháiev."

"Isso não faz diferença. Se você não estivesse aqui, não haveria Nietcháiev."

15. O porão

Nevou forte durante a noite. Saindo ao ar livre, ele fica aturdido pela súbita claridade. Para e se agacha, dominado pela sensação de estar girando, não da esquerda para a direita, mas de cima para baixo. Se tentar se mover, parece que será impelido para a frente e cairá.

Isso só pode ser o prelúdio de um acesso. A crise vem se anunciando há dias, em sensações de tontura e palpitações, em exaustão e irritabilidade. A não ser que toda a situação em que ele vive possa ser chamada de crise.

Parado na entrada do número 63, preocupado com o que acontece dentro de si, ele nada escuta, até que seu braço é agarrado com força. Com um susto, ele abre os olhos. Dá de cara com Nietcháiev.

Nietcháiev sorri, mostrando os dentes. Seus furúnculos estão lívidos por causa do frio. Ele tenta se soltar, mas seu captor apenas o puxa para mais perto.

"Isso é uma idiotice", ele diz. "Deveria ter deixado Petersburgo enquanto podia. Certamente será preso."

Segurando-o pelo braço com uma das mãos e pelo pulso com a outra, Nietcháiev o faz girar. Lado a lado, como um cão relutante e seu dono, caminham pela rua Svechnoi.

"Mas talvez o que você deseje secretamente é ser preso."

Nietcháiev usa um quepe preto cujas abas balançam quando ele mexe a cabeça. Fala num tom calmo, monótono. "Você está sempre atribuindo às pessoas motivos perversos, Fiódor Mikhailovitch. As pessoas não são assim. Pense um pouco: por que eu desejaria ser apanhado e preso? Além disso, quem olharia duas vezes para uma dupla como nós, pai e filho passeando?" E ele lhe dá um sorriso bem-humorado.

Alcançam o final da Svechnoi; com uma leve pressão, Nietcháiev o conduz para a direita.

"Tem alguma ideia do que sua amiga está passando?"

"Minha amiga? Quer dizer a finlandesa? Ela não vai ceder. Confio nela."

"Não diria isso se a tivesse visto."

"O senhor a viu?"

"A polícia a levou ao meu apartamento para me identificar."

"Não importa, não temo por ela; é corajosa, fará seu dever. Ela teve a oportunidade de conversar com a filhinha de sua senhoria?"

"Com Matryona? Por que deveria?"

"Por nada, por nada. Ela gosta de crianças. Ela mesma é uma criança: muito simples, muito franca."

"Fui interrogado pela polícia. Serei interrogado novamente. Não escondi nada; não esconderei nada. Estou lhe avisando, você não pode usar Pável contra mim."

"Não preciso usar Pável contra o senhor. Posso usar o senhor contra si mesmo."

Estão na rua Sadovaya, no coração do Mercado da Palha.

Ele finca os calcanhares e para. "Você deu a Pável uma lista de pessoas que queria matar", diz.

"Já conversamos sobre a lista, não se lembra? Era uma de muitas listas. Vários exemplares de muitas listas."

"Não foi isso que perguntei. Quero saber..."

Nietcháiev atira a cabeça para trás e ri. Um jato de vapor sai de sua boca. "O senhor quer saber se está incluído!?"

"Quero saber se foi por isso que Pável se desentendeu com você. Porque viu que eu estava marcado e se recusou."

"Que ideia mais estrambótica, Fiódor Mikhailovitch! É claro que o senhor não está em lista nenhuma! O senhor é uma pessoa valiosa demais. De qualquer forma, aqui entre nós, não faz diferença que nomes estão nas listas. O que importa é que eles saibam que a desforra está a caminho e tremam de medo. O povo entende uma coisa dessas, e a aprova. O povo não está interessado em casos individuais. Desde tempos imemoriais o povo sofre; agora exige que seja a vez de eles sofrerem. Portanto, não se preocupe. Sua hora ainda não chegou. Na verdade, ficaríamos contentes de ter a colaboração de pessoas como o senhor."

"Pessoas como eu? Quem são as pessoas como eu? Espera que eu escreva panfletos para você?"

"É claro que não. Seu talento não é para panfletos, o senhor é sincero demais para isso. Vamos andando. Quero levá-lo a certo lugar. Quero plantar uma semente em sua alma."

Nietcháiev pega seu braço e continuam a andar pela rua Sadovaya. Dois oficiais dos Dragões, de casacos verde-oliva, aproximam-se. Nietcháiev dá passagem, erguendo a mão em continência. Os oficiais fazem um gesto de cabeça.

"Li seu livro *Crime e castigo*", ele continua. "Foi ele que me deu a ideia. É um livro excelente. Nunca li nada parecido. Havia trechos que me assustavam. A doença de Raskolnikov, e assim por diante. O senhor deve ter escutado elogios de muita gente.

Ainda assim, digo-lhe..." Ele fecha a mão sobre o peito e depois a afasta do corpo, como se estivesse arrancando o coração.

A estranheza do gesto parece surpreendê-lo, pois ele se ruboriza. É o primeiro gesto não calculado que vê em Nietcháiev, e isso o surpreende. Um coração virgem, ele pensa, chocando-se consigo mesmo em seu ardor. Como aquela criatura do doutor Frankenstein ganhando vida. Ele sente um primeiro toque de pena daquele rapaz tenso, nada atraente.

Agora estão no centro do Mercado da Palha. Nietcháiev o conduz pelas ruas estreitas, repletas de balcões de vendedores e carrinhos de mão, em meio a um forte cheiro de humanidade.

Param junto a uma porta. Nietcháiev tira do bolso um cachecol de lã azul. "Devo lhe pedir que aceite ser vendado", diz.

"Aonde está me levando?"

"Quero lhe mostrar uma coisa."

"Mas aonde está me levando?"

"Aonde moro atualmente, entre o povo. Será mais fácil para nós dois. O senhor poderá relatar com a consciência limpa que não sabe onde me encontrar."

Com a venda amarrada, ele pode voltar ao prazer da vertigem. Nietcháiev o dirige; ele leva esbarrões dos pedestres e cai uma vez, mas o ajudam a levantar-se.

Deixam a rua e entram em um pátio. De uma taverna vêm sons de canto, de um violão e gritos de alegria. Há um odor de esgoto e restos de peixe.

Sua mão é conduzida para um corrimão. "Pise com cuidado", diz Nietcháiev. "Está tão escuro aqui que não adiantaria tirar a venda."

Ele arrasta os pés como um velho. O ar está úmido e parado. De algum lugar vem o ruído de água pingando lentamente. É como entrar numa caverna.

"Chegamos", diz Nietcháiev. "Cuidado com a cabeça."

Eles param. Nietcháiev remove a venda. Estão sob uma escada de madeira sem iluminação. Diante deles há uma porta fechada. Nietcháiev bate quatro vezes, depois três. Esperam. Não há ruído, exceto o da água pingando. Nietcháiev repete o código. Sem resposta. "Teremos de esperar", ele diz. "Venha."

Ele bate na porta do outro lado da escada, abre-a e deixa-o passar.

Entram num porão tão baixo que o obriga a curvar-se, iluminado apenas por uma pequena janela forrada de papel, à altura da cabeça. O piso é de pedra; mesmo de pé ele pode sentir o frio insinuar-se pelas botas. Canos correm pelo rodapé. Há um cheiro de gesso molhado, de tijolos molhados. Embora seja improvável, parece haver cortinas d'água escorrendo pelas paredes.

Na extremidade do porão foi estendida uma corda, da qual pendem roupas tão encardidas quanto o próprio lugar. Sob o varal há uma cama, na qual estão sentadas três crianças em posições idênticas, de costas para a parede, com os joelhos encolhidos até o queixo, os braços envolvendo os joelhos. Estão descalças e vestem camisolas de algodão. A mais velha tem os cabelos engordurados e despenteados; o muco cobre seu lábio superior, que ela lambe languidamente. Uma das outras crianças é apenas um bebê. Não há movimento algum, nenhum som deles. Com os olhos remelentos e sem curiosidade, observam os intrusos.

Nietcháiev acende uma vela e a coloca num nicho na parede.

"É aqui que você mora?"

"Não. Mas isso não importa." Ele começa a andar de um lado para outro. Novamente tem a impressão de uma energia enjaulada. Imagina Pável ao lado dele. Pável não tinha esse ímpeto. Já não é tão difícil entender por que Pável o aceitou como líder.

"Deixe-me lhe dizer por que o trouxe aqui, Fiódor Mikhailovitch", Nietcháiev começa. "No quarto ao lado temos uma prensa manual. Ilegal, é claro. O idiota que tem a chave saiu, infelizmente, apesar de ter prometido esperar aqui. Ofereço-lhe para usar a prensa antes de deixar Petersburgo. Seja o que o senhor queira dizer, podemos distribuir milhares de cópias em questão de horas. Em uma ocasião como esta, quando estamos à beira de grandes coisas, uma contribuição do senhor pode ter um efeito enorme. Seu nome é respeitado, especialmente entre estudantes. Se o senhor estiver disposto a escrever, com seu nome verdadeiro, a história de como seu enteado perdeu a vida, talvez os estudantes saiam às ruas em revolta." Ele para de andar e o encara diretamente. "Sinto muito que Pável Isaev tenha morrido. Ele era um bom camarada. Mas não podemos olhar só para o passado. Devemos usar sua morte para acender uma chama. Ele concordaria comigo. Ele lhe pediria para fazer bom uso de sua raiva."

Enquanto diz essas palavras, parece se dar conta de que foi longe demais. Corrige-se, mas sem convicção. "Sua raiva e sua dor, quero dizer. Assim ele não terá morrido em vão."

Acender uma chama: é demais! Ele se vira para sair. Mas Nietcháiev o segura e puxa para trás. "O senhor ainda não pode sair!", diz entre os dentes cerrados. "Como pode abandonar a Rússia e voltar para uma desprezível existência burguesa? Como pode ignorar um espetáculo como este", ele acena com a mão, indicando o porão, "um espetáculo que pode ser multiplicado mil vezes, um milhão de vezes por este país? O que aconteceu com o senhor? Não lhe restou nenhuma centelha? Não vê o que está diante de seus olhos?"

Ele se vira e examina o porão úmido. O que vê? Três crianças com frio, famintas, esperando o anjo da morte. "Vejo tão bem quanto você", ele diz. "Até melhor."

"Não! O senhor acha que vê, mas não! Ver não é apenas

questão de olhar, é uma questão de compreender corretamente. Tudo o que o senhor vê são as miseráveis circunstâncias materiais deste porão, no qual nem mesmo um rato ou uma barata deveriam ser condenados a viver. Vê três crianças patéticas e esfaimadas; se esperar, também verá a mãe delas, que para trazer para casa uma crosta de pão tem de se vender nas ruas. O senhor está vendo como vivem os mais pobres dos pobres de Petersburgo. Mas isso não é ver, isso é apenas um detalhe! O senhor não identifica as *forças* que determinam a vida a que estas pessoas estão condenadas! *Forças*: é para isso que o senhor é cego!"

Com um dedo, ele desenha uma linha desde o chão a seus pés (inclina-se para tocar o chão, e seu dedo fica molhado), passando pela janela obscura até o céu.

"As linhas terminam aqui, mas onde o senhor acha que começam? Começam nos ministérios, no tesouro, nas bolsas de valores e nos bancos mercantis. Começam nas chancelarias da Europa. As linhas de força começam lá e se irradiam em todas as direções, terminando em porões como este, nestas pobres vidas subterrâneas. Se o senhor escrevesse *isso*, realmente despertaria o mundo. Mas é claro que — ele dá uma risada amarga —, se escrevesse, não lhe permitiriam publicar. Eles o deixarão escrever histórias sobre o mudo sofrimento dos pobres, para tranquilizar seu coração, e o aplaudirão, mas a verdade real jamais o deixarão publicar. É por isso que estou lhe oferecendo esta prensa. Comece! Conte-lhes sobre seu enteado e por que ele foi sacrificado."

Sacrificado. Talvez sua mente tenha estado vagando, talvez ele esteja apenas cansado, mas não compreende como ou por quem Pável foi sacrificado. Tampouco se emociona com a veemência sobre as linhas. E não está disposto a ser repreendido. "Eu vejo o que vejo", diz friamente. "Não vejo linha alguma."

"Então poderia muito bem continuar vendado! Quer que

lhe dê uma aula? O senhor está perturbado pelo rosto hediondo da fome, da doença e da miséria. Mas a fome, a doença e a miséria não são o inimigo. São apenas formas em que as *forças* reais se manifestam no mundo. A fome não é uma força, é um meio, como a água é um meio. Os pobres vivem em sua fome como os peixes vivem na água. As forças reais têm origem nos centros de poder, no conluio de interesses que neles ocorre. O senhor me disse que tinha medo de que seu nome estivesse em nossas listas. Garanto-lhe mais uma vez, juro para o senhor, não está. Nossas listas indicam apenas as aranhas e as sanguessugas que estão no centro das teias. Quando essas aranhas e suas teias forem destruídas, crianças como estas ficarão livres. Em toda a Rússia as crianças poderão sair de seus porões. Haverá comida, roupas e casas, casas decentes para todos. E também haverá trabalho, muito trabalho! A primeira tarefa será demolir os bancos, as bolsas de valores, os ministérios, arrasá-los de maneira tão completa que jamais possam ser reconstruídos."

As crianças, que em princípio pareciam escutar, perderam o interesse. A menor escorregou de lado e dormiu no colo da irmã. A menina é mais jovem que Matryona, mas também, ele se espanta, mais apática, mais aquiescente. Já teria começado a dizer sim aos homens?

Algo em sua observação silenciosa também parece estranho. Nietcháiev não falou com elas desde que chegou, ou deu qualquer sinal de conhecê-las. Espécimes da pobreza urbana — não passariam disso para ele? *Quer que lhe dê uma aula?* Ele se lembra do comentário malicioso da princesa Obolenskaya: que o jovem Nietcháiev quis ser professor, mas não passou nos exames e então se dedicou à revolução para vingar-se dos examinadores. Seria Nietcháiev apenas mais um coração pedagógico, como seu mentor Jean-Jacques?

E as linhas. Ele ainda não tem certeza do que Nietcháiev

quis dizer com "linhas". Não é preciso que lhe digam que os banqueiros acumulam dinheiro, que a ambição faz o coração encolher. Mas Nietcháiev insiste em mais alguma coisa. O quê? Sequências de números passando pela janela de papel e atingindo aquelas crianças em seus estômagos vazios?

Sua cabeça começa a girar novamente. *Dar-lhe uma aula.* Ele respira fundo. "Tem cinco rublos?", pergunta.

Nietcháiev apalpa o bolso distraidamente.

"Essa menina...", ele mostra a criança. "Se você lhe der um bom banho, cortar seu cabelo e lhe puser um vestido novo, posso lhe indicar um estabelecimento onde esta noite, esta mesma noite, ela poderia lhe conseguir cem rublos por seu investimento de cinco. E se você a alimentar adequadamente, a mantiver limpa e não a usar demais ou deixar que adoeça, poderia continuar ganhando cinco rublos por noite durante cinco anos, pelo menos. Facilmente."

"O quê?..."

"Escute-me. Há crianças suficientes nos porões de Petersburgo, e cavalheiros suficientes nas ruas, com dinheiro no bolso e atração por carne jovem, para trazer prosperidade a todos os pobres da cidade. Só é preciso ter cabeça fria. Nas costas de seus filhos, o povo dos porões poderia ser erguido à luz do dia."

"Qual é o sentido dessa parábola depravada?"

"Eu não falo em parábolas. Como você, sinto-me ultrajado pelo sofrimento dos inocentes. Não o estou enganando, Serguei Gennadevitch. Durante muito tempo não pude acreditar que meu filho fosse seu seguidor. Agora começo a compreender o que ele viu em você. Você nasceu com o espírito da justiça, e ele ainda não foi sufocado. Tenho certeza de que se essa criança, essa garotinha, fosse atraída para um beco por um dos libertinos de Petersburgo, e você os encontrasse, se a estivesse vigiando, por exemplo, não hesitaria em cravar uma faca nas costas do homem para salvá-la. Ou, se fosse tarde demais para salvá-la, pelo menos para vingá-la.

"Isto não é uma parábola: é uma história sobre as crianças e suas utilidades. Com a ajuda de uma criança, as ruas de Petersburgo poderiam se livrar de uma sanguessuga, talvez até de um banqueiro sanguessuga. E no devido tempo a esposa e os filhos do morto também poderiam acabar nas ruas, provocando assim uma nova medida de nivelamento."

"Seu porco!"

"Não, você está me interpretando mal na história. Não sou o porco, não sou o homem que é esfaqueado como um porco no beco. Volto a dizer: não é uma parábola, mas uma história. Histórias podem versar sobre outras pessoas: você não é obrigado a encontrar nelas um lugar para si mesmo. Mas se o espírito da justiça não lhe permite ignorar o sofrimento de crianças inocentes, mesmo em histórias, há várias outras maneiras de punir as aranhas que as atacam. Não é necessário ser criança, por exemplo, para atrair um homem para um beco escuro. Basta raspar a barba, empoar o rosto, pôr um vestido e ter o cuidado de ficar na sombra."

Então Nietcháiev sorri, ou melhor, range os dentes. "Isto parece saído de um livro! É tudo parte do seu perverso faz de conta."

"Talvez. Mas ainda tenho uma pergunta a fazer. Hoje você tem liberdade para se disfarçar e ser quem você quiser, seguir os desígnios do espírito de justiça (espírito que, acredito, ainda habita seu coração). Qual será a situação amanhã, quando a tempestade da Vingança do Povo terminar seu trabalho e todos estiverem nivelados? Você ainda estará livre para ser quem desejar? Cada um de nós estará finalmente livre para ser quem desejar?"

"Não haverá mais necessidade disso."

"Necessidade de se fantasiar? Nem mesmo no Carnaval?"

"Que conversa estúpida. Não haverá necessidade de Carnaval."

"Nada de Carnaval? Nem de feriados?"

"Haverá dias de recreação. As pessoas terão a opção de descansar ou ir para o campo ajudar na colheita."

"Sim, já ouvi falar na época da colheita. Sem dúvida cantaremos enquanto trabalhamos. Mas volto à minha pergunta. E eu, qual é meu lugar na sua utopia? Ainda terei permissão para me vestir de mulher, se o espírito me invadir, ou como um jovem de terno branco, ou terei permissão para apenas um nome, um endereço, uma idade, uma filiação?"

"Não sou eu quem vai lhe dizer. O povo lhe dará a resposta. O povo lhe dirá o que é permitido."

"Mas o que diz *você*, Serguei Gennadevitch? Pois se você não é alguém do povo, quem é e que futuro terá? Ainda terei a liberdade de passar-me por quem quer que eu deseje, por um rapaz, por exemplo, que passa as horas vagas ditando listas de pessoas de quem não gosta, e inventando punições sanguinolentas para elas, ou como o vendedor cuja função é encomendar serragem para pôr sob a guilhotina? Terei essa liberdade? Ou devo ter em mente o que o ouvi dizer em Genebra: que se tivéssemos Copérnicos suficientes, que se surgisse outro Copérnico, deveriam lhe arrancar os olhos?"

"O senhor está louco. O senhor não é Copérnico."

"Tem razão, não sou Copérnico. Quando olho para o céu vejo apenas as estrelas que nos observavam quando nascemos e nos vigiarão quando morrermos, por mais que nos disfarcemos, por mais profundos que sejam os porões onde nos escondermos."

"Não estou me escondendo. Simplesmente me fundi com as pessoas invisíveis desta cidade e com as condições que me produziram. Só que o senhor não consegue ver essas condições."

"Posso ser franco? Você está dizendo absurdos. Talvez eu não veja linhas e números no céu, mas não sou cego."

"O pior cego é aquele que não quer ver! O senhor vê crianças esfaimadas num porão; recusa-se a ver o que determina as condições de vida dessas crianças. Como pode chamar isso de ver? Mas, é claro, o senhor e as pessoas que lhe pagam têm interesse em crianças famintas, de olhos vazios. É sobre isso que o senhor e elas gostam de ler: crianças tristes, de olhar vazio e vozinhas pipilantes. Bem, vou lhe contar a verdade sobre a fome. Quando olham para o senhor, sabe o que essas crianças de olhar vazio veem? Pergunte a elas! Vou lhe dizer. Veem caras gordas e uma língua suculenta. Esses inocentes cairiam como ratos sobre o senhor e o devorariam se não soubessem que é bastante forte para derrotá-las. Mas o senhor prefere não reconhecer isso. Prefere ver três anjinhos numa breve visita à Terra.

"Quanto mais falo com o senhor, Fiódor Mikhailovitch, menos entendo como pode ter escrito sobre Raskolnikov. Raskolnikov pelo menos estava vivo, até sucumbir à febre ou fosse o que fosse. Sabe como o vejo agora? Como um cavalo velho com viseiras, andando em círculos, empurrando a mesma velha história todos os dias. Que direito tem de me falar sobre disfarces? O senhor não conseguiria disfarçar-se para salvar sua vida. Não passa de um velho ressecado, um cavalo velho e seco no fim da vida. Não é hora de tentar *compartilhar* a existência dos oprimidos, em vez de sentar-se em casa escrevendo sobre eles e contando seu dinheiro? Mas vejo que está começando a se impacientar. Suponho que queira correr para casa e colocar este porão e estas crianças num caderno antes que a memória falhe. O senhor me enoja!"

Ele faz uma pausa, aproxima-se, espia. "Fui longe demais, Fiódor Mikhailovitch?", continua mais suavemente. "Estou ultrapassando os limites da decência, revelando o que não deve ser revelado, que *enxergamos através do senhor*, todos nós, e também seu enteado? Por que esse silêncio? A faca chegou muito perto do osso?" Ele tira o cachecol do bolso. "Devemos colocar novamente a venda?"

Perto do osso? Sim, talvez. Não a acusação em si, mas a voz que ele escuta por trás dela: a de Pável. Pável queixando-se a seu amigo, e seu amigo guardando as palavras como veneno.

Desanimado, ele afasta o cachecol. "Por que está tentando me provocar?", indaga. "Não me trouxe aqui para me mostrar sua prensa, ou para me mostrar crianças esfaimadas. São apenas pretextos. O que realmente quer de mim? Quer me deixar furioso a ponto de sair e entregá-lo à polícia? Por que não deixou Petersburgo? Em vez de fugir como uma pessoa sensata, comporta-se como Jesus diante de Jerusalém, esperando pela chegada de um asno para entregá-lo nas mãos de seus perseguidores. Está querendo que eu faça o papel do asno? Imagina-se um príncipe escondido, o príncipe e o mártir, esperando ser chamado. Quer roubar a Páscoa de Jesus. Esta é a segunda vez que me tenta, e não estou tentado."

"Pare de mudar de assunto! Estamos falando sobre a Rússia, não sobre Jesus. E pare de tentar me culpar. Se me trair, será apenas porque me odeia."

"Eu não o odeio. Não tenho motivos para isso."

"Sim, tem! Quer vingar-se de mim porque eu abro os olhos das pessoas para o que o senhor realmente é, o senhor e sua geração."

"E como somos realmente, eu e minha geração?"

"Vou lhe dizer. Seu tempo terminou. Só que, em vez de sair tranquilamente de cena, querem arrastar o mundo inteiro consigo. Ressentem-se porque as rédeas estão passando às mãos de homens mais jovens e mais fortes, que farão um mundo melhor. É assim que vocês são na verdade. E não me venha com a história de que o senhor foi um revolucionário mandado para a Sibéria por causa de suas opiniões. Sei com certeza que mesmo na Sibéria o senhor foi tratado como um aristocrata. Não partilhou os sofrimentos do povo, foi tudo uma farsa. Vocês, velhos, me enojam! No dia em que eu fizer trinta e cinco anos, darei um tiro na cabeça, juro!"

Essas últimas palavras saíram com uma força tão petulante que ele não consegue evitar um sorriso; o próprio Nietcháiev fica rubro de surpresa.

"Espero que até lá tenha a oportunidade de ser pai, para que saiba como é beber deste cálice."

"Nunca serei pai", Nietcháiev murmura.

"Como sabe? Não pode ter certeza. Tudo o que o homem faz é plantar a semente; depois disso ela tem vida própria."

Nietcháiev sacode a cabeça decididamente. O que ele quer dizer? Que não planta sua semente? Que fez votos de castidade, como Jesus?

"É impossível ter certeza", ele repete suavemente. "A semente torna-se filho, o príncipe torna-se rei. Quando um dia você se sentar no trono (se ainda não tiver estourado seus miolos), e a Terra estiver cheia de principezinhos, escondidos em porões, tramando contra você, o que vai fazer? Enviar soldados para decepar a cabeça deles?"

Nietcháiev sorri com desdém. "Está tentando me enraivecer com suas parábolas idiotas. Sei sobre seu próprio pai. Pável Isaev me contou que era um tirano mesquinho, que todos o odiavam, até que seus próprios camponeses o mataram. O senhor acha que, porque o senhor e seu pai se odiavam, a história do mundo consiste apenas em pais e filhos que guerreiam entre si. Não entende o significado da revolução. Revolução é o fim de tudo o que é velho, incluindo pais e filhos. É o fim das heranças e dinastias, e continua se renovando, se for a verdadeira revolução. A cada geração a velha revolução é superada e a história recomeça. *Essa* é a ideia nova, a verdadeira ideia nova. Ano Um. *Carte blanche*. Quando tudo é reinventado, tudo apagado e renascido: lei, moral, família, tudo. Quando todos os prisioneiros são libertados, todos os crimes perdoados. A ideia é tão tremenda que vocês não conseguem entender, o senhor e sua geração. Ou melhor, compreendem-na bem demais e querem sufocá-la no berço."

"E o dinheiro? Quando você perdoar os crimes, redistribuirá o dinheiro?"

"Faremos mais que isso. De tempos em tempos, quando as pessoas menos esperarem, declararemos inválido o dinheiro existente e imprimiremos um novo. Esse foi o erro dos franceses: permitir que o antigo dinheiro continuasse circulando. Os franceses não fizeram uma verdadeira revolução porque não tiveram a coragem de ir até o fim. Livraram-se dos aristocratas, mas não eliminaram a antiga maneira de pensar. Em nossas escolas ensinaremos o modo de pensar do povo, que foi reprimido todo esse tempo. Todos voltarão à escola, até mesmo os professores. Os camponeses serão professores e os professores serão alunos. Em nossas escolas formaremos novos homens e novas mulheres. Todos renascerão com um novo coração."

"E Deus? O que Deus pensará disso?"

O rapaz dá uma risada de puro prazer. "Deus? Deus terá inveja."

"Então acreditam nisso?"

"É claro que acreditamos! Senão, de que valeria? Bastaria incendiar tudo, transformar o mundo em cinzas. Não; nós iremos até Deus, nos colocaremos diante de seu trono e o dispensaremos. E ele virá! Ele não terá alternativa, terá de escutar. Então estaremos todos juntos, finalmente em condições de igualdade."

"E os anjos?"

"Os anjos ficarão à nossa volta em círculos, cantando hosanas. Os anjos estarão em êxtase. Também serão libertados, para andar pela Terra como gente comum."

"E as almas dos mortos?"

"O senhor faz tantas perguntas! As almas dos mortos também, Fiódor Mikhailovitch, se quiser. Teremos as almas dos mortos caminhando novamente pela Terra. Pável Isaev também, se quiser. Não há limites para o que pode ser feito."

Que charlatão! Mas ele não sabe mais quem está no comando, se ele está brincando com Nietcháiev ou Nietcháiev com ele. Todas as barreiras parecem estar desmoronando ao mesmo tempo: a barreira das lágrimas, a barreira do riso. Se Anna Serguêievna estivesse ali — o pensamento surge espontaneamente —, poderia lhe dizer as palavras que faltaram todo esse tempo.

Ele dá um passo à frente, e com uma força que parece a de um gigante abraça Nietcháiev. Puxando o rapaz, prendendo seus braços ao lado do corpo, aspirando o cheiro acre de sua pele furunculosa, ele o beija nas faces esquerda e direita. Tocando-se os quadris e os peitos, continua a abraçá-lo.

Há um ruído de passos na escada. Nietcháiev se desprende. "Então chegaram!", exclama. Seus olhos brilham em triunfo. Ele se volta. Na entrada está uma mulher vestida de preto, com um discrepante chapeuzinho branco. Na luz difusa, através das lágrimas, ele não consegue definir sua idade.

Nietcháiev parece desapontado. "Ah!", diz. "Desculpe-nos! Entre!"

Mas a mulher continua onde está. Debaixo do braço traz algo embrulhado num pano branco. O nariz das crianças é mais aguçado que o dele. De repente, sem dizer palavra, elas descem da cama e passam pelos dois homens. A garota abre o pano e o cheiro de pão fresco invade o quarto. Sem uma palavra, ela parte pedaços e os coloca nas mãos de seus irmãos. Encostadas à saia da mãe, com os olhos vagos, elas mastigam. Como animais, ele pensa: sabem de onde vem a comida e não se importam.

16. A prensa

Ele inclina a cabeça para a mulher. Por baixo do chapéu ridículo, espia um rosto tímido, sardento e infantil. Sente um rápido lampejo de interesse sexual, que logo passa. Ele deveria usar uma gravata preta, ou uma faixa preta no braço, à moda italiana, para que sua situação ficasse mais clara — para ele também. Não é mais um homem completo — é meio homem. Ou, na lapela, uma medalha com a imagem de Pável. A melhor metade removida, a metade que ainda viria.

"Preciso ir", ele diz.

Nietcháiev lhe dirige um olhar de desprezo. "Vá", diz. "Ninguém o está detendo." E então, para a mulher: "Ele acha que não sei aonde vai".

O comentário lhe parece gratuito. "Aonde você pensa que vou?"

"Quer que eu diga? Não é sua chance de vingança?"

Vingança: depois de tudo o que acaba de acontecer, a palavra é como uma bexiga de porco atirada em seu rosto. A palavra de Nietcháiev. O mundo de Nietcháiev — um mundo de vingança. O que isso tem a ver com ele? No entanto, a feia palavra não lhe foi atirada sem motivo. Ele se lembra de algo: o comportamento de Nietcháiev em seu primeiro encontro — o farfalhar das saias contra o espaldar de sua cadeira, a pressão de seu pé embaixo da mesa, o modo como ele utilizava o corpo, desavergonhado e *gauche*. Terá o rapaz alguma ideia clara do que quer, ou está simplesmente tentando qualquer coisa para ver aonde chega? *Ele é como eu, eu fui como ele*, ele pensa — *só que não tive coragem*. E então: *Seria por isso que Pável o seguiu, porque estava tentando aprender coragem? Foi por isso que ele subiu na torre naquela noite?*

Tudo está cada vez mais claro: Nietcháiev não ficará satisfeito enquanto não estiver nas mãos da polícia, enquanto também não tiver provado isso. Assim sua coragem e sua decisão serão postas à prova. E ele sobreviverá — não há dúvida. Não cederá. Por mais que seja espancado ou passe fome, jamais desistirá ou ficará doente. Perderá todos os dentes e sorrirá. Arrastará seus membros partidos rugindo, forte como um leão.

"*Quer* que eu me vingue? *Quer* que eu o traia? É esse o objetivo de tudo isso, dessa charada de labirintos e vendas?"

Nietcháiev ri excitado, e sabe que eles se entendem. "Por que desejaria isso?", retruca com uma voz suave, maliciosa, dando à garota um olhar enviesado como se lhe chamasse a atenção para a piada. "Não sou um jovem que perdeu o caminho, como seu enteado. Se o senhor for à polícia, seja honesto. Não seja sentimental, não finja que não é meu inimigo. Conheço seu sentimentalismo. Também faz isso com as mulheres, tenho certeza. Mulheres e menininhas." Ele se volta para a garota: "Conhece bem isso, não é? Como os homens dessa espécie choram quando a magoam, para lubrificar suas consciências e dar emoção a si mesmos".

Para alguém de sua idade, é extraordinário como ele capta

as coisas! Mais ainda que uma mulher das ruas, porque tem sua própria sagacidade. Conhece o mundo. Pável poderia ter-se saído melhor que isso. Havia mais vida real no urso velho e nojento de sua história — como era o nome? Karamzin? — do que no herói sensível que ele tão arduamente construiu. Assassinado cedo demais — um grave erro.

"Não tenho intenção de traí-lo", ele diz entediado. "Volte para casa, para seu pai. Você tem um pai em algum lugar de Ivanovo, se bem me lembro. Procure-o, ajoelhe-se, peça-lhe que o esconda. Ele o fará. Não há limites para o que um pai pode fazer."

Nietcháiev ri com um ronco selvagem. Não consegue mais ficar parado: move-se pelo porão, empurrando as crianças que estão em seu caminho. "Meu pai! O que o senhor sabe do meu pai? Não sou um idiota como seu enteado! Não me prendo às pessoas que me oprimem! Saí da casa de meu pai quando tinha dezesseis anos e nunca mais voltei. Sabe por quê? Porque ele me batia. Eu disse: 'Bata-me mais uma vez e nunca mais me verá'. Então ele me bateu e nunca mais me viu. Naquele dia, deixou de ser meu pai. Eu sou meu próprio pai agora. Eu me fiz de novo. Não preciso de pai nenhum para me esconder. Se precisar me esconder, o povo me esconderá.

"O senhor diz que não há limites para o que um pai pode fazer. Sabe que meu pai mostra minhas cartas à polícia? Eu escrevo para minhas irmãs e ele rouba as cartas, as copia para a polícia *e eles lhe pagam.* Esses são os limites dele. Mostra como a polícia está desesperada, pagando-lhe por esse tipo de coisa, agarrando-se a qualquer indício. Porque não há nada que eu tenha feito que eles possam provar. Nada!"

Desesperado. Desesperado para ser traído, desesperado para encontrar um pai que o traia.

"Eles podem não conseguir provar nada, mas sabem, e você sabe e eu sei que você não é inocente. Você foi além de organizar listas, não foi? Há sangue em suas mãos, não há? Não estou lhe pedindo que confesse. No entanto, no sentido mais hipotético, *por que faz isso?*"

"Hipotético? Porque se você não mata não é levado a sério. É a única prova de seriedade que conta."

"Mas por que ser levado a sério? Por que não ser jovem e despreocupado enquanto puder? Há muito tempo pela frente para ser sério. E pense um pouco nos seus colegas mais fracos que cometem o erro de levá-lo a sério. Pense em sua amiga finlandesa e no que ela está passando neste exato momento, em consequência disso."

"Pare de arengar sobre minha suposta amiga finlandesa! Já cuidaram dela, não está mais sofrendo! E não me diga para esperar até a velhice para ser levado a sério. Já vi o que acontece quando se envelhece. Quando eu for velho não serei mais eu."

É uma percepção que ele poderia esperar de Pável, mas nunca de Nietcháiev. Que desperdício! "Eu gostaria", ele diz, "de ter escutado a conversa entre você e Pável." O que ele não diz é: Como duas espadas, duas espadas desembainhadas.

Mas que esperteza de Nietcháiev tê-lo advertido contra a piedade! Pois é isso que ele está justamente a ponto de sentir: piedade por uma criança sozinha no mar, debatendo-se e afogando-se. Estaria ele errado ao detectar algo um pouco estudado demais no olhar sombrio de Nietcháiev (pois, surpreendentemente, ele está em silêncio), em seu olhar ruminante — mais que estudado, na verdade ardiloso? Mas quando foi a última vez que pôde confiar que suas palavras viajaram de um coração para outro? Esta é uma era de representação, uma era de disfarces. Pável era criança demais, e antiquado demais, para progredir nela. O herói e a heroína de Pável conversando na linguagem engraçada, balbuciante e antiquada de seu coração. "Eu gostaria... eu gostaria...", "Você pode... você pode...". Mas Pável pelo menos tentou projetar-se em outro peito. Impossível imaginar Serguei Nietcháiev como escritor. Um egoísta, ou pior que isso. Um pobre amante também, com certeza. Sem sentimento, sem simpatia. Imaturo em seus sentimentos, contido como um anão. Um homem do futuro, do próximo século, com uma cabeça monstruosa e apetites monstruosos, nada mais. Solitário, só. Seu lugar apropriado seria um trono numa sala vazia. O trono das ideias. Um papa das ideias, ideias opacas. Deus salve os fiéis, portanto, Deus salve os governados!

Seus pensamentos são interrompidos por um barulho na escada. Nietcháiev corre até a porta, escuta, então sai. Há murmúrios rápidos, o ruído de uma chave na fechadura, silêncio.

Ainda usando o chapeuzinho branco, a mulher está sentada na beira da cama com a criança mais nova ao seio. Encontrando seu olhar, ela ruboriza, e então ergue o queixo, desafiante. "O sr. Ishutin disse que o senhor pode nos ajudar", diz.

"O sr. Ishutin?"

"O sr. Ishutin. Seu amigo."

"Por que teria dito isso? Ele conhece minha situação."

"Estamos sendo despejados por causa do aluguel. Paguei este mês, mas não pude pagar o atrasado, é caro demais."

A criança para de sugar e começa a agitar-se. Ela solta o menino, que escorrega de seu colo e sai do quarto. Eles o escutam aliviar-se embaixo da escada, gemendo suavemente.

"Ele está doente há várias semanas", ela se queixa.

"Mostre-me seus seios."

Ela abre o segundo botão e expõe os dois seios. Os mamilos se empinam no frio. Erguendo-os entre os dedos, ela os manipula suavemente. Aparece uma gota de leite.

Ele tem os cinco rublos que pediu emprestados a Anna Serguêievna. Dá dois à moça. Ela pega as moedas sem uma palavra e as enrola num lenço.

Nietcháiev retorna. “Então Sonya lhe contou seus problemas”, diz. “Pensei que sua senhoria pudesse fazer algo por eles. Ela é uma mulher generosa, não é? Foi o que Isaev me contou.”

“Está fora de questão. Como eu poderia...?”

A garota — seria seu nome realmente Sonya? — desvia o olhar, envergonhada. Seu vestido, feito de um tecido barato e florido, nada adequado ao inverno, é abotoado em toda a frente. Ela começa a tremer.

“Falaremos disso depois”, diz Nietcháiev. “Quero lhe mostrar a prensa.”

“Não estou interessado em sua prensa.”

Mas Nietcháiev o pega pelo braço e meio que o conduz, meio que o arrasta para a porta. Mais uma vez ele se surpreende com a própria passividade. É como se estivesse num transe moral. O que Pável pensaria, vendo-o ser usado dessa forma por seu assassino? Ou na verdade é Pável quem o está conduzindo?

Ele reconhece imediatamente a prensa Albion de Birmingham, do mesmo modelo que seu irmão ainda utilizava para panfletos e propaganda. Impossível fazer milhares de cópias — no máximo duzentas.

“A fonte de poder de qualquer escritor”, diz Nietcháiev, dando um tapa na máquina. “Seu testemunho será distribuído às células esta noite e estará nas ruas amanhã. Ou, se preferir, podemos retê-lo até que o senhor atravesse a fronteira. Se for apanhado com ele, pode dizer que é uma fraude. Mas aí já não importará, já terá surtido efeito.”

Há outro homem no quarto escuro, mais velho que Nietcháiev — um homem de cabelos castanhos e ralos, de aparência anêmica e olhos escuros e sem brilho, que está inclinado sobre a mesa de composição com o queixo apoiado nas mãos. Não presta atenção neles, nem Nietcháiev os apresenta.

“Meu testemunho?”, ele diz.

"Sim. Seja qual for a declaração que queira fazer. Pode escrever aqui mesmo, agora, para ganharmos tempo."

"E se eu decidir dizer a verdade?"

"Distribuiremos o que o senhor escrever, prometo."

"A verdade pode ser mais do que uma prensa manual possa suportar."

"Deixe-o em paz." A voz vem do outro homem, ainda debruçado sobre o texto à sua frente. "Ele é um escritor, não funciona assim."

"Como ele funciona, então?"

"Os escritores têm suas próprias regras. Não podem trabalhar com pessoas espiando sobre seus ombros."

"Então devem aprender as novas regras. A privacidade é um luxo que podemos dispensar. As pessoas não precisam de privacidade."

Agora que tem público, Nietcháiev recobra suas antigas atitudes. Quanto a ele, está enojado dessas provocações infantis. "Preciso ir", torna a dizer.

"Se não escrever, escreveremos pelo senhor."

"O que está dizendo? Escrever pelo senhor..."

"Sim."

"E assinar meu nome?"

"Também. Não temos alternativa."

"Ninguém irá aceitar. Ninguém acredita em você."

"Os estudantes acreditarão. O senhor tem um bom público entre os estudantes, como lhe disse. Especialmente quando não precisam ler um livro grosso para captar a mensagem. Os estudantes acreditam em qualquer coisa."

"Vamos, Serguei Gennadevitch!", diz o outro homem. Seu tom não é de diversão. Há olheiras sob seus olhos; ele acendeu um cigarro e fuma nervosamente. "O que você tem contra os livros? O que tem contra os estudantes?"

"O que não pode ser dito em uma página não vale a pena ser dito. Além disso, por que algumas pessoas podem ficar sentadas confortavelmente, lendo livros, enquanto outras não podem ler nada? Acha que Sonya, a vizinha, tem tempo para ler livros? E os estudantes tagarelam demais. Ficam sentados discutindo e desperdiçando energia. A universidade é um lugar onde o ensinam a discutir, para que você nunca faça nada de verdade. É como os judeus cortando o cabelo de Sansão. Discutir é apenas uma armadilha. Eles pensam que conversando podem melhorar o mundo. Não entendem que as coisas têm de piorar antes que possam melhorar."

Seu camarada boceja; a indiferença parece incitar Nietcháiev. "É verdade! É por isso que eles precisam ser provocados! Se os deixar por sua própria conta, sempre voltarão à tagarelice e aos debates, e tudo fica na mesma. Seu enteado era assim, Fiódor Mikhailovitch: sempre falando. As pessoas que sofrem não precisam falar, precisam agir. Nossa tarefa é fazê-las agir. Se conseguirmos provocá-las, fazê-las agir, a batalha estará meio vencida. Elas podem ser esmagadas, pode haver mais repressão, mas isso apenas criará mais sofrimento, mais revolta e mais desejo de agir. É assim que as coisas funcionam. Além disso, se alguns sofrem, não haverá justiça até que todos estejam sofrendo. E as coisas também serão mais aceleradas. O senhor ficará surpreso de ver como a história pode avançar, quando a colocamos em movimento. Os ciclos ficarão cada vez mais curtos. Se agirmos hoje, o futuro chegará antes que possamos perceber."

"Então a fraude é permitida... tudo é permitido?"

"Por que não? Não é nenhuma novidade. Tudo é permitido pelo bem do futuro, é o que até os crentes dizem. Eu não me surpreenderia se estivesse na Bíblia."

"Certamente não está. Só os jesuítas dizem isso, e eles não serão perdoados. Nem você."

"Perdoado? Quem sabe? Estamos falando de um panfleto, Fiódor Mikhailovitch. Quem se importa com quem realmente escreve um panfleto? As palavras são como o vento, hoje estão aqui, amanhã já desapareceram. Ninguém possui as palavras. Estamos falando de multidões. Certamente já esteve numa multidão. Ela não está interessada nas minúcias da autoria. Uma multidão não tem intelecto, só paixões. Ou está dizendo outra coisa?"

"Estou dizendo que se você, propositadamente, em nome do futuro, provocar o sofrimento daquelas crianças miseráveis ali ao lado, jamais será perdoado."

"Propositadamente? O que significa isso? Você fica falando sobre o interior da mente das pessoas. A história não é feita de ideias, não é feita dentro da mente das pessoas. A história é feita nas ruas. E não me diga que agora estou falando de *ideias*. Isso é apenas mais um truque esperto de discussão, o tipo de coisa com que confundem os estudantes. Não estou falando de ideias, e, mesmo que esteja, não importa. Só posso pensar numa coisa num minuto e em outra no seguinte, e não importa um alfinete, desde que eu *aja*. O povo *age*. Além disso, o senhor está enganado! O senhor não conhece sua teologia! Não ouviu falar na peregrinação da Mãe de Deus? No dia seguinte ao último dia, quando tudo estiver decidido, quando os portões do inferno forem selados, a Mãe de Deus deixará seu trono no céu e fará uma peregrinação ao inferno para suplicar pelos condenados. Ela se ajoelhará e se recusará a subir aos céus até que Deus ceda e todos sejam perdoados, mesmo os ateus, mesmo os blasfemos. Então o senhor está errado, seus próprios livros o contradizem." Nietcháiev lhe atira um olhar fulgurante de triunfo.

O perdão de tudo. Basta pensar nisso para que sua cabeça gire. *E eles estarão unidos, o pai e o filho.* Porque vem da boca suja de um blasfemo, então não seria verdade? Quem poderá prever onde ela fará sua casa, a Mãe de Deus? Se Cristo está escondido, por que não poderia esconder-se nestes porões? Por que não estaria ali neste momento, na criança ao seio da vizinha, na menininha de olhos embaçados e compreensivos, no próprio Serguei Nietcháiev?

"Você está tentando Deus. Se brincar com o perdão de Deus, certamente estará perdido. Nem pense nisso, preste atenção em mim! Ou você cairá."

Sua voz é tão espessa que ele mal pode pronunciar as palavras. Pela primeira vez o camarada de Nietcháiev levanta o olhar e o examina com interesse.

Como se percebesse sua fraqueza, Nietcháiev ataca, cercando-o como um cachorro. "Dezoito séculos se passaram desde a era de Deus, quase dezenove! Estamos à beira de uma nova era, quando seremos livres para ter qualquer ideia. Não há nada que não possamos pensar! O senhor deve saber disso. Tem de saber, é o que Raskolnikov diz em seu livro, antes de adoecer!"

"Você está louco, não sabe ler", ele murmura. Mas perdeu, e sabe disso. Perdeu porque na discussão não acreditou em si mesmo. E não acredita em si mesmo porque perdeu. Tudo está desmoronando: a lógica, a razão. Ele olha para Nietcháiev e vê apenas um brilho cristalino à luz do deserto, enclausurada, inexpugnável.

"Tenha cuidado", diz Nietcháiev, apontando um dedo ameaçador. "Tenha cuidado com as palavras que usa a meu respeito. Eu pertenço à Rússia: quando o senhor diz que estou louco, diz que a Rússia está louca."

"Bravo!", diz seu camarada, aplaudindo com um lânguido sarcasmo.

Ele tenta reerguer-se pela última vez. "Não, isso não é verdade, é apenas um sofisma. Você é apenas uma parte da Rússia, uma parte da loucura da Rússia. Sou eu", ele põe a mão no peito, mas depois, percebendo a afetação do gesto, deixa-a cair, "sou eu quem traz a loucura. Meu destino, meu fardo, não o seu. Você ainda é muito criança para começar a carregar o peso."

"Bravo, de novo!", diz o homem, e aplaude. "Ele o pegou aí, Serguei!"

"Então farei um trato com você", ele continua. "Escreverei para a sua prensa, afinal. Direi a verdade, toda a verdade em uma página, como você quer. Minha condição é que a imprima como estiver, sem mudar uma palavra, e a distribua."

"Feito!" Os olhos de Nietcháiev brilham de triunfo. "Adoro barganhas. Dê-lhe pena e papel!"

O outro homem coloca uma tábua sobre a mesa de composição e apanha o papel.

Ele escreve:

> Na noite de 12 de outubro, no ano de Nosso Senhor de 1869, meu enteado Pável Alexandrovitch Isaev despencou para a morte da torre arruinada no cais Stolyarni. Circulou o boato de que sua morte foi provocada pela Terceira Seção da polícia imperial. Esse rumor é uma invenção, uma falsidade. Acredito que meu enteado foi assassinado por seu falso amigo Serguei Gennadevitch Nietcháiev.
>
> Que Deus tenha piedade de sua alma.
>
> F. M. Dostoiévski
> 18 de novembro de 1869.

Tremendo ligeiramente, ele entrega o papel a Nietcháiev.

"Excelente!", diz Nietcháiev, e o passa ao outro homem. "A verdade vista por um cego."

"Imprima!"

"Prepare-se", Nietcháiev ordena ao outro.

O homem lhe dirige um olhar fixo e interrogativo.

“É verdade?”

“*Verdade? O que é a verdade?*” Nietcháiev grita com uma voz que faz todo o porão tremer. “Prepare-se! Já desperdiçamos tempo demais!”

Nesse momento fica claro que ele caiu numa armadilha.

“Quero mudar uma coisa”, diz. Pega de volta o papel, o amassa e enfia no bolso. Nietcháiev não tenta impedi-lo.

“Tarde demais, é irrevogável”, ele diz. “O senhor escreveu diante de uma testemunha. Vamos imprimir, como prometido, palavra por palavra.”

Uma armadilha diabólica. Afinal, ele não é, como havia pensado, uma figura dos bastidores, intrometendo-se de maneira inconveniente numa briga entre seu enteado e Serguei Nietcháiev, o anarquista. A morte de Pável foi apenas a isca para atraí-lo de Dresden a Petersburgo. Ele era a presa o tempo todo. Foi atraído para fora do esconderijo, e agora Nietcháiev o agarrou pelo pescoço.

Ele o fuzila com o olhar; mas Nietcháiev não cede um milímetro.

17. O veneno

O sol singra lentamente o céu pálido. Emergindo do labirinto de becos para a Voznesensky Prospekt, ele tem de fechar os olhos; a tontura retorna, e ele quase deseja o conforto de uma venda e daquela mão condutora.

Está cansado da turbulência de Petersburgo. Dresden lhe parece um atol pacífico — Dresden, sua mulher, seus livros e documentos, os cem pequenos confortos que representam uma casa, um dos quais, nada desprezível, é o prazer de roupas de baixo limpas. E isso quando, sem passaporte, não pode viajar! "Pável!", ele sussurra, repetindo o encanto. Mas perdeu o contato com Pável e com a lógica que lhe diz que, porque Pável morreu ali, ele está amarrado a Petersburgo. O que o retém não é mais a lembrança de Pável, nem Anna Serguêievna, mas o poço que foi cavado para ele pelo traidor de Pável. Virando não à esquerda, em direção à rua Svechnoi, mas à direita, na direção da rua Sadovaya e da delegacia, ele quer informar que Nietcháiev está no seu encalço, a espioná-lo.

A sala de espera está tão lotada quanto da outra vez. Ele

entra na fila; depois de vinte minutos chega à mesa de recepção. "Dostoiévski, apresentando-se como exigido", diz.

"Exigido por quem?" O funcionário na recepção é um rapaz, nem sequer usa uniforme policial.

Ele ergue as mãos, irritado. "Como posso saber? Mandaram me apresentar aqui, estou me apresentando."

"Sente-se, alguém o atenderá."

Sua exasperação transborda. "Não preciso ser atendido, basta vir aqui! Já me viu em carne e osso, o que mais quer? E como posso me sentar, se não há assentos?"

O funcionário fica claramente contrariado pela veemência; outras pessoas observam com curiosidade.

"Escreva meu nome e acabe com isso!", ele exige.

"Não posso simplesmente escrever um nome", retruca o atendente. "Como posso saber que é mesmo seu nome? Mostre-me seu passaporte."

Ele não consegue conter a raiva. "Vocês confiscaram meu passaporte e agora exigem que eu o mostre! Que insanidade! Quero ver o conselheiro Maximov!"

Mas se ele espera que o atendente se impressione com o nome de Maximov, está enganado. "O conselheiro Maximov está ocupado. É melhor o senhor sentar-se e se acalmar. Alguém o atenderá."

"E quando vai ser isso?"

"Como posso saber? O senhor não é a única pessoa com problemas." Ele faz um gesto na direção da sala lotada. "Em todo caso, se tiver alguma queixa, o procedimento correto é apresentá-la por escrito. Não podemos tomar providências sem algo por escrito, algo em que possamos fincar os dentes, por assim dizer. O senhor parece uma pessoa culta. Deve saber disso." E ele passa ao próximo da fila.

Em sua mente, não há dúvida de que, se pudesse ver Maximov agora, trocaria Nietcháiev por seu passaporte. Se hesitava, era apenas por estar convencido de que ser traído — e traído por ele, Dostoiévski — era exatamente o que Nietcháiev queria. Ou seria pior, haveria ainda outros desvios? Seria possível que por trás das muitas insinuações de Nietcháiev sobre o potencial dele, Dostoiévski, para a traição houvesse a intenção de confundi-lo e inibi-lo? Ele sente que a cada rodada foi traído, e talvez porque o quisesse — por um jogador que, desde o dia em que o conheceu, ou mesmo antes, identificou o prazer que ele sente em ceder — em ser alvo de uma trama, enredado, seduzido — e utilizou esse conhecimento para os próprios fins. Do contrário, como poderia explicar sua estúpida passividade, aquele estado de consciência semidrogada?

Teria havido o mesmo com Pável? Seria Pável, no mais fundo de si mesmo, um filho de seu padrasto, seduzível pela promessa voluptuosa de ser seduzido?

Nietcháiev falou nos financistas como aranhas, mas nesse momento ele se sente uma mera mosca na rede de Nietcháiev. Só consegue pensar numa aranha maior que Nietcháiev: a aranha Maximov, sentada à sua mesa, estalando os lábios na expectativa da presa. Ele espera conseguir fazer uma refeição de Nietcháiev, engoli-lo inteiro, triturar seus ossos e cuspir os restos secos.

Assim, depois de sua autofelicitação, mergulha na mesquinha disposição de vingança. Quanto ainda poderá cair? Lembra-se do comentário de Maximov: numa era como aquela, abençoado o pai que só tem filhas. E se houver filhos, o melhor é ser pai a distância, como um sapo ou um peixe.

Ele imagina a aranha Maximov em casa, com suas três filhas a paparicá-lo, acariciando-o com suas garras, sibilando suavemente, e mais uma vez sente uma raiva aguçada.

Esperava uma resposta rápida de Apollon Maykov; mas o zelador lhe garante que não chegaram mensagens.

"Tem certeza de que minha carta foi entregue?"

"Não pergunte a mim, mas ao menino que a levou."

Ele tenta encontrar o menino, mas ninguém sabe onde está.

Deveria escrever de novo? Se o primeiro pedido chegou a Maykov e foi ignorado, um segundo não seria desprezível? Ele ainda não é um mendigo. No entanto, a verdade perturbadora é que está vivendo no dia a dia da caridade de Anna Serguêievna. Tampouco pode esperar que sua presença em Petersburgo continue muito tempo despercebida. A notícia correrá, se já não correu, e quando isso acontecer, qualquer um de sua meia dúzia de credores poderá abrir um processo e pedir sua detenção. Sua miséria não o protegeria: um credor poderia facilmente reconhecer que, como último recurso, sua mulher, a família dela ou mesmo seus colegas escritores levantariam o dinheiro para salvá-lo da desgraça.

Mais um motivo para sair de Petersburgo! Ele precisa recuperar o passaporte; se fracassar, terá de arriscar-se a viajar novamente com os papéis de Isaev.

Ele prometeu a Anna Serguêievna cuidar da menina doente. Encontra a cortina da alcova aberta e Matryona sentada na cama.

"Como está se sentindo?", pergunta.

Ela não responde, absorta em seus pensamentos.

Ele se aproxima e põe a mão em sua testa. Há pontos rubros em seu rosto e a respiração é curta, mas não tem febre.

"Fiódor Mikhailovitch", ela diz em voz baixa, sem olhar para ele. "Morrer dói?"

Ele se surpreende com a direção que suas divagações tomaram. "Minha querida Matryosha", diz. "Você não vai morrer! Deite-se, cochile um pouco e acordará sentindo-se melhor. Em poucos dias poderá voltar à escola. Ouviu o que o médico disse."

Mas enquanto ele fala a menina balança a cabeça. "Não estava falando de mim", explica. "Dói quando... o senhor sabe, quando alguém morre?"

Então ele entende que ela fala sério. "No instante?"

"Sim. Não quando está completamente morto, mas um pouquinho antes."

"Quando você sabe que está morto?"

"É."

Ele é tomado de gratidão. Há dias ela vem se fechando para ele, recuando para a obtusidade e a infantilidade, entregando--se aos ressentimentos, recusando-lhe a preciosa lembrança de Pável que traz em si. Agora voltou a ser ela mesma.

"Os animais não acham difícil morrer", ele diz delicadamente. "Talvez devamos aprender essa lição com eles. Talvez seja por isso que eles estão conosco aqui na Terra, para nos mostrar que viver e morrer não é tão difícil quanto pensamos."

Faz uma pausa e depois tenta novamente.

"O que mais nos assusta sobre morrer não é a dor. É o medo de ter de deixar para trás os que nos amam e viajar sozinhos. Mas não é assim, simplesmente não é assim. Quando morremos, levamos em nosso peito os que amamos. Pável levou você quando morreu, levou a mim e levou sua mãe. Ele continua carregando todos nós. Pável não está sozinho."

Com um ar distante e abstrato, ela diz: "Eu não estava pensando em Pável".

Ele se inquieta, não compreende; mas é preciso mais um momento para que possa entender o alcance de sua incompreensão.

"Em quem você está pensando, então?"

"Na garota que esteve aqui sábado."

"Não sei de que garota está falando."

"A amiga de Serguei Gennadevitch."

"A finlandesa? Está dizendo isso porque a polícia a trouxe? Não deve ficar se preocupando com isso!" Ele toma sua mão e a acaricia para tranquilizá-la. "Ninguém vai morrer. A polícia não mata as pessoas. Eles vão mandá-la de volta à Carélia, só isso. No pior dos casos a guardarão na prisão por algum tempo."

Ela recolhe a mão e vira o rosto para a parede. Ele começa a pensar que talvez ainda não esteja entendendo; talvez ela não esteja pedindo para ser tranquilizada, aliviada de seus medos infantis. Pode, na verdade, de maneira aleatória, estar tentando lhe dizer algo que ele não sabe.

"Você tem medo de que ela seja executada? É isso que teme? Por causa de alguma coisa que você sabe que ela fez?"

A menina balança cabeça.

"Então precisa me contar. Não posso adivinhar o que seja."

"Todos fizeram um juramento de que nunca serão capturados. Eles juram que se matarão primeiro."

"É fácil fazer juramentos, Matryosha, mas é bem mais difícil cumpri-los, especialmente quando seus amigos a abandonaram e você está sozinha. A vida é preciosa, ela tem razão em apegar-se, você não deve culpá-la."

Ela rumina de novo durante longo tempo, remexendo distraidamente as cobertas. Quando fala, é num murmúrio, de cabeça baixa, de forma que ele mal consegue captar as palavras.

"Eu dei veneno para ela."

"Você lhe deu o quê?"

Ela afasta o cabelo do rosto e então ele vê o que a menina estava escondendo: o sorriso mais sutil.

"Veneno...", ela repete, do mesmo modo suave. "Veneno dói?"

"E como fez isso?", ele pergunta, ganhando tempo enquanto sua mente dispara.

"Quando lhe dei o pão. Ninguém viu."

Ele se lembra da cena que o afetara de maneira tão estranha: a reverência antiquada, a oferta de comida à prisioneira.

"Ela sabia?", ele murmura, sentindo a boca seca.

"Sim."

"Tem certeza? Está certa de que ela sabia o que era?"

Matryona assente. E, lembrando-se agora de como a finlandesa pareceu rígida, sem gratidão, ele não pode mais duvidar.

"Mas como você conseguiu o veneno?"

"Serguei Gennadevitch o deixou para ela."

"Que mais ele deixou?"

"A bandeira."

"A bandeira e o que mais?"

"Algumas coisas. Ele me pediu para cuidar delas."

"Mostre-me."

A criança desce da cama, ajoelha-se, procura entre as cobertas e encontra um pacote embrulhado em lona. Ela o abre sobre a cama. Uma pistola americana e projéteis. Alguns folhetos. Uma bolsinha de algodão com um longo cadarço.

"O veneno está aí", diz Matryona.

Ele afrouxa o cordão e despeja o conteúdo: três cápsulas de vidro contendo um fino pó verde.

"Foi isso que você deu a ela?"

A menina assente. "Ela devia ter uma pendurada no pescoço, mas não tinha." Com destreza, ela passa o cordão ao redor do próprio pescoço, de modo que a bolsa fica pendurada entre seus seios como um medalhão. "Se ela tivesse, eles não a teriam pegado."

"Então você lhe deu um destes."

"Ela queria, para cumprir o juramento. Ela faria qualquer coisa por Serguei Gennadevitch."

"Talvez. É isso que Serguei Gennadevitch diz, pelo menos. Mas se você não lhe tivesse dado o veneno, teria sido mais fácil para ela não cumprir a promessa tão dura feita a Serguei Gennadevitch, não é?"

A menina franze o nariz numa expressão que ele aprendeu a identificar: está sendo encurralada e não gosta disso. Entretanto, ele continua. "Você não acha que Serguei Gennadevitch distribui a morte de maneira gratuita? Lembra-se do mendigo que foi morto? Serguei Gennadevitch fez isso, ou disse a alguém que o fizesse, e aquela pessoa obedeceu, assim como você."

Ela torna a franzir o nariz. "Por quê? Por que ele queria matá-lo?"

"Para enviar uma mensagem ao mundo, acredito: que ele, Serguei Gennadevitch Nietcháiev, é um homem com quem não se brinca. Ou para testar se a pessoa a quem ele ordenou os assassinatos lhe obedeceria. Não sei. Não posso ver seu coração, nem quero."

Matryona pensa um pouco. "Eu não gostava dele", diz finalmente. "Ele fedia a peixe."

Ele a olha fixamente, e ela devolve o olhar.

"Mas você gosta de Serguei Gennadevitch."

"Gosto."

O que ele queria perguntar, o que não consegue perguntar, é: "Você gosta dele? Você faria qualquer coisa por ele?". Mas ela compreende perfeitamente sua intenção, e já lhe deu a resposta. Assim, resta na verdade apenas uma pergunta: "Mais que de Pável?".

Ela hesita. Ele a percebe pesando os dois amores, um na mão direita, outro na esquerda, como maçãs. "Não", ela diz enfim, de um modo que ele só pode chamar de gracioso. "Ainda gosto mais de Pável."

"Porque os dois não podiam ser mais diferentes, não é? Como giz e queijo."

"Giz e queijo?" Ela acha a ideia engraçada.

"É só uma maneira de dizer. Um cavalo e um lobo. Uma corça e um lobo."

Ela considera a nova semelhança, em dúvida. "Os dois gostam de se divertir... gostavam de se divertir", ela corrige, escorregando no tempo verbal.

Ele balançou a cabeça. "Não, aí você se engana. Não há diversão em Serguei Gennadevitch. Há certamente nele alguma espécie de espírito, mas não de diversão." Inclina-se para perto dela, afasta uma mecha de cabelos de seu rosto, toca sua face. "Ouça, Matryosha. Você não pode esconder isto de sua mãe." Ele indica com um gesto os instrumentos da morte. "Vou jogá-los fora, assim como joguei o vestido. Não importa o que Nietcháiev diga, você não pode guardá-los. É perigoso demais. Está entendendo?"

Ela entreabre os lábios, os cantos de sua boca tremem. Ele pensa que vai chorar. Mas não se trata disso. Quando ela ergue os olhos, envolve-o num olhar que é ao mesmo tempo desavergonhado e depreciativo. Ela se afasta das mãos dele e sacode os cabelos. "Não!", ele diz. O sorriso da menina é desafiador, provocante. Então o encanto se dissipa e ela volta a ser uma criança, confusa e envergonhada.

É impossível que o que ele acaba de ver tenha realmente ocorrido. O que ele viu não veio do mundo que conhece, mas de outra existência. É como se pela primeira vez estivesse presente e consciente durante um acesso; de modo que, pela primeira vez, seus olhos estiveram abertos para o local em que teve um acesso. Na verdade, ele não sabe se *acesso* é a palavra certa, se a palavra não foi o tempo todo *possessão* — se tudo o que nos últimos vinte anos ele classificou como "acesso" não foi um mero pressentimento do que estava acontecendo agora, os tremores e a dança do corpo sendo um longo prelúdio para o abalo da alma.

A morte da inocência. Jamais em sua vida ele se sentiu tão só. É como um viajante numa vasta planície. Sobre sua cabeça juntam-se nuvens de tempestade; o relâmpago dispara no horizonte; a escuridão se multiplica, dobrando-se sobre si mesma. Não há abrigo; se algum dia ele teve um destino, há muito o esqueceu; as nuvens se avolumam e ganham peso. *Que tudo se rompa!*, ele reza. De que adiantaria retardar?

São seis horas e as ruas ainda estão cheias quando ele sai às pressas com o pacote. Segue pela rua Gorokhovaya até o canal Fontanka, juntando-se às pessoas apressadas que cruzam a ponte. A meio caminho, para e inclina-se sobre o parapeito.

A água está congelada, exceto em um canal tortuoso no centro. Quanto lixo deve haver sob o gelo no leito do canal! No degelo da primavera podia-se fazer uma verdadeira colheita de segredos culposos: canivetes, machados, roupas manchadas de sangue. E pior. Era fácil matar o espírito; mais difícil dispor do que restava. O serviço fúnebre e as encantações são dirigidos, verdade seja dita, não à alma, mas ao corpo obstinado, conjurando-o a não se reerguer e voltar.

Assim, hesitante como um homem que apalpa o próprio ferimento, ele readmite Pável em seu pensamento. Sob o cobertor de terra e neve na ilha Yelagin, Pável, ainda não aplacado, existe teimosamente. Pável encolhe-se contra o frio, contra as eras que terá de durar até o dia da ressurreição, quando as tumbas forem abertas e as covas bocejarem, rangendo os dentes como fazem as caveiras, suportando o que ele deve suportar até que o sol volte a brilhar sobre seu corpo e ele possa estender os membros contraídos. Pobre criança!

Um jovem casal parou a seu lado, o homem com o braço nos ombros da mulher. Ele se afasta. Sob a ponte, a água negra corre preguiçosamente, rodeando um caixote partido, com pingentes de gelo. A garota olha para ele e desvia o olhar. Nesse instante ele empurra o pacote.

Cai sobre o gelo, bem ao lado do canal, e fica ali à vista de todos.

Ele não pode acreditar no que aconteceu. Está exatamente em cima do canal, mas fez tudo errado! É um truque de visão paralela? Alguns objetos não caem verticalmente?

"Agora você está encrencado", diz uma voz à sua esquerda, assustando-o. Um homem com capa de trabalho, velho, de barba grisalha, piscando com força. Que cara de demônio! "Não será seguro pisar ali por mais uma semana, eu diria. O que acha que vai fazer agora?"

É hora de ter um acesso, ele pensa. Então minha taça estará cheia. Ele se vê tendo convulsões, com a boca espumando, uma multidão a rodeá-lo, e o barbudo apontando, para alegria de todos, para o gelo onde está a pistola. Um acesso, como um raio celeste para arrasar o pecador. Mas o raio não vem. "Cuide de sua vida!", ele murmura, e afasta-se depressa.

18. O diário

Essa é a terceira vez em que ele se senta para ler os papéis de Pável. Não sabe o que é que dificulta tanto a leitura, mas sua atenção fica vagando do significado das palavras para as palavras em si, para as letras sobre o papel, para o traço de tinta dos movimentos da mão, as sombras deixadas pela pressão dos dedos. Há momentos em que fecha os olhos e toca a página com os lábios. Querido: cada risco no papel me é querido, diz a si mesmo.

Mas sua relutância vai além disso. Há algo feio nessa intromissão em Pável, e de fato algo obsceno na ideia do *Nachlass** de uma criança.

A história siberiana de Pável ficou deturpada para ele, talvez para sempre, pela ridicularização de Maximov. Ele não pode fingir que o texto não seja juvenil e pouco original. Mas seria necessário tão pouco para inspirar-lhe vida! Sente a tentação de aplicar a caneta, cortar os longos trechos de sentimentalismo e doutrinação e acrescentar os toques vivazes que exige. O jovem

* "Espólio", em alemão. (N. T.)

Serguei é um convencido que precisa ser distanciado, visto de maneira mais humorística, especialmente na solene submissão de seu corpo. O que atrai a garota camponesa a ele certamente não pode ser a promessa da vida conjugal (uma dieta de pão e nabos, pelo que ele percebe, e tábuas nuas para dormir), mas seu ar de quem se prepara para um destino misterioso. De onde vem isso? De Tchernyshévski, com certeza, mas, além dele, dos Evangelhos, de Jesus — de uma imitação de Jesus tão obtusa e pervertida à sua maneira quanto a do ateu Nietcháiev, reunindo um bando de discípulos e enviando-os para missões mortíferas. Um flautista com uma tropa de suínos dançando em seus calcanhares. "Ela fará qualquer coisa por ele", disse Matryona sobre a garota-suíno Katri. Fazer qualquer coisa, suportar qualquer humilhação, suportar a morte. Toda a vergonha queimada, todo o respeito próprio. O que aconteceu entre Nietcháiev e suas mulheres no quarto em cima de Madame La Fay? E Matryona — também estaria sendo preparada para o harém?

Ele fecha o manuscrito de Pável e o afasta. Quando começar a escrever nele, certamente o transformará numa abominação.

Há também o diário. Folheando-o, percebe pela primeira vez uma série de marcas a lápis, pequenos traços nítidos que não foram feitos por Pável, e portanto só podem ser de Maximov. A quem se destinam? Provavelmente a um copista; no entanto, em seu atual estado, ele só pode considerá-los indicações para si mesmo.

"Hoje vi A.", diz a anotação marcada em 11 de novembro de 1868, quase exatamente um ano antes. 14 de novembro: um críptico "A.". 20 de novembro: "A. na casa de Antonov". Cada referência a "A." dali em diante tem ao lado uma marca.

Ele volta as páginas. O primeiro "A." é de 6 de junho, excetuando o de 14 de maio, quando há uma anotação: "Longa conversa com ...", com uma marca e uma interrogação ao lado.

14 de setembro de 1869, um mês antes de sua morte: "Esboço de um conto (ideia de A.). Um portão trancado, diante do qual estamos martelando, gritando para que nos deixem entrar. A intervalos de alguns dias, abre-se uma fenda e um guarda deixa um de nós entrar. O escolhido é despido de tudo o que possui, até das roupas. Torna-se um servo, aprende a fazer reverência, a falar em voz baixa. Eles selecionam para criados os que consideram mais dóceis, mais fáceis de domar. Aos mais fortes, barram a entrada.

"Tema: disseminação do espírito entre os servos. Primeiro murmúrios, depois raiva, rebelião, e finalmente as mãos dadas, fazendo um juramento de vingança. Termina com um velho e fiel arrendatário, de cabelos brancos, que chega com um candelabro para 'fazer sua parte', como ele diz, e ateia fogo às cortinas."

Uma ideia para uma fábula, uma alegoria, não para um conto. Não tem vida própria, não tem centro. Nem espírito.

6 de julho de 1869: "No correio, dez rublos da Snitkina, pelo meu dia onomástico (atrasado), com ordens para não mencionar ao Mestre".

"A Snitkina": Anya, sua esposa. "O Mestre": ele mesmo. É isso o que Maximov quis dizer quando o advertiu sobre trechos dolorosos? Nesse caso, Maximov devia saber que isto é uma flecha de pigmeu. Ele é capaz de suportar mais, muito mais.

Folheia para trás, até os primeiros dias.

26 de março de 1867: "Encontrei por acaso F. M. na rua ontem à noite. Ele estava furtivo (estivera com uma puta?), então tive de me fingir mais bêbado do que realmente estava. Ele 'guiou meus passos para casa' (adora bancar o pai que perdoa o filho pródigo), deitou-me no sofá como um cadáver, enquanto ele e Snitkina tiveram uma longa briga sussurrada. Eu tinha perdido os sapatos (talvez os tenha dado a alguém). Terminou com F. M. em mangas de camisa tentando lavar meus pés. Mui-

to embaraçoso. Esta manhã eu disse à S. que preciso ter meu próprio quarto; ela não poderia torcer-lhe o braço, usar seus truques? Mas tem medo demais dele."

Doloroso? Sim, realmente doloroso: ele admitiria para Maximov. Mas se alguma coisa poderá persuadi-lo a parar de ler, não será a dor, e sim o medo. Medo, por exemplo, de que sua confiança na esposa seja solapada. Medo, também, de sua confiança em Pável.

A quem se destinavam essas páginas provocativas? Pável as teria escrito para que seu pai as visse, e depois morreu para deixar suas acusações sem resposta? É claro que não: que loucura pensar isso! Mais parecia uma mulher escrevendo para um amante, com a figura familiar e fantasmagórica do marido lendo sobre seu ombro. Todas as palavras de duplo sentido: para ele, paixão e a promessa de rendição; para o outro, um pretexto, uma censura. Um texto partido, de um coração partido. Teria Maximov apreciado?

2 de julho de 1867, três meses depois: "Libertação do servo? Finalmente livre! Despedi-me de F. M. e da noiva na estação. Imediatamente depois saí desse *insuportável* alojamento em que ele me pôs (xícara *pessoal*, argola de guardanapo *pessoal*, e toque de recolher às 10:30). V. G. prometeu que posso ficar com ele até encontrar outro lugar. Devo convencer o velho Maykov a me dar o dinheiro para pagar diretamente meu aluguel".

Ele vira as páginas para diante e para trás, distraído. Perdão: não haverá uma palavra de perdão, por mais oblíqua, por mais disfarçada? Impossível continuar vivendo com uma criança dentro de si cuja última palavra não é de perdão.

Dentro do caixão de chumbo, um caixão de prata. Dentro do caixão de prata, um caixão de ouro. Dentro do caixão de ouro, o corpo de um rapaz vestido de branco, com as mãos cruzadas sobre o peito. Entre os dedos, um telegrama. Ele espia o telegrama até que seus olhos perdem o foco, procurando a palavra de perdão que não está lá. O telegrama é escrito em hebraico, em siríaco, em símbolos que ele nunca viu.

Batem à porta. É Anna Serguêievna, em roupas de sair. "Preciso lhe agradecer por ter cuidado de Matryona. Ela deu trabalho?"

Ele leva um momento para se recompor, para se lembrar de que ela nada sabe sobre as funções abomináveis que Nietcháiev conferiu à menina.

"Não, nenhum trabalho. Como a encontrou?"

"Está dormindo, não quero acordá-la."

Ela percebe os papéis espalhados sobre a cama.

"Vejo que afinal está lendo os papéis de Pável. Não quero interromper."

"Não, não vá ainda. Não é uma tarefa agradável."

"Fiódor Mikhailovitch, deixe-me suplicar-lhe mais uma vez que não leia coisas que não se destinam aos seus olhos. Só poderá magoar-se."

"Gostaria de poder seguir seu conselho. Infelizmente não é por isso que estou aqui, para me esquivar da mágoa. Estive folheando o diário de Pável, e encontrei um incidente de que me lembro muito bem, do ano retrasado. É esclarecedor vê-lo agora pelos olhos de outra pessoa. Pável chegou em casa no meio da noite, incapacitado, estivera bebendo. Tive de despi-lo, e fiquei espantado com algo que nunca havia notado: como as unhas de seus artelhos eram pequenas, como se não tivessem crescido desde que ele era criança. Pés largos e carnudos, de seu pai, suponho, com unhas minúsculas. Ele havia perdido os sapatos, ou os dera; seus pés pareciam blocos de gelo."

Pável vagando pelas ruas frias depois da meia-noite, de meias. Um anjo perdido, um anjo imperfeito, um dos rejeitados por Deus. Seus pés, os pés de um andarilho, um ambulante sobre nossa grande mãe; de um camponês, não de um bailarino.

Depois no sofá, agitando a cabeça, vômito nas roupas.

"Dei-lhe um velho par de botas, e o vi sair de manhã, cabisbaixo, com as botas na mão. E foi tudo, pensei. Que idade estranha, porém, dezoito, dezenove anos, estranha para todos, quando já estão crescidos mas ainda não podem deixar o ninho. Emplumados, mas incapazes de voar. Sempre comendo, sempre famintos. Lembram-me os pelicanos: criaturas desengonçadas, os pássaros mais desajeitados, até que abrem as grandes asas e se erguem do chão.

"Infelizmente não é assim que Pável se lembrava daquela noite. Em seu relato não há nada sobre pássaros e anjos. Tampouco sobre os cuidados paternos, o amor paterno."

"Fiódor Mikhailovitch, de nada serve dilacerar-se dessa maneira. Se não está disposto a queimar esses papéis, pelo menos tranque-os por algum tempo e reveja-os quando tiver feito as pazes com Pável. Ouça-me e faça o que lhe digo, para seu próprio bem."

"Obrigado, minha querida Anna. Ouvi suas palavras, elas foram direto ao meu coração. Mas quando falo em poupar-me da mágoa, quando falo do motivo de estar aqui, não falo deste apartamento ou de Petersburgo. Falo que não estou aqui na Rússia nesta época para viver uma vida livre de dor. Sou obrigado a viver, como posso chamá-la?, uma vida russa: uma vida dentro da Rússia, ou com a Rússia dentro de mim, seja qual for o significado de Rússia. Não é um destino de que possa me esquivar.

"O que não significa que atribua a isso grande importância. Não é uma vida que aceite grande escrutínio. Na verdade, não é tanto uma vida, como um preço ou uma moeda. É algo com que pago para poder escrever. É isso que Pável não compreendeu: que eu também pago."

Ela franze a testa. Agora ele percebe de onde Matryona tirou o maneirismo. Pouca paciência com o dilaceramento de entranhas. Bem, que se lhe faça honra! Há demasiado dilaceramento de entranhas na Rússia.

Não obstante, *eu também pago*: ele o repetiria se ela tolerasse escutá-lo. Ele repetiria e diria mais. Pago e vendo: essa é a minha vida. Vendo minha vida, vendo a vida dos que me cercam. A finlandesa tinha razão, afinal: um Judas, não um Jesus. Vendo você, vendo sua filha, vendo todos os que amo. Vendi Pável vivo e agora venderei Pável dentro de mim, se puder encontrar um meio. Espero também encontrar um meio de vender Serguei Nietcháiev.

Uma vida desonrada; traição sem limites; confissões sem fim.

Ela interrompe seu pensamento. "Ainda pensa em ir embora?"

"Sim, é claro."

"Pergunto porque me consultaram sobre o quarto. Para onde irá?"

"Em primeiro lugar vou procurar Maykov."

"Pensei que havia dito que não podia procurá-lo."

"Ele me emprestará dinheiro, tenho certeza. Vou lhe dizer que preciso voltar a Dresden. Então encontrarei outro lugar para ficar."

"E por que não volta para Dresden? Não resolveria todos os problemas?"

"A polícia ainda retém meu passaporte. Há outras considerações, também."

"Porque com certeza você fez tudo o que podia, certamente está perdendo tempo em Petersburgo."

Ela não escutou o que ele disse? Ou está tentando provocá-lo? Ele se levanta, junta os papéis e vira-se para ela. "Não, minha querida Anna, não estou perdendo tempo algum. Tenho todos os motivos para continuar aqui. Ninguém no mundo tem mais motivos. Tenho certeza de que sabe disso, em seu coração."

Ela balança a cabeça. "Não sei", murmura, mas com a voz de alguém disposto a ser desmentido.

"Houve um tempo em que eu tinha certeza de que você me conduziria até Pável. Imaginei-nos num barco, você na proa pilotando através da neblina. A imagem era tão vívida quanto a própria vida. Depositei toda a minha confiança em você."

Ela volta a balançar a cabeça.

"Posso ter-me enganado nos detalhes, mas a sensação não estava errada. Desde o princípio tive uma sensação sobre você."

Se ela pretendia detê-lo, teria de ser agora. Mas não o faz. Parece beber suas palavras como uma planta bebendo água. E por que não?

"Dificultamos as coisas para nós mesmos, correndo para... onde corremos", ele continua.

"Também tive culpa", ela diz. "Mas não quero falar sobre isso agora."

"Nem eu. Deixe-me apenas dizer que na última semana percebi o quanto significa a fidelidade para nós dois. Tivemos de recuperar nossa fidelidade. Estou certo, não estou?"

Ele a examina atentamente; mas ela espera que ele diga mais, espera para ter certeza de que ele sabe o que significa fidelidade.

"Quero dizer, de sua parte, fidelidade à sua filha. E da minha, fidelidade ao meu filho. Não podemos amar enquanto não tivermos a bênção deles. Estou certo?"

Embora ele saiba que Anna concorda, ela nada diz. Ele pressiona contra a suave resistência. "Gostaria de ter um filho com você."

Ela enrubesce. "Que absurdo! Você já tem esposa e filho!"

"São de uma família diferente. Você é da família de Pável, você e Matryona, vocês duas. Eu também sou da família de Pável."

"Não sei o que quer dizer com isso."

"No seu coração você sabe."

"Não sei, juro! O que está propondo? Que eu crie uma criança cujo pai vive no estrangeiro e me manda uma mesada pelo correio? Ridículo!"

"Por que não? Você cuidou de Pável."

"Pável era um inquilino, não um filho!"

"Não precisa decidir isso imediatamente."

"Mas *decidirei* agora mesmo! Não! É esta minha decisão."

"E se já estiver grávida?"

Ela estremece. "Não é da sua conta!"

"E se eu não voltar para Dresden? Se eu ficar aqui e mandar a mesada para Dresden?"

"Aqui? No meu quarto vago? Em Petersburgo? Pensei que o motivo pelo qual não pode ficar em Petersburgo é que será atirado na prisão por seus credores."

"Posso liquidar minhas dívidas. Preciso de um único sucesso."

Ela ri. Pode estar nervosa, mas não está ofendida. Ele pode lhe dizer qualquer coisa. Que contraste com Anya! Com Anya haveria lágrimas, bater de portas; seria preciso uma semana de súplicas para fazê-la recuperar o humor.

"Fiódor Mikhailovitch", ela diz, "você vai acordar amanhã e não se lembrará de nada disso. Eu fui apenas uma ideia que brotou em sua cabeça. Você não pensou bem nisso."

"Tem razão. Foi assim que me surgiu. É por isso que confio nela."

Ela não se entrega em seus braços, mas tampouco o repele. "Bigamia!", ela diz suavemente, com desprezo, e novamente treme de rir. Então, num tom mais decidido: "Gostaria que eu o procurasse esta noite?".

"Não há nada no mundo que eu queira mais."

"Veremos."

À meia-noite ela retorna. "Não posso ficar", diz; mas no mesmo movimento ele fecha a porta atrás dela.

Fazem amor como se estivessem condenados à morte, absortos, empenhados. Há momentos em que ele não sabe quem é quem, qual é o homem, qual a mulher; são como esqueletos, uma montagem de ossos e ligamentos pressionados um contra o outro, boca na boca, olho no olho, costelas entrelaçadas, os ossos das pernas trançados.

Depois ela se encosta nele, na cama estreita, a cabeça em seu peito, uma perna passada sobre a dele. Sua cabeça gira delicadamente. "Então isso foi para provocar o nascimento do salvador?", ela murmura. E, como ele não entende: "Um verdadeiro rio de sementes. Você deve ter querido se certificar. A cama ficou empapada".

A blasfêmia lhe desperta interesse. A cada momento descobre nela algo novo e surpreendente. Inconcebível, se deixar Petersburgo, que não volte. Inconcebível não tornar a vê-la.

"Por que você diz salvador?"

"Não é a isso que ele se destina: salvar você, salvar a nós dois?"

"Por que tanta certeza de que é *ele*?"

"Ah, uma mulher sabe."

"Que pensaria Matryosha?"

"Matryosha? Um irmãozinho? Não há nada que ela queira mais. Poderia ser a mãe dele com a maior felicidade."

Aparentemente sua pergunta é sobre Matryosha; mas é apenas uma forma disfarçada de outra pergunta, que ele não faz porque já conhece a resposta. Pável não aprovaria um irmão. Pável o apanharia pelo pé e arrebentaria seu cérebro na parede. Para Pável, nada de salvador, mas um fingidor, um usurpador, um demoniozinho mentiroso com carnes roliças de bebê. E quem poderia jurar que ele estava errado?

"A mulher sempre sabe?"

"Você quer dizer se eu sei que estou grávida? Não se preocupe, não vai acontecer." E então: "Vou dormir se continuar aqui". Ela ergue as cobertas e se arrasta por cima dele. Encontra suas roupas ao luar e começa a se vestir.

Ele sente uma espécie de dor. Memórias de velhos sentimentos se agitam; o rapaz que há nele ainda não morreu, e tenta se fazer ouvir, o cadáver nele ainda não foi enterrado. Está a centímetros de uma paixão da qual nenhuma reserva de prudência o salvará. Novamente a doença, ou uma versão dela.

O impulso é forte, mas passa. Forte, mas não o suficiente. Nunca mais tão forte, a menos que encontre apoio em algum lugar.

"Venha cá um pouco", ele sussurra.

Ela se senta na cama; ele pega sua mão.

"Posso dar uma sugestão? Não acho boa ideia que Matryosha se envolva com Serguei Nietcháiev e seus amigos."

Ela retira a mão. "É claro que não. Mas por que diz isso agora?" Sua voz é fria e desanimada.

"Porque acho que ela não deve ser deixada só quando ele puder vir aqui."

"Que está propondo?"

"Ela não pode passar os dias embaixo, com Amalia Karlovna, até você chegar em casa?"

"É demasiado pedir isso a uma velha, que cuide de uma criança doente. Especialmente porque ela e Matryosha não se dão bem. Por que não seria suficiente dizer a Matryosha para não abrir a porta a estranhos?"

"Porque você não conhece a extensão do poder de Nietcháiev sobre ela."

Ela se levanta. "Não estou gostando disso", diz. "Não vejo por que devemos discutir sobre minha filha no meio da noite."

O clima entre eles fica subitamente tão gelado como sempre foi.

"Não posso sequer mencionar seu nome sem que você fique tão irritada?", ele pergunta, desesperado. "Acha que eu mencionaria o assunto se não estivesse pensando apenas no bem dela?"

Ela não responde. A porta se abre e se fecha.

19. Os incêndios

O mergulho da intimidade renovada para o estranhamento renovado o deixa atônito e melancólico. Oscila entre o desejo de fazer as pazes com aquela mulher difícil e melindrosa e a necessidade exasperadora de lavar as mãos não apenas de um caso que não compensa, como de uma cidade de luto e intriga, com a qual não sente mais uma conexão viva.

Ele tropeça. *Pável!*, sussurra, tentando se recobrar. Mas Pável soltou sua mão, Pável não o salvará.

Durante toda a manhã ele se tranca, sentado com os braços ao redor dos joelhos, a cabeça baixa. Não está sozinho. Mas a presença que sente no quarto não é a do filho. É a de mil pequenos demônios, enxameando o ar como gafanhotos que escaparam de um vidro.

Quando finalmente ele se levanta, é para apanhar os dois retratos de Pável, o daguerreótipo que trouxe de Dresden e o desenho que Matryona fez; embrulha-os face a face e põe na mala.

Sai para fazer seu relatório diário à polícia. Quando volta, Anna Serguêievna já chegou, bem mais cedo que de costume, e está agitada. "Tivemos de fechar a loja", conta. "Houve batalhas o dia todo entre os estudantes e a polícia. No bairro de Petrogradskaya principalmente, mas também deste lado do rio. Todo o comércio fechou, é perigoso ficar nas ruas. O sobrinho de Yakovlev estava voltando do mercado com a carroça e alguém lhe atirou uma pedra, sem nenhum motivo. Atingiu-o no pulso e ele sente muita dor, não consegue mover os dedos, acha que quebrou um osso. Disse que os trabalhadores já estão aderindo. E os estudantes estão novamente provocando incêndios."

"Podemos ver?", Matryona diz da cama.

"É claro que não! É perigoso. Além disso, o vento está terrivelmente frio."

Ela não demonstra lembrar-se do que aconteceu na noite anterior.

Ele sai novamente e para numa casa de chá. Nos jornais não há nada sobre combates nas ruas. Mas há uma declaração de que, por causa da "indisciplina generalizada entre o corpo discente", a universidade será fechada até segunda ordem.

Passa das quatro horas. Apesar do vento gélido, ele caminha para leste acompanhando o rio. Todas as pontes estão bloqueadas; guardas de uniforme azul-claro e capacete emplumado estão de prontidão, com as baionetas caladas. Na margem oposta, incêndios brilham ao crepúsculo.

Ele segue o rio até avistar os primeiros armazéns saqueados e incendiados. Começou a nevar; os flocos de neve se transformam em nada no instante em que tocam as vigas de madeira fumegantes.

Ele não esperava que Anna Serguêievna o procurasse de novo. Mas ela o faz, e tão sem explicação quanto antes. Como Matryona está no quarto ao lado, sua maneira de amar o surpreende pela ousadia. Seus gritos e gemidos são apenas semiabafados; não são e nunca foram sons de prazer animal, ele começa a perceber, mas um meio que ela utiliza para provocar em si mesma o transe erótico.

No início sua intensidade se transfere para ele. Há um longo momento em que novamente perde toda a noção de quem é ele, quem é ela. Ao seu redor há uma esfera incandescente de prazer; dentro da esfera, ambos flutuam como gêmeos, girando lentamente.

Ele nunca conheceu uma mulher que se entregasse tanto ao erotismo. Mas quando ela atinge o pico da trepidação, ele começa a se distanciar. Algo nela parece estar mudando. As sensações que em sua primeira noite juntos ocorriam no âmago do corpo dela agora parecem migrar para a superfície. Na verdade, está ficando "elétrica" à maneira de tantas outras mulheres que ele conheceu.

Ela insiste que a vela na mesa de cabeceira permaneça acesa. Ao aproximar-se do clímax, seus olhos escuros buscam o rosto dele com intensidade crescente, mesmo quando suas pálpebras tremem e ela começa a se debater.

A certa altura, murmura uma palavra que ele entende pela metade. "O quê?", pergunta. Mas ela apenas joga a cabeça de um lado para outro e range os dentes.

Compreensão incompleta. Mas mesmo assim ele sabe o que é: *demônio*. É uma palavra que ele próprio usa, embora não acredite que seja no mesmo sentido que ela. *O demônio*, no instante em que se instala o clímax, quando a alma é espremida do corpo e inicia sua espiral descendente para o olvido. E, atirando a cabeça de um lado para outro, travando as mandíbulas, rosnando, não é difícil perceber que ela também está possuída pelo demônio.

Pela segunda vez, e ainda com mais ferocidade, ela se atira

à cópula com ele. Mas o poço está seco, e logo ambos o percebem. "Não consigo!", ela soluça, e fica imóvel. Com as mãos erguidas e de palmas abertas, ela se deita em rendição. "Não posso mais!" Lágrimas começam a rolar por seu rosto.

A vela arde com força. Ele toma o corpo exausto em seus braços. As lágrimas continuam a verter, e ela nada faz para contê-las.

"O que há de errado?"

"Não tenho forças para continuar. Fiz tudo o que posso. Estou exausta. Por favor, deixe-nos a sós agora."

"Nós?"

"Sim, nós duas. Estamos sufocando sob seu peso. Não conseguimos respirar."

"Devia ter dito isso antes. Entendi as coisas de modo muito diferente."

"Não o estou acusando. Tentei carregar tudo sozinha, mas não posso mais. Estive de pé o dia todo, não dormi ontem à noite, estou exausta."

"Acha que eu a estava usando?"

"Não dessa maneira. Mas você me usa como caminho para minha filha."

"Para Matryona?! Que absurdo! Não pode estar falando sério!"

"É a verdade, e evidente para quem quiser ver!" Ela se senta na cama, cruza os braços sobre os seios nus e balança o corpo para a frente e para trás. "Você está dominado por algo muito além de mim. Você parece estar aqui, mas não está realmente. Eu estava disposta a ajudá-lo por causa de..." Ela baixa os ombros, desalentada. "Mas agora não posso mais."

"Por causa de Pável?"

"Sim, por causa de Pável, por causa do que você disse. Estava disposta a tentar. Mas agora está me custando demais. Está me exaurindo. Eu jamais teria ido tão longe se não temesse que você use Matryona da mesma maneira."

Ele põe a mão sobre seus lábios. "Fale baixo. É uma acusação terrível. O que ela lhe disse? Eu não encostaria um dedo nela, juro!"

"Jura por quem? Pelo quê? Em que você acredita pelo qual possa jurar? De todo modo, não tem nada a ver com encostar dedos, como você bem sabe. E não me mande falar baixo." Ela atira de lado a roupa de cama e procura sua camisola. "Preciso ficar sozinha, ou poderei enlouquecer."

Uma hora depois, quando ele está adormecendo, ela retorna a sua cama, febril, agarrando-se a ele, enlaçando-o com as pernas. "Não faça caso do que eu disse antes", diz. "Há ocasiões em que não sou eu mesma, você precisa se acostumar com isso."

Ele desperta mais uma vez durante a noite. Embora as cortinas estejam abaixadas, o quarto está claro como se estivesse sob a lua cheia. Ele se levanta e olha pela janela. Chamas erguem-se para o céu noturno a aproximadamente um quilômetro dali. Do outro lado do rio o incêndio é tão selvagem que ele pode sentir seu calor.

Volta para a cama e para Anna. É assim que os dois estão quando Matryona os encontra de manhã: sua mãe, de cabelos desfeitos, dorme profundamente na curva do braço dele, e ressona; e ele, no próprio ato de abrir os olhos e ver a menina, muito séria, parada na porta.

Uma aparição que bem poderia ser um sonho, mas ele sabe que não é. Ela vê tudo, sabe tudo.

20. Stavrogin

Uma nuvem de fumaça paira sobre a cidade. Cinzas caem do céu; em alguns lugares a neve está parda.

Ele passa a manhã toda sentado no quarto. Agora sabe por que tem de voltar à ilha Yelagin. É porque teme ver a terra removida, o túmulo bocejando, o corpo desaparecido. Um cadáver enterrado inadequadamente; agora enterrado dentro dele, em seu peito, não mais chorando, mas sibilando loucamente, sussurrando para que ele caia.

Ele está doente e sabe o nome da doença. Nietcháiev, a voz dos tempos, clama por vingança, mas uma palavra mais verdadeira, menos pomposa, seria *ressentimento*.

Tem uma opção diante de si. Pode gritar no meio da queda vergonhosa, bater os braços como se fossem asas, chamar por Deus ou sua esposa para salvá-lo. Ou pode entregar-se, recusar o clorofórmio do terror ou a inconsciência, e em vez disso observar e escutar o momento que pode ou não chegar — não está em seu poder forçá-lo —, quando de um corpo mergulhando na escuridão ele se transformará num corpo em cujo centro ocorre um mergulho na escuridão, um corpo que contém sua própria queda e sua própria escuridão.

Se há alguém destinado a viver a loucura de nosso tempo, ele disse a Anna Serguêievna, é ele. Não a emergir da queda sem arranhões, mas a conquistar o que seu filho não conseguiu: lutar contra a escuridão ciciante, absorvê-la, torná-la seu meio; transformar a queda em voo, mesmo que seja um voo lento, antigo e desajeitado como o de uma tartaruga. Viver onde Pável morreu. Viver na Rússia e ouvir as vozes da Rússia murmurando dentro de si. Encerrar tudo em si; a Rússia, Pável, a morte.

Foi isso que ele disse. Mas era verdade, ou apenas fanfarronice? A resposta não importa, desde que ele não recue. Tampouco importa que fale por imagens, fazendo de sua própria enfermidade sórdida e desprezível a emblemática doença da época. A loucura está nele e ele está na loucura; eles se pensam reciprocamente; o nome pelo qual se chamam, seja loucura ou epilepsia, vingança ou espírito da época, não tem consequências. Isto não é uma hospedaria de loucura, na qual ele vive, nem Petersburgo é uma cidade de loucura. Ele é o louco; e quem admite que ele é louco também o é. Nada que ele diz é verdade, nada é mentira, em nada se deve confiar, nada se deve descartar. Não há nada a que se agarrar, nada a fazer senão cair.

Ele desembala o material de escrever e prepara-se. Não se trata mais de escutar a criança perdida que chama da torrente escura, não se trata mais de ser fiel a Pável quando todos o abandonaram. Nada tem a ver com fidelidade. Pelo contrário, é uma questão de traição — traição do amor em primeiro lugar, e depois de Pável, da mãe e do filho e de todos os demais. *Perversão*: tudo e todos serão usados de outra forma, serão atados a ele e cairão com ele.

Ele se lembra do assistente de Maximov e da pergunta que fez: "Que espécie de livros o senhor escreve?". Sabe agora a resposta que devia ter dado: "Escrevo perversões da verdade. Escolho o caminho tortuoso e levo crianças para lugares escuros. Sigo a dança da pena".

No espelho da cômoda ele percebe um relance de si mesmo debruçado sobre a mesa. À luz cinzenta, sem óculos, poderia ser confundido com um estranho; a barba escura poderia ser um véu ou um manto de abelhas.

Ele desloca a cadeira para não ver o espelho. Mas persiste a sensação de que há outra pessoa no quarto: se não de uma pessoa completa, a de uma figura toscamente desenhada, ou um espantalho vestido num antigo terno, com um saco estufado no lugar da cabeça e um lenço traçando a boca.

Ele se distrai, e irrita-se consigo mesmo por se distrair. O próprio espírito da irritação mantém o espantalho persistentemente vivo; sua muda indiferença à irritação duplica sua irritação.

Ele anda de um lado para outro, muda a mesa de posição pela segunda vez. Inclina-se para o espelho, examina seu rosto, examina os poros da pele. Não consegue escrever, não consegue pensar.

Não consegue pensar, *e então*? Não esqueceu o ladrão da noite. Se puder ser salvo, será pelo ladrão da noite, para o qual deve estar incessantemente em guarda. Mas o ladrão não virá até que o dono da casa o esqueça e durma. O dono da casa não pode vigiar e estar desperto incessantemente, do contrário a parábola não se cumprirá. O dono da casa precisa dormir; e, se precisa dormir, como pode Deus condenar seu sono? Deus precisa salvá-lo, Deus não tem outra saída. No entanto, encerrar Deus nessa teia de raciocínio é uma provocação e uma blasfêmia.

Ele está no velho labirinto. É a história de seu vício pelo jogo em novo disfarce. Ele joga porque Deus não fala. Joga para fazer Deus falar. Mas fazer Deus falar quando se vira a carta é blasfêmia. Deus só fala quando está em silêncio. Quando Deus parece falar, não fala.

Passa horas sentado à mesa. A pena não se move. De vez em quando retorna a figura desenhada, o velho encarquilhado, travesti de si próprio. Ele está bloqueado, está na prisão.

Portanto? Portanto o quê?

Fecha os olhos, obriga-se a confrontar a figura, torna a imagem mais nítida. Sobre o rosto ainda há um véu, que ele parece incapaz de remover. Somente a própria figura pode fazê-lo; e não o fará enquanto não lhe pedirem. Para pedir ele precisa saber seu nome. Qual é o nome? Ivanov? Seria Ivanov que voltou, Ivanov o obscuro, o esquecido? Qual era o verdadeiro nome de Ivanov? Ou será Pável? Quem era o inquilino que morou no quarto antes dele? Quem foi P. A. I., o dono da mala? O "P" representa Pável? Pável era o verdadeiro nome de Pável? Se Pável for chamado por um nome falso, virá?

Antes era Pável, o perdido. Agora é ele mesmo quem está perdido, tão perdido que nem sabe como pedir ajuda.

Se deixar cair a pena, a figura do outro lado da mesa a pegaria e escreveria?

Ele pensa no que Anna Serguêievna disse: *Você está de luto por si mesmo.*

As lágrimas que escorrem por seu rosto são de uma clareza perfeita, de sabor quase insosso. Se está ocorrendo uma purga, o que está sendo purgado é estranhamente puro.

Afinal, não lhe será dado trazer o menino morto de volta à vida. Afinal, se quiser encontrá-lo, terá de ser na morte.

Lá está a mala. Lá está o terno branco. Em algum lugar ainda existe o terno branco. Haverá uma forma, a começar pelos pés, de construir o corpo dentro do terno até que finalmente se revele o rosto, mesmo que seja a face de boi de Baal?

A cabeça da figura do outro lado da mesa é ligeiramente

grande, maior do que deveria ser uma cabeça humana. Na verdade, em toda a proporção da figura há algo sutilmente errado, algo excessivo.

Ele se pergunta se não estará afetado pela febre. Pena que não possa chamar Matryona, do outro lado da porta, para que sinta a sua fronte.

Da figura ele nada percebe, absolutamente nada. Ou melhor, sente ao redor dela um campo de indiferença de uma força tremenda, como um manto de escuridão. Será por isso que não encontra o nome — não porque o nome esteja escondido, mas porque a figura é indiferente a qualquer nome, a qualquer palavra, a qualquer coisa que possa ser dita sobre ela?

A força é tão grande que ele a sente pressioná-lo, em ondas silenciosas e sucessivas.

O terceiro teste. Suas palavras para Anna Serguêievna: "Fui enviado para viver uma vida russa". É assim que a Rússia se manifesta — nessa força, nessa escuridão, nessa indiferença aos nomes?

Ou o nome que lhe parece escuro seria o do outro menino, o que ele repudia: Nietcháiev? Será isso que ele deve aprender: que aos olhos de Deus não há diferença entre os dois, Pável Isaev e Serguei Nietcháiev, aves do mesmo peso? Terá de desistir de sua última fé na inocência de Pável e reconhecê-lo verdadeiramente como camarada e seguidor de Nietcháiev; um jovem inquieto que reagiu sem reservas a tudo o que Nietcháiev ordenou: não apenas à aventura conspiratória, mas também ao êxtase de tratar com a morte? Como Nietcháiev odeia os pais e os guerreia implacavelmente, então Pável deve ter permissão para segui-lo?

Ao fazer-se a pergunta, ao conceder a Pável o primeiro gosto de ódio e sede de sangue, ele também sente algo agitar-se em si: o início de uma fúria que reage a Pável, reage a Nietcháiev, reage a todos eles. Pais e filhos: adversários; adversários na morte.

Continua paralisado. Ou Pável permanece nele, uma criança emparedada na cripta de sua dor, chorando sem cessar, ou ele deixa Pável livre em toda a sua ira contra a dominação dos pais. Liberta também sua própria ira, como um gênio da garrafa, contra a irreverência e a ingratidão dos filhos.

Isso é tudo o que ele consegue ver: uma opção que não é opção. Não consegue pensar, não consegue escrever, não consegue chorar, exceto por e para si mesmo. Até que Pável, o verdadeiro Pável, o visite sem ser invocado e por vontade própria, ele é um prisioneiro em seu próprio peito. E não há certeza de que Pável já não tenha vindo à noite, já não tenha falado.

A Pável é dado falar apenas uma vez. Contudo, ele não pode aceitar não ser perdoado por ter estado surdo ou adormecido ou estupidificado quando a palavra foi pronunciada. O que tenta escutar, portanto, é a segunda palavra de Pável. Acredita piamente que não merece uma segunda palavra, que não haverá uma segunda palavra. Mas acredita piamente que virá uma segunda palavra.

Sabe que está correndo o risco de apostar na segunda chance. Assim que fizer sua aposta, terá perdido. Deve fazer o que não pode: resignar-se ao que virá, fala ou silêncio.

Ele teme que Pável já tenha falado. Acredita que Pável falará. Ambos. Giz e queijo.

Esse é o espírito em que se encontra à mesa de Pável, os olhos fixos no fantasma à sua frente, cuja atenção não é menos implacável que a sua própria, que lhe foi dado trazer à vida.

Não é Nietcháiev — ele sabe disso agora. É maior que Nietcháiev. Nem Pável. Talvez seja Pável como poderia ter sido um dia, um adulto feito, além da infância, tornando-se o tipo de homem bonito, de rosto frio, que nenhum amor consegue tocar, nem mesmo a adoração de uma menina-criança *que faria qualquer coisa por ele*.

É uma versão que o perturba. Não é a verdade, ou ainda não é a verdade. Mas diante da visão de Pável crescido além da infância e além do amor — crescido não de um modo humano, mas à maneira de um inseto que muda completamente de forma a cada estágio de sua evolução — ele sente um calafrio se aproximar. Confrontá-lo é como mergulhar nas águas do Nilo e ficar cara a cara com algo enorme, frio e cinzento que pode um dia ter nascido de uma mulher, mas que com o passar das eras transformou-se em pedra, algo que não pertence a este mundo, que iludirá e superará todos os poderes de sua imaginação.

Cristo no Calvário também o supera. Mas a figura diante dele não é a de Cristo. Nela ele não detecta amor, apenas a fria e maciça indiferença da pedra.

Essa presença, tão cinzenta e sem feições — é disso que ele deve ser pai, dar sangue, carne e vida? Ou estará enganado, enganou-se desde o início? Terá ele, pelo contrário, de deixar de lado tudo o que é, tudo o que se tornou, até suas próprias feições, e tornar-se novamente um bebê? Seria essa coisa diante dele a que gera, e terá de entregar-se a ela para ser gerado?

Se for isso que tem de ser, se essa for a verdade e o meio para a ressurreição, ele o fará. Deixará tudo de lado. Seguindo essa sombra, irá nu como um bebê para as mandíbulas do inferno.

Surge-lhe uma imagem da qual tem se esquivado no último mês: Pável no necrotério, nu, despedaçado e sangrento; a semente em seu corpo também morta, ou agonizante.

Nada mais é particular. Tão fixamente quanto consegue, olha as partes do corpo sem as quais não pode haver paternidade. E sua mente volta ao museu de Berlim, à deusa demoníaca que extrai a semente do cadáver, salvando-o.

Assim, finalmente chega a hora, e a mão que segura a pena começa a mover-se. Mas as palavras que desenha não são palavras de salvação. Falam de moscas, ou de uma única mosca negra, zumbindo contra uma vidraça fechada. Alto verão em Petersburgo, quente e úmido; da rua abaixo sobem ruídos, música. No quarto, uma criança de olhos castanhos e cabelo claro e liso deita-se nua ao lado de um homem, seus pés delicados mal alcançando os tornozelos dele, o rosto apertado contra a curva de seu ombro, onde ela se aninha como um bebê.

Quem é o homem? O corpo tem formas perfeitas como as de um deus. Mas emite uma frieza tão marmórea que é impossível uma criança em seu abraço não se enregelar até os ossos. Quanto ao rosto, não será visto.

Ele se senta com a pena na mão, evitando uma descida a representações que não ocorrem no mundo, prestes a tombar, encerrado num momento em que toda a criação se revela, abrindo-se a seus pés um momento antes de ele perder o controle e começar a cair.

É um momento do qual começa a se tornar um especialista, um voluptuoso. Pelo qual será condenado.

Levanta-se inquieto. Retira da mala o diário de Pável e abre na primeira página vazia, a página que a criança não escreveu porque então já estava morta. Nessa página ele começa, pela segunda vez, a escrever.

Em seu texto, está no mesmo quarto, sentado à mesa do mesmo modo como está agora. Mas o quarto é de Pável, e somente dele. E ele não é mais ele mesmo, nem um homem no quadragésimo nono ano de sua vida. Pelo contrário, é novamente jovem, tem toda a força arrogante da juventude. Veste um terno branco perfeitamente cortado. De certa forma, também é Pável Isaev, embora Pável Isaev não seja o nome que dará a si mesmo.

No sangue desse jovem, dessa versão de Pável, há uma sensação de triunfo. Ele atravessou os portões da morte e retornou; nada mais poderá afetá-lo. Não é um deus, mas também não é mais humano. Está de certa maneira além do humano, além do homem. Não há nada de que não seja capaz.

Por meio desse rapaz, o prédio, com seus corredores malcheirosos e cantos escuros, começa a se escrever, aquele prédio em Petersburgo, Rússia.

Ele encabeça a página com maiúsculas bem-feitas: "O APARTAMENTO", e escreve:

> Ele dorme até tarde, e raramente acorda antes do meio-dia, quando o apartamento está tão quente que os lençóis ficam ensopados com seu suor. Então ele cambaleia até o pequeno lavabo no corredor e borrifa água no rosto, escova os dentes com o dedo e volta tropeçando ao apartamento. Ali, barbado, os cabelos desfeitos, come o desjejum que a senhoria lhe preparou (a manteiga já derreteu, natas boiam no leite); depois barbeia-se e veste a cueca de ontem, a camisa de ontem e o terno branco (as pregas da calça afiadas como faca, pois ficaram apertadas sob o colchão a noite toda), umedece o cabelo e o penteia; então, pronto para o dia, perde o interesse, perde a força motriz: senta-se novamente à mesa, ainda cheia de coisas do desjejum, e mergulha em divagações, ou se reclina, esgravatando as unhas com uma faca, esperando que algo aconteça, que a menina volte da escola.
>
> Ou então vaga pelo apartamento, abrindo gavetas, remexendo as coisas.
>
> Encontra um armário com fotos da senhoria e seu marido morto. Cospe no vidro e o lustra com o lenço. O casal reluzente se entreolha na minúscula prisão.
>
> Enterra o rosto nas roupas íntimas dela, que cheiram suavemente a lavanda.
>
> Está matriculado na universidade, mas não frequenta as palestras. Ingressa num *kruzhok*, um círculo cujos membros experimentam o amor livre. Certa tarde traz ao quarto uma garota.

Pensa que precisa trancar a porta, mas não o faz. Ele e a garota fazem amor e depois adormecem.

Um ruído o desperta. Ele sabe que estão sendo observados.

Toca a garota e ela acorda. Os dois estão nus, lindos, em plena juventude. Fazem amor pela segunda vez. O tempo todo ele tem consciência de que a porta se abriu numa fresta e a criança está espiando. Seu prazer é agudo; comunica-se com a menina; nunca haviam experimentado essa melancólica doçura.

Quando leva a moça para casa, mais tarde, deixa a cama desfeita para que a criança a explore, familiarizando-se com os odores do amor.

A partir de então, todas as quartas-feiras, durante o resto do verão, traz a garota para seu quarto, sempre a mesma. A cada vez, quando saem, o apartamento parece vazio; mas a cada vez ele sabe que a criança se insinua, observa ou escuta, escondida em algum lugar.

"Faça aquilo de novo", a garota sussurra.

"Fazer o quê?"

"Aquilo!", ela sussurra, tomada pelo desejo.

"Primeiro diga as palavras", ele pede, e a faz pronunciá-las.

"Mais alto", ele exige. Dizer as palavras excita a garota a um ponto insuportável.

Ele se lembra de Svidrigailov: "As mulheres gostam de ser humilhadas".

Pensa naquilo tudo como a *criação de um gosto* na menina, assim como alguém cria gosto por alimentos artificiais, ostras ou pães doces.

Pergunta-se por que o faz. A resposta ele mesmo dá: a história está chegando ao fim; os velhos livros de relatos logo serão atirados ao fogo; nesse tempo morto entre o velho e o novo, todas as coisas são permitidas. Ele não acredita especialmente em sua resposta, tampouco desacredita. Ela serve.

Ou diz a si mesmo: a culpa é do verão em Petersburgo — essas tardes longas e abafadas, com moscas zumbindo contra as vidraças, essas noites espessas com o zunido de mosquitos. Que eu dure todo o verão, e todo o inverno; na primavera irei para a Suíça, para as montanhas, e serei outra pessoa.

Ele faz as refeições com a senhoria e sua filha. Numa noite de quarta-feira, fingindo estar de bom humor, inclina-se sobre a mesa e afaga os cabelos da criança, que recua. Ele percebe que não lavou as mãos, e ela captou o cheiro que restou do ato sexual. Ruborizada, cheia de confusão, ela se debruça sobre o prato e não retribui seu olhar.

Ele escreve tudo isso numa caligrafia clara e cuidadosa, sem riscar uma palavra. No ato de escrever experimenta, hoje, uma excepcional sensação de prazer — na sensação da pena apertada no vão do polegar, porém ainda mais na sensação de sua mão sendo desviada levemente em seu percurso na página pela forma rígida e invariável das letras, a disciplina do alfabeto.

Anya, Anna Snitkina, foi sua secretária antes de ser esposa. Contratou-a para pôr ordem em seus manuscritos, depois casou-se com ela. Uma espécie de fada, chamada para tecer o emaranhado de sua escrita num único fio dourado. Se hoje escreve de maneira tão clara, é porque não está mais escrevendo para os olhos dela. Escreve para si mesmo. Escreve para a eternidade. Escreve para os mortos.

Mas ao mesmo tempo que se senta ali tão calmo, é um homem apanhado num redemoinho. Torrentes de papel, fragmentos de uma antiga vida rasgada pelo rugido da espiral ascendente voam ao seu redor. Bem acima da terra ele é transportado, sacudido por correntes, até que a força do vento se abranda e por um momento, antes de começar a cair, ele atinge total imobilidade e clareza, e o mundo se abre lá embaixo como um mapa de si mesmo.

Letras do redemoinho. Folhas dispersas, que ele reúne; um corpo disperso, que ele recompõe.

Batem à porta: Matryona, de camisola, por um instante surpreendentemente parecida com a mãe.

"Posso entrar?", ela diz com voz abafada.

"Sua garganta ainda dói?"

"Hum."

Ela se senta na cama. Mesmo a essa distância ele nota que sua respiração é difícil.

Por que está ali? Quer fazer as pazes? Também está esgotada?

"Pável costumava sentar assim quando estava escrevendo", ela diz. "Quando entrei pensei que fosse Pável."

"Estou no meio de uma coisa", ele diz. "Incomoda-se que eu continue?"

Ela fica em silêncio atrás dele e o observa enquanto escreve. O ar no quarto está eletrizado; até os flocos de poeira parecem suspensos.

"Você gosta do seu nome?", ele diz calmamente, após um momento.

"Meu nome?"

"Sim. Matryona."

"Não, detesto. Meu pai o escolheu. Não sei por que tenho de usar. Era o nome de minha avó. Ela morreu antes de eu nascer."

"Tenho outro nome para você: Dusha." Ele escreve o nome no topo da página e mostra-o à menina. "Gosta?"

Ela não responde.

"O que realmente aconteceu a Pável?", ele indaga. "Você sabe?"

"Acho... acho que ele se entregou."

"Entregou-se a quê?"

"Ao futuro. Para que pudesse ser um dos mártires."

“Mártires? O que é um mártir? “

Ela hesita.

“Alguém que se entrega. Ao futuro.”

“A finlandesa também foi uma mártir?”

Ela assente.

Ele se pergunta se Pável também passara a falar por meio de fórmulas, no final. Pela primeira vez lhe ocorre que talvez seja melhor Pável ter morrido. Agora que ele pensou o pensamento, encara-o diretamente, sem renegá-lo.

Uma guerra: velhos contra jovens, jovens contra velhos.

“Agora você deve ir”, ele diz. “Preciso trabalhar.”

Ele encabeça a próxima página com “A CRIANÇA”, e escreve:

Certo dia chega uma carta para ele, com seu nome e endereço escritos em cuidadosas letras de fôrma. A criança a apanha com o zelador e deixa-a encostada no espelho em seu quarto. “Aquela carta, você quer saber quem a mandou?”, ele comenta casualmente da outra vez que se encontram a sós. E conta-lhe a história de Maria Lebyatkin, de como Maria desgraçou seu irmão, o capitão Lebyatkin, e tornou-se a zombaria de Tver afirmando que um admirador, cuja identidade se recusava timidamente a revelar, havia pedido sua mão.

“A carta é de Maria?”, pergunta a criança.

“Espere e saberá.”

“Mas por que riram dela? Por que alguém não desejaria se casar com ela?”

“Porque Maria era idiota, e as pessoas idiotas não devem se casar porque podem ter filhos idiotas, e crianças idiotas também terão filhos idiotas, e assim por diante, até que a Terra toda estará cheia de gente idiota. Como uma epidemia.”

“Uma epidemia?”

“Sim. Quer que eu continue? Tudo aconteceu no último verão, quando fui visitar minha tia. Ouvi a história de Maria e seu admirador fantasma e decidi fazer algo a esse respeito. Em primeiro lugar mandei fazer um terno branco, para ficar bem elegante para o papel."

"Este terno?"

"Sim, é este. Quando ficou pronto, todo mundo sabia o que estava acontecendo: em Tver as notícias correm depressa. Vesti o terno e, com um buquê de flores, fui até a casa dos Lebyatkin. O capitão ficou incrédulo, mas sua irmã, não. Ela jamais havia perdido a fé. A partir daí visitei-a todos os dias. Uma vez fomos passear na floresta, só os dois. Foi um dia antes de eu vir para Petersburgo."

"Então foi admirador dela o tempo todo?"

"Não, não foi bem assim. O admirador era apenas um sonho dela. Pessoas idiotas não sabem a diferença entre os sonhos e as coisas reais. Acreditam nos sonhos. Ela achava que eu era o sonho. Porque eu me comportava como um sonho, entende?"

"E você vai voltar para vê-la?"

"Acho que não. Na verdade, não vou. E se ela vier me procurar, não a deixe entrar. Diga que me mudei. Diga que não sabe meu endereço. Ou dê-lhe um endereço falso. Invente um. Você a reconhecerá imediatamente. Ela é alta e ossuda, tem os pés protuberantes e sorri o tempo todo. Na verdade, é uma espécie de bruxa."

"É isso que ela diz na carta, que está vindo para cá?"

"Sim."

"Mas por quê...?"

"Por que fiz isso? Por brincadeira. O verão no campo é tão aborrecido, você não faz ideia de quanto."

Ele não leva mais de dez minutos para escrever a cena, sem riscar uma palavra. Na versão final teria de ser mais recheada, mas para os objetivos atuais bastava. Ele se levanta, deixando as duas páginas abertas sobre a mesa.

É uma agressão à inocência de uma criança. É um ato para o qual não pode esperar perdão. Com ela, cruzou o limite. Agora Deus terá de falar, agora Deus não ousará continuar em silêncio. Corromper uma criança é forçar Deus. O artifício que ele criou se arqueia e se fecha como uma armadilha, uma armadilha para apanhar Deus.

Sabe o que está fazendo. Ao mesmo tempo, nesse concurso de esperteza entre ele e Deus, ele está fora de si, talvez fora da própria alma. De algum lugar observa, enquanto ele e Deus rondam um ao outro. E o tempo para e também observa. O tempo está suspenso, tudo é suspenso antes da queda.

Perdi meu lugar em minha alma, ele pensa.

Pega o chapéu e sai do quarto. Não reconhece o chapéu, não tem ideia de quem são os sapatos que usa. Na verdade, não reconhece nada em si mesmo. Se se olhasse num espelho agora, não se surpreenderia de encontrar outro rosto olhando cegamente para ele.

Traiu a todos; tampouco vê que suas traições poderiam se aprofundar. Se um dia quis saber se a traição cheirava mais a vinagre ou a desespero, havia chegado a hora.

Mas não há sabor algum em sua boca, assim como não há peso em seu coração. Na verdade, o coração parece estar vazio. Ele não sabia de antemão que seria assim. Mas como poderia saber? Não era tormento, mas uma surda ausência de tormento. Como um soldado ferido no campo de batalha, sangrando, vendo o sangue, sem sentir dor e pensando: "Já estou morto?".

Parece-lhe um grande preço a pagar. *Eles lhe pagam muito dinheiro para escrever livros,* disse a criança, repetindo a criança morta. O que deixaram de dizer era que em troca teria de desistir de sua alma.

Agora começa a sentir o sabor. Sabe a desespero.

2ª EDIÇÃO [2003]
3ª EDIÇÃO [2023]

ESTA OBRA FOI COMPOSTA PELO ESTÚDIO O.L.M. EM ELECTRA E
IMPRESSA EM OFSETE PELA LIS GRÁFICA SOBRE PAPEL PÓLEN NATURAL
DA SUZANO S.A. PARA A EDITORA SCHWARCZ EM AGOSTO DE 2023